Découvrez l'histoire par les archives de presse

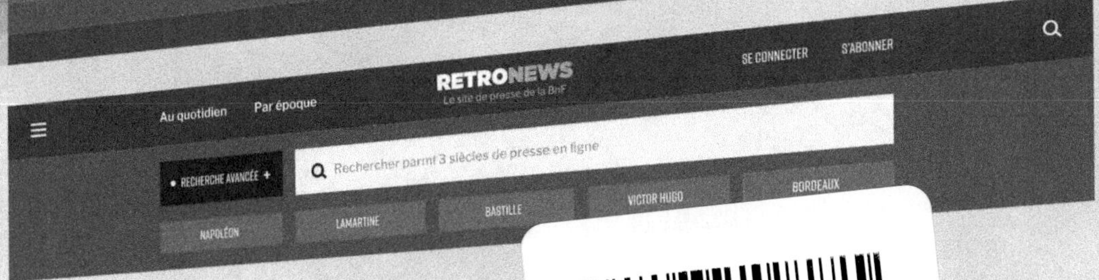

RETRONEWS
Le site de presse de la BnF
www.retronews.fr

LA CRITIQUE

15ᵉ ANNÉE. — Nº 263. — JANVIER 1909

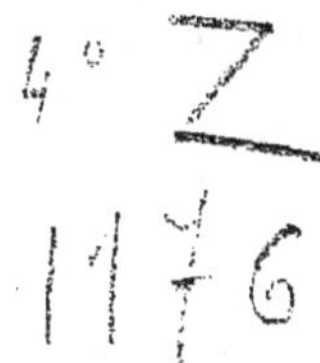

GEORGES BANS, DIRECTEUR. BOULEVARD LATOUR-MAUBOURG, 50. PARIS (7ᵉ A.)

Numéro : 50 centimes | **Abonnement : 5 fr. par an**
les timbres-poste français sont acceptés | Etranger : 6 fr. — Édition sur Japon : 10 fr.

IMPRIMERIE GIRARD, SAINT-NAZAIRE-S/-LOIRE

SPECTACLES

OPÉRA. — *Le Crépuscule des Dieux.*
FRANÇAIS. — *Chacun sa vie.* — *L'amour veille.*
OPÉRA COMIQUE. — *Aphrodyte, La Tosca, Louise.*
ODÉON. — *L'Apprentie.*
VAUDEVILLE. — *Le Lys.*
NOUVEAUTÉS. — *Occupe-toi d'Amélie.*
VARIÉTÉS. — *Le Roi.*
PALAIS-ROYAL. — *Famille Pont-Biquet.*
GAITÉ. — *Théâtre lyrique populaire.*
GYMNASE. — *Le Passe Partout.*
RENAISSANCE. — *L'Oiseau blessé.*
PORTE SAINT MARTIN. — *Chanteclair.*
CHATELET. — *Aventures de Gavroche.*
THÉATRE SARAH BERNHARDT. — *Les Révoltés.*
AMB'GU. — *La Beauté du Diable.*
FOLIES DRAMATIQUES. — *Véronique.*
ATHÉNÉE. — *Arsène Lupin.*
THÉATRE ANTOINE. — *Les Vainqueurs.*
THÉATRE RÉJANE. — *Madame Sans Gêne.*
TRIANON. — *Répertoires lyriques.*
BOUFFES PARISIENS. — *4 fois 7 : 28.*
DÉJAZET. — *L'Enfant de ma sœur.*
CLUNY. — *Plumard et Barnabé.*
THÉATRE DES ARTS. — *Le Grand Soir.*
THÉATRE DES TERNES. — *Répertoire dramatique.*
LES CAPUCINES. — *Spectacle varié.* — *Revue.*
THÉATRE D'ART INTERNATIONAL. — *(La Bodinière).*
TRÉTEAU ROYAL. — *Théâtre Concert.*
FOLIES-BERGÈRE. — *Revue.* — *Sports.*
CASINO DE PARIS. — *Spectacle varié.*
OLYMPIA. — *Spectacle varié.* — *Revue.*
APOLLO. — *Spectacle-Bal.* — *Revue.*
MOULIN-ROUGE. — *En l'air, Messieurs.*
ALHAMBRA (Château d'Eau). *Attractions.*
MOULIN DE LA GALETTE. — *Bal,* mardi, jeudi, samed¹, dimanche et fêtes.
MARIGNY THÉATRE. —
JARDIN DE PARIS. —
AMBASSADEURS —
ALCAZAR D'ÉTÉ. —
SCALA. — *Concert-Spectacle.* — *Revue.*
ELDORADO. — *Concert-Spectacle.* — *Revue.*
PALAIS DE GLACE. — *Patinage sur vraie glace.*
PARISIANA. — *La Poudre d'Escampette.*
CIGALE. — *Spectacle varié.* — *Revue*
WAGRAM CONCERT. — *Spectacle varié.* — *Bal.*
PRINTANIA. —
CONCERT DE LA PÉPINIÈRE. — *Concert et opérette.*
THÉATRE MOLIÈRE. — *Comédies et drames.*
TH. MONCEY. — *Concert varié.*
TRÉTEAU DE TABARIN. — *Revue.* — *Chansons.*
LE GRAND-GUIGNOL. — *Comédies et Drames.*
THÉATRE MEVISTO. — *Comédies.*
ROBERT HOUDIN. — Jeudis et dimanches, *Matinées.*
NOUVEAU-CIRQUE. — *Le plus veau Hussard.*
HIPPODROME — *Cinéma-Footit.*
CIRQUE DE PARIS. — *Ménagerie Hagenbeck.*
CIRQUE D'HIVER. — *Cinématographe Pathé.*
CIRQUE MEDRANO. — *Spectacle équestre.*
BULLIER. — *Bal.* Jeudi, Samedi, Dimanche. *Jardin.*
EDEN PALACE. — *Bal tous les soirs.* — *Concert.*
ELYSÉE MONTMARTRE. — *Bal.*
MUSÉE GRÉVIN. — *Fête d'Artistes.* — *Théâtre.*
TOUR EIFFEL. — 10 h. mat. à la nuit. *Déjeuners.*
GRANDE ROUE. — *Ascension, Concert le dimanche.*
JARDIN D'ACCLIMATATION. *Concert jeudi, dimanche.*
LE TOURISTE. — *Paris à Saint-Germain en bateau.* — *Q. d'Orsay.*
CASINO MUNICIPAL D'ENGHIEN. *A 12 min. de Paris-N.*
KURSAAL D'ENGHIEN LES BAINS. — *Concert varié.*

LES FAUVES

de la Ménagerie HAGENBECK
sont au CIRQUE DE PARIS
Avenue Lamotte-Piquet

ENTRE NOUS

A NOS LECTEURS

La Critique qui entre dans sa 15ᵉ année, met en garde ses lecteurs contre des publications nouvelles, de titres similaires, qui cherchent à établir une confusion.

Au moment du renouvellement des abonnements, *La Critique* prie ses amis, ses lecteurs et ses abonnés d'envoyer directement, sans autre avis, le montant de l'abonnement, soit 5 francs pour la France et 6 francs pour l'étranger.

Nous ne faisons pas présenter les quittances par la poste, pour éviter les frais de recouvrement.

Le mieux est d'envoyer directement à notre bureau, 50, boulevard Latour-Maubourg, Paris, le montant en mandat ou timbres-poste.

SOTTISIER

Les journaux ont inséré un « communiqué » du théâtre de la Renaissance, qui se terminait par ces mots :

> ... Les spectateurs peuvent être assurés que la pièce leur est présentée avec le même talent, la même conscience, le même admirable ensemble qu'à la première représentation.

Dès l'instant que M. Guitry et sa troupe, constituent une *exception* digne d'être signalée, c'est donc qu'habituellement le public qui n'a pas assisté aux « premières » est considéré comme un menu fretin à qui l'on peut servir des talents refroidis.

Si on ne lui en donne plus pour son argent, alors qu'on diminue le prix des places.

Dans toutes les questions se rattachant à ce problème complexe nous avons trouvé le Moto-Club ardent à la lutte, comme s'il eût voulu faire siennes les paroles de Térence : « Rien de ce qui touche au tourisme ne saurait me laisser indifférent. »

Bulletin du Touring-Club de Belgique, 15 janvier 1909 ; extrait du discours de M. LEROY au banquet du Moto-Club.

M. Rostand à Paris : « Deux adolescents sautèrent dans l'auto paternelle, qui dérapa immédiatement à grande allure. »

La Patrie, 26 janvier.

Coquelin est mort. Il ne jouera pas *Chanteclair.*

Manchette du *Matin,* 28 janvier.

LA CRITIQUE

illustrée, internationale,

indépendante,

des Arts et de la Littérature.

Bulletin officiel

de l'Association de la Critique

15ᵉ Année

Nᵒ 263   *5-20 Janvier 1908.*

MUSIQUE

MONNA VANNA [1]
LA VESTALE

N a évoqué, à l'occasion de la représentation de *Monna Vanna*, le souvenir de Judith, de Thamara, de Salammbô, sans omettre le plus caractéristique peut-être de tous, celui de l'Isora, de M. Ad. Aderer. Comme Monna Vanna en effet, et à la différence de ses autres émules dans cet ordre un peu spécial de patriotisme, l'héroïne du drame original que M. Aderer fit jouer à l'Odéon en 1895 est mariée.

Il serait piquant de relever les principales appréciations des critiques lors des représentations, en 1902, au Nouveau-Théâtre d'abord, à l'Ambigu ensuite, de la pièce de M. Maeterlinck. M. Camille de Senne, entre autres, a discerné, avec beaucoup de finesse, ce qu'il y avait à la fois d'ingénu et de puissant dans cette pièce singulière et émouvante. Il nous montre Monna Vanna résolue, malgré la fureur de son époux, Guido, à aller retrouver, pour passer toute une nuit avec lui, le condottière Prinzevalle qui, à cette condition, ravitaillera la ville de Pise réduite à merci. Mais Prinzevalle a aimé jadis Monna Vanna et, en souvenir de cet amour, se borne à chanter avec elle le plus chaste des duos ; il l'accompagnera même à Pise dont les habitants ont repris l'offensive et sont maintenant vainqueurs.

---

(1) Théâtre National de l'Opéra.

Ici se place la scène capitale de l'œuvre : « Est-ce possible, s'écrie le mari incrédule, que, te tenant en son pouvoir, Prinzevalle n'ait rien exigé de toi ? — Oui puisqu'il m'aime ». Ce mot, d'une psychologie si profonde, Guido ne le comprend pas. Se sentant déliée de tout devoir envers un tel époux, Monna Vanna, par un revirement qui, par suite de l'adjonction de la musique, n'a pas été très bien saisi à l'Opéra, le soir de la première, avoue ce qui n'a pas été ; elle réclame la joie de garotter elle-même Prinzevalle, et pendant qu'il tend les mains aux chaînes elle lui murmure : « Tais-toi, il nous sauve.... je t'appartiens... je t'aime... je serai ta gardienne, je te délivrerai, nous fuirons ». Guido voulait à toute force être trompé, conclut plaisamment M. Le Senne ; il le sera, et, cette fois, sans l'excuse humanitaire de la rançon d'un peuple.

Il y avait quelque hardiesse de la part d'un jeune compositeur, à aborder, musicalement, un tel sujet. M. Février s'est dit que la fortune favorisait les audacieux, et, somme toute, la nouvelle *Monna Vanna* a été accueillie avec bienveillance. L'inspiration en est suffisamment soutenue, sinon très personnelle, la déclamation généralement juste, l'orchestration traitée un peu sommairement peut-être mais avec une certaine adresse. Le premier acte est celui qu'on a écouté avec le plus d'intérêt. Il est presque tout entier en récitatifs d'un bon sentiment théâtral, avec, de ci de là, d'heureuses échappées mélodiques, par exemple la phrase expressive : « Ils n'ont rien pu souiller de tout ce que j'aimais ». Dans le grand duo d'amour du second acte, si l'évocation, sous la forme d'une sorte de musette, de l'enfance de Prinzevalle et de Monna Vanna est un peu grêle, la seconde partie n'est pas dépourvue de chaleur et d'accent et le court épisode symphonique qui accompagne le départ des chariots chargés de vivres a de la couleur. Notons encore, au troisième acte, l'air de Marco, le père accommodant et pacifique de Guido. L'interprétation est très satisfaisante avec Mlle Bréval, une énergique et vibrante Monna Vanna, M. Muratore un excellent Prinzevalle, M. Delmas (Marco), et un débutant M. Marcoux, le mari défiant, un tempérament d'artiste.

A *Monna Vanna* a succédé, sur la scène de l'Opéra, où elle avait été donnée pour la première fois le 15 décembre 1902, *la Vestale*, représentée au bénéfice des sinistrés de Messine exactement dans les conditions où elle est, depuis quelques semaines, applaudie à la Scala de Milan. Très bien chantée par Mlle Mazzoleni, une dramatique et touchante Julia, par Mlle Micucci (la grande prêtresse), par MM. de Marchi, Stracciari et de Angelis, la pièce a obtenu un vif succès auquel ont contribué dans une large mesure, l'orchestre, habilement dirigé par M. Vitale, les danses et la figuration remarquablement réglés, et surtout les chœurs étonnants de souplesse et de précision. Ce succès qu'il suffit de constater sommairement, puisque cette soirée n'aura pas eu à Paris de lendemain, a rappelé l'attention des amateurs et du public sur Spontini et son œuvre. Sans quitter la voie ouverte par Gluck, il appartint à Spontini de donner une note à quelques égards nouvelle. Il mit dans sa musique une sorte de pompe fastueuse, un relief — dû notamment à l'intervention nécessaire, constante, dans l'action, de la foule — que l'on ne connaissait pas auparavant. C'est de la musique à la fois sobre et héroïque, où l'italianisme se marque, sans doute, sans altérer toutefois la grave physionomie de l'ensemble. L'apparition de *la Vestale* marque incontestablement une date, qu'il faut retenir, dans l'histoire de l'Opéra.

Albert Soubies.

JOSEPH DEBROUX

M. Joseph Debroux a donné le 20 janvier son premier récital de violon, avec le concours de M. Eug. Wagner, pianiste. Je ne parle ici que pour mémoire du remarquable talent de M. Debroux, déjà fort connu, de la façon exquise dont il fait pleurer et rire ce merveilleux violon, qui vibre entre ses doigts comme un cœur humain. Le programme était admirablement choisi et fait pour allécher les amateurs de vraie musique. Des œuvres de Haendel, de Carlo Tessarini (1690-1762), de Beethoven, de Sarrasate, de Brahms.... Aux deux prochaines séances, qui auront lieu le 16 février et le 23 mars, nous entendrons du Bach, du Hertel (1721-1789), du Bicaglia, du Jean-Marie Leclair (1697-1764), du Felice dall'Abaco (1675-1742)..... Il faut tout le talent, tout le sens profond de la musique que possède M. Joseph Debroux pour oser interpréter ces vieux maîtres, si doux et si modestes en leur science compliquée, et pour nous les rendre si clairs, si précis et si charmants.

QUATUOR RIMÉ-SAINTEL

A la dernière réception du *Quatuor Rimé-Saintel* — lesquelles ont lieu le 2ᵐᵉ dimanche de chaque mois dans les salons de la rue de Stockholm — on a fort applaudi Mᵐᵉˢ Gauley-Texier, des Concerts Colonne et Marie Dorska, dans les si délicates œuvres de M. E. Dens, dont un quatuor « *Air ancien* », délicieusement joué par Mᵐᵉ Rimé-Saintel ; Mˡˡᵉˢ Noëla Cousin, Lise Blinoff et Marie Gabry, obtint aussi un vif succès. L'assistance artistique goûta également un trio d'Arensky, admirablement exécuté par Mᵐᵉˢ Pégou, Rimé-Saintel et Mˡˡᵉ M. Gaby. Enfin, M. Robin interprète une de ses dernières fantaisies humoristiques sur « *Le Foyer* », de la Comédie Française.

Andrée Myra.

THÉÂTRE

LES GRANDS (1)

Le destin réservait-il à MM. Pierre Veber et Serge Basset, princes du vaudeville et du journalisme théâtral, de rompre le mauvais charme dont souffrait l'Odéon en dépit des efforts tenaces, un peu dispersés, il est vrai, de son directeur actuel ? Je le souhaite et l'on pourrait le supposer, à en juger par le bruit qui vrille encore mes oreilles, des bravos dont fut saluée leur pièce en la plupart de ses scènes. Mais je doute encore, si je me rappelle hier, l'effondrement d'œuvres qui méritaient autant, presque toutes, que celle-ci, de réussir, que l'intrigue et l'affabulation de la pièce nouvelle valent au second théâtre français de connaître enfin un succès qui dure jusqu'à la fin de la saison. Espérons quand même et malgré les leçons du passé, que l'avenir réparateur compensera cette fois les déceptions subies par un directeur artiste confiant en son étoile.

Qui sont *Les Grands* ? Des écoliers à l'âge où la barbe pousse et aussi les passions normales, sans jeu de mots.

MM. Veber et Basset n'auraient pas été embarrassés d'écrire une pièce de psychologie fouillée sur ce sujet : l'âme des adolescents sur le point d'être des hommes ; les deux excellents auteurs ont borné leur ambition à construire un drame d'émotion moyenne avec erreur judiciaire à la clef, quiproquo, oppositions faciles, larmes douces. Brassier est le brillant élève aux instincts droits et sûrs, Surot, le cancre et le traître ; une femme passe dont Brassier s'éprend, un voleur opère, pris pour Brassier, rôdant à la même heure autour de son amie ; chevaleresque, l'amoureux s'accuse, mais tout se découvre, sans dommages : le bon triomphe et le méchant se convertit. Est-ce que j'éprouve une déconvenue d'un dénouement si heureux ? Serait-ce que *Les Grands* ne sont pas marqués de traits qui les différencient assez des hommes « faits » avec qui bientôt ils se confondront, cessant de nous intéresser par leur mentalité d'apprentis-hommes ? Une foule de scènes divertissantes, maints personnages réussis meublent les quatre actes où se complaira la jeunesse des écoles cotoyant les familles à l'affût de spectacles honnêtes, mais il m'a paru, — mais je m'accuse d'exigence — que d'un sujet si vaste et si beau, *Les Grands*, scènes de la vie de collège, MM. Pierre Veber et Serge Basset, avaient tout le talent, tout le « fonds » nécessaire pour tirer une large fresque au lieu de l'ingénieuse et plaisante anecdote qui fait

---

(1) Odéon.

la trame de leur pièce si justement applaudie. Le rôle de la critique consiste justement à demander plus qu'on ne lui donne et à stimuler les auteurs enclins à se contenter de plaire selon la mode quand ils pourraient créer ou recréer des types éternels. Allez voir les *Grands*, parce que la pièce de MM. Veber et Basset a tout ce qu'il faut pour intéresser, telle qu'elle est, et parce qu'elle laisse apercevoir, ce qu'elle aurait été si ses auteurs avaient visé plus haut encore. Tout de même, je regretterais un peu que Pierre Veber, si doué, si fécond, si subtil, si lettré, si désigné aux grands succès littéraires, eût encore plus de succès aux Nouveautés qu'à l'Odéon.

LA DETTE

LES JUMEAUX DE BRIGHTON (1)

a *Dette*, ou le petit Hamlet du pays Basque; un Hamlet dont la démence ne dépasse pas les bornes de la neurasthénie courante et chez qui le dépit amoureux, bien plutôt que le sentiment tyrannique de la vengeance dûe aux mânes irritées d'un père, a créé l'état morbide dont il se plaint prolixement ; une dette, dont le héros de M. Trarieux s'exagère l'implacable rigueur et entend payer les intérêts usuraires en s'accusant d'un crime odieux, sans appréciable motif, sinon de dramatiser une forte situation.

A pièce confuse, critique confuse. Je me reconnais incapable de fixer ici quelle fut la pensée dominante de M. Gabriel Trarieux, quand il équilibra les scènes, poignantes, de son œuvre indécise et sauvage. Oui, il se sent dans le déroulement de ses trois actes sommaires et dans le dessin de caractères au-dessus de la commune mesure, une volonté très opiniâtre et très haute de heurter les habitudes d'esprit du public, un effort têtu de s'élever hors des sentiers frayés pour tracer son propre sillon au prix d'un insuccès immédiat, préparateur des revanches glorieuses. Où bien me trompé-je, et M. Gabriel Trarieux, dont nulle pièce antérieure ne fut sans mérite, mais dont aucune ne rencontra l'unanime assentiment qui se traduit par une longue et fructueuse carrière s'est-il perdu, dans l'expression de ses idées et a-t-il trop présumé de sa puissance évocatrice ?

Quoi qu'il en soit, *La Dette* renferme d'incontestables beautés : en créant son docteur Barthe, rude stoïcien qui dédaigne de se laver d'imméritées suspicions, homme de devoir strict, bon, faible et désespéré, M. Trarieux a prouvé son ardent souci d'apostolat par le dialogue ; il a scéniquement affirmé sa foi dans le

théâtre d'idées, en opposition avec le théâtre d'ingéniosité. Une belle pièce peut, direz-vous, n'être pas une bonne pièce et *La Dette*, ayant été mal comprise, doit pécher par la facture ou par l'expression ? J'en conviens ; mais de ces fragments disparates d'un bloc de marbre éclatant, de ces morceaux qui se détachent par saccades d'une composition peut-être hâtive, la moindre parcelle a plus de prix, elle éveille des échos plus profonds que les œuvres des faiseurs applaudis. Et M. Gabriel Trarieux n'a rien écrit d'aussi curieux que cette pièce en partie manquée et qui ne fera que passer sur l'affiche.

* *

Eh ! bien non, ces *Jumeaux de Brighton*, — que Plante, soit ou non, ou plus ou moins dans l'affaire — M. Tristan Bernard, en les écrivant, n'a pas signé l'œuvre qui comptera parmi ses meilleurs imbroglios ; autant que personne, j'admire l'exceptionnel tempérament comique de l'auteur de *Monsieur Codomat* et de *L'Anglais tel qu'on le parle*. J'ai ri du quiproquo en trois actes qui met aux prises les Ménechmes du Havre, mais il ne me semble pas que cette joyeuse farce puisse soutenir la comparaison avec les comédies dont j'ai cité plus haut les titres justement célèbres. Du Tristan Bernard est toujours savoureux, mais les *Jumeaux* ne sont pas d'une très bonne année, bien que la marque ait son prix en tout état de cause, et dans la constellation qui fait briller d'un si personnel éclat le nom de Tristan Bernard au firmament scénique, les *Jumeaux* sont une étoile de seconde grandeur.

LES LETTRES BRULÉES

LA TOUR DU SILENCE (1)

Le Théâtre des Arts eut souvent une affiche meilleure que sa plus récente. *Les Lettres brûlées* et *la Tour du Silence* ont bien ce caractère exotique qui devient la marque de cet excellent théâtre où l'on travaille, mais l'intérêt des deux nouvelles pièces a paru mince et ne pas justifier entièrement leur divulgation. La première de ces œuvres est de Guiéditch, et M. Bienstock l'a adaptée à notre entendement. Elle est extrêmement factice ; l'autre a du clinquant et de la variété, mais ni *les Lettres brûlées*, gentille comédie, ni *La Tour du Silence*, tragédie spéciale, n'ont vaincu l'indifférence d'un public désorienté. Et pourtant la direction du Théâtre des Arts a vu grand et n'hésita pas à déployer une somptueuse mise en scène, à faire appel au talent éprouvé d'interprètes grandiloquents, pour faire honneur à des auteurs exotiques qui ont peut-être du génie.

---

(1) Théâtre Antoine.

(1) Théâtre des Arts.

MADAME MALBROUGH [1]

La critique quotidienne, la grande critique, celle qui ne s'inspire, trop souvent, que la camaraderie, et qui « part » sur un signal du chef de file, pour ou contre ses justiciables, avec une si fière unanimité, a porté en terre *Madame Malbrough* et condamné sans autre forme de procès M. Lucien Métivet à reprendre ses crayons ; et pourtant l'opérette nouvelle des Folies-Dramatiques désormais fermées au vaudeville qui y avait atteint — parfois même dépassé — les limites de l'obscénité — ne manque ni de verve, ni d'harmonie facile ; les airs connus et les légendes populaires gardent une éternelle fraîcheur aux yeux du public, d'un certain public, et c'est justement celui qui fréquente les théâtres aux alentours de la place de la République. Aussi je ne porterai pas sur les destinées de l'opérette de M. Lucien Métivet un horoscope aussi néfaste que celui des quotidiens les plus lus et les moins infaillibles ; *Madame Malbrough* n'est pas morte ni enterrée, mais sa carrière sera peut-être écourtée par les préventions des aristarques qui refusent à un dessinateur le « don » du théâtre.

THÉÂTRES A COTÉ

La Renaissance tragique a donné il y a quelque temps déjà, au théâtre Fémina deux représentations d'un drame en 5 actes et en vers de M. Paul Souchon sur *Le Tasse* ; le but que poursuit la Renaissance tragique, tout entier inclus dans son titre, est beau et bien digne de susciter des enthousiasmes désintéressés ; *Le Tasse* de M. Paul Souchon, poète estimable qui cisèle des vers harmonieux et sait édifier de touchantes scènes d'amour, inaugure avec éclat la série des représentations d'art que nous fait espérer la nouvelle compagnie.

* *

Le nouveau théâtre indépendant a donné vers le même moment dans la même salle plusieurs pièces de tendances et d'accent curieux ; ce fut *Le Libertaire*, 1 acte de M. de Tréville ; *Le Fossé*, 3 actes, de M. Georges Jouvent, et *Le Chat parti, les Souris dansent*, 1 acte de MM. Géo Thur et René Delime ; succès sur toute la ligne, dont je regrette qu'il ne m'ait pas été possible de rendre compte à son heure.

PERCE-NEIGE ET LES SEPT GNOMES

LA CHAINE [2]

Que l'on se rassure : en dépit de l'affiche, le spectacle de l'Œuvre n'est pas en 4 journées, mais en 2 soirées seulement. Et pour durer moins que l'on ne pourrait craindre,

— car la longueur des spectacles actuels, entr'actes et retards déduits, diminue suivant la mode des dîners tardifs au point d'amener bientôt les directeurs à ne plus jouer que des pièces en un ou deux actes condensés, — ses attraits suffisent à justifier la présentation de cette œuvre fantastique ; Mlle Jeanne Dortzal a eu bon goût et prouvé ses dons poétiques en adaptant à la scène française le joli conte qui nous rappelle les histoires de nourrices dont frémirent notre enfance. Perce-Neige persécutée attendrit et charme grâce aux vers que lui prête Mlle Dortzal, à la musique dont M. Massenet enrichit le poème, à la mise en scène ingénieuse, à l'interprétation choisie ; M. Lugné-Poé, plus actif que jamais, a enchanté les habitués de son théâtre, comme les Gnomes protecteurs de Perce-Neige usent envers la méchante reine de maléfices et de sortilèges heureusement dénoués.

La Chaine, c'est tout autre chose, et je n'aime guère cet imbroglio funèbre et compliqué.

GEORGES ROUSSEL.

LE PETIT FAUST [1]

Nous nous réjouissions à l'annonce de cette reprise du *Petit Faust*.

Depuis plusieurs années, on a remis en vogue la musique d'Hervé, en l'accomodant dans les revues et les féeries, mais voilà bien longtemps que nous avons eu le plaisir d'applaudir une reprise de cette opérette à la Porte Saint-Martin.

Le *Petit Faust*, tel qu'il est monté maintenant aux Folies-Dramatiques, satisfera l'excellent public des boulevards qui aime les couplets bien tournés, sur une musique facile à retenir.

La mise en scène est somptueuse. Nous aurions seulement souhaité de voir rajeunir certains passages du livret de Crémieux et Jaime, et cela devait être facile, notamment au tableau du divertissement des « Marguerites » que Mlle Sandrini rehausse du charme d'une savante variation.

La ronde de Méphisto, les couplets des saisons, survivront à bien des opérettes ; mais nous avons idée que le glorieux *Petit Faust*, chef d'œuvre de la parodie lyrique sera peu à peu modernisé et qu'il n'en sera pas moins le modèle des opérettes.

EN CAMARADES [2]

Madame Colette Willy est à la fois auteur et acteur d'une comédie que le Théâtre des Arts vient de jouer avec succès.

En Camarades, ou « du danger de jouer avec les allumettes » constitue deux petits actes intimes.

Un ami d'enfance aspire à devenir l'a-

---

(1) Folies Dramatiques.

(2) L'Œuvre.

(1) Folies Dramatiques.

(2) Théâtre des Arts.

mant d'une petite femme que son mari laisse un peu trop libre de fleurter. Gosse est devenu amoureux et ça ne lui réussit guère.

Le mari est jaloux. Il ouvre les yeux juste à temps pour reprendre le cœur hésitant de son épouse.

Tout finira pour le mieux, mais Gosse devra devra flirter avec une autre femme, bouleverser ses habitudes, prendre son thé ailleurs. Ne le plaignons pas trop, il est jeune.

Madame Colette Willy a joué avec beaucoup de sentiment le rôle de l'héroïne d'*En Camarades*.

EN L'AIR, MESSIEURS (1)

MM. Quinel et Moreau ont écrit une revue de plus ; ils ont un succès nouveau à leur actif.

La revue du Moulin-Rouge, *En l'air, Messieurs*, est encore cette fois prétexte à de somptueux défilés et à des couplets joliment troussés.

C'est une joie pour les yeux et pour les oreilles. Montmartre a gardé le meilleur de l'esprit parisien.

Georges Bans.

ARTS

SALONS

ES petits, des grands, des moyens... qui veut des salons ? Il y en a pour tous les goûts. Petites expositions particulières : M. Silva, chez Georges Petit ; paysages de France, d'Espagne — naturellement !— et du Maroc. Joli talent, un peu monotone, un peu *sage*, dirais-je, comme si l'artiste avait peur d'exprimer fortement ce qu'il sent.

M. Léonard, chez Chaîne et Simonson : Hum !... passons. Ce n'est pas méchant, mais ce n'est pas bon non plus. Comme l'azote : incolore, inodore, et sans saveur...

M. Dagnaux, chez Georges Petit. Aussi comme l'azote : incolore, inodore... mais non sans lourdeur, par exemple ! Bon Dieu ! que c'est lourd, opaque, épais, et plat cependant... Du paysage sculpté avec un couteau à palette, par un artiste ignorant totalement les mystères de la ronde bosse ou même du bas-relief !...

M. Filliard, chez Georges Petit. Exposition d'horticulture : fleurs, fruits, légumes, avec ça et là quelques paysages. Ça, par exemple, c'est bien joli, frais, lumineux, intense, d'une couleur exquise, d'un excellent dessin... Une âme d'artiste, un tempé-

rament de coloriste, une science notoire de l'effet...

La Cimaise — ça c'est une société — chez Georges Petit. Première exposition, et, comme le Cid, voulant des coups de maître pour ses coups d'essai. Pourvu que ça dure !... Enfin, n'anticipons pas ; pour le moment, c'est un ensemble très éclectique et très remarquable des plus jolis talents parisiens, en peinture et en sculpture. Des artistes consciencieux, sincères, hardis, exposant de bonnes toiles, parmi lesquelles je citerai, celles de MM. Adler, Michel-Cazin, Maillaud, Desch, David-Nillet. Signalons aussi les eaux-fortes de M. Jouas-Poutrel, les bois de M. Joyau — sans jeu de mots, ce sont de vrais joyaux — les grès de M. de Vallombreuse, et l'envoi de sculpture de Mlle Jeanne Jozon, qui dénote une artiste toujours en progrès, préoccupée avant tout d'interpréter la nature dans ses grandes lignes et ses valeurs relatives, et qui nous repose des horribles petits modelages chers aux marchands de pendules.

Aussi chez Georges Petit, la société de la miniature, de l'aquarelle et des arts précieux, dont je dirai peu de chose, car vraiment ce serait parler pour ne rien dire. Les artistes exposants me semblent avoir confondu les arts précieux avec la préciosité, et à part de très beaux émaux, signés Magdeleine Eissen, de jolies reliures de Mmes Roblin et Le Roy-Desrivières, des bronzes délicats de M. Levasseur, des miniatures un peu mièvres, mais d'une bonne couleur, de Mmes Marguerite Rossert et Debillemont-Chardon — à part cela, on se sent perdu dans cet océan de peintures sur ivoire, de mauvaises copies de pages de missel, de bijoux plus ou moins extravagants, d'aquarelles militaires et galantes, que les exposants, avec une candeur vraiment admirable, décorent du titre d'art précieux...

Enfin, au Grand Palais, nous avons l'Exposition du Salon d'hiver, organisée par l'Association syndicale professionnelle des peintres et sculpteurs. Je conseille vivement à mes lecteurs d'y aller passer une heure ou deux, ils ne perdront pas leur temps, car il y a là, parmi bien de mauvaises toiles et de statues médiocres, quelques œuvres d'une haute valeur, parmi lesquelles je citerai celles de MM. Pierre Calmette, Grosjean, Bellet, Berthon, Marcel-Béronneau, et dans la sculpture, les statues de M. Pierre Granet, et ses bustes si délicats et si vigoureux.

Je ne dois pas oublier non plus de signaler, à la Galerie des Artistes modernes, le salon des « Quelques », vaillante petite association de femmes de talents, peintres, sculpteurs, médaillistes, orfèvres, etc. Ni, chez Devambez, boulevard Malesherbes, l'exposition d'un groupe de peintres et sculpteurs, très intéressant.

M. DE BROCA

Il est un moment, dans la vie des critiques d'art, où ces infortunés finissent par trouver lourde la croix qu'ils se sont imposée. C'est la période de décembre à

---

(1) Moulin-Rouge.

mars, où fleurissent les petits salons, les expositions, les groupes de peintres et sculpteurs ; on va voir tout cela, par devoir professionnel, par intérêt artistique aussi, et l'on en revient la tête bourrée de couleurs, de visions plus ou moins étranges, de formes et d'ensembles que l'on est presque tenté, ma foi ! de traiter de cacophonies. En présence de tant de talents différents, accotés les uns aux autres dans les salons, de tant d'élucubrations dont le talent est bien souvent absent, on perd la juste notion du beau, et l'on risque de devenir cruel, de commettre une grave erreur en parlant de tel ou tel, de causer un préjudice fâcheux à certains artistes qui ne le méritent pas... Bref, je ne puis comparer la *passion* des critiques d'art, en cette saison, qu'à celle de ces malheureux membres du jury du Conservatoire, obligés d'entendre cinq cents concurrents à la file, et tenus — moralement du moins — à les récompenser selon leur valeur !...

Aussi ai-je goûté une joie profonde, et véritablement artistique, en visitant, moi seule, l'atelier d'un des coloristes les plus délicats, des plus somptueux, que j'aie encore vus dans le genre qu'il cultive. Je veux parler de M. de Broca, qui s'est uniquement consacré à l'aquarelle, et dont les œuvres mériteraient les honneurs de la cimaise dans les salons les plus difficiles.

Vous connaissez tous la chanson :

> La peinture à l'huile,
> C'est bien difficile.
> Mais c'est bien plus beau que la peinture à l'eau...

Scie d'atelier bien connue, et qui ne le cède en absurdité à aucune scie. En art, lorsqu'on arrive à l'expression complète de la beauté, le procédé importe peu, et je pourrais vous citer tel tableau de Manet, bâti à coups de pinceaux, de pastels et de fusain, aussi merveilleusement *plein*, si j'ose ainsi parler, que les plus sages et les plus parfaits des portraits de David. Mais enfin, toute large que je sois sur ce chapitre, je dois reconnaître qu'il y a quelque chose de vrai — ou du moins presque toujours — dans cette stupide chanson qui déclare la peinture à l'eau inférieure à la peinture à l'huile. L'aquarelle donne généralement des tons froids et plats, sans relief, sans chaleur, sans vibration, et d'une joliesse monotone. A vouloir l'en sortir, on risque de tomber dans le barbouillage informe ou dans la chromo de pensionnaire. Elle convient pour des notations rapides, — et dans ce genre nous connaissons des œuvres charmantes — pour les choses de fraîcheur, les impressions fugitives, les pochades, les documents... Bref, comme le disait un de nos plus grands peintres, avec une moue péjorative « ce n'est pas une matière ». Phrase plus facile à comprendre qu'à expliquer.

M. de Broca en a fait une matière, et a prouvé une fois de plus la vérité de cet axiome qu'en art le procédé est totalement indifférent, qu'un artiste, possédé de ce feu divin qui faisait comprendre aux fauves les hymnes d'Orphée, sait plier à sa vo-lonté toute espèce de matière, et lui faire dire ce qu'il veut, dans toute sa force et sa plénitude. Seulement j'ajoute que jusqu'à présent il le *seul* aquarelliste qui m'ait donné cette impression ; ceci, bien entendu, sans préjudice du charme exquis et du réel talent que j'ai trouvé en d'autres œuvres de ce genre.

Je ne sais au juste quel est le *métier* de M. de Broca, c'est-à-dire la façon dont il emploie et manie l'aquarelle, pour arriver à produire des toiles immenses, aussi lumineuses, aussi impressionnantes que celles de nos maîtres du paysage, et des études d'une profondeur et d'une envergure presques sublimes. Cela, d'ailleurs, me préoccupe fort peu, car je n'ai pas l'intention de faire ici un cours d'aquarelles *ad usum artificum* ; ce que je tiens à répéter, c'est l'émotion poignante que m'ont procurée ces œuvres pleines et vigoureuses, délicates, sincères, avec cette pointe d'interprétation sans laquelle l'art n'existe pas, et variées comme les impressions mêmes que doit recevoir un artiste devant les spectacles de la nature. Paysages, tableaux de genre, portraits. M. de Broca s'intéresse à tout, et réussit aussi bien l'un que l'autre. Il sait saisir et faire vibrer l'expression d'un visage humain, comme écrire un poème avec une figure de travailleur se détachant sur le ciel gris, faire éclater la splendeur des climats chauds et chanter la mélodie des pays d'Armor....

Voilà ce que j'ai admiré dans le petit atelier du quai d'Orléans ; plaisir égoïste, car j'étais seule à en jouir, et d'autant plus exquis que je n'y suis pas habituée, comme je ne disais plus haut. Mais je regrette que M. de Broca ne le fasse pas partager à plusieurs, et je désirerais de tout mon cœur que mes contemporains puissent admirer ces belles œuvres, dans une exposition..... Ce serait non seulement une gloire pour leur auteur, mais une réhabilitation de cette peinture à l'eau, qui, ainsi maniée, devient certes aussi belle que la peinture à l'huile !

Andrée MYRA.

SOCIOLOGIE

LE BONHEUR

En ce moment des yeux pleurent, d'autres yeux veillent,
Et je lui dis : Hélas ! d'autres sont endormis !

V. H.

Toutes les horreurs de l'enfer dantesque, les visions macabres d'Egar Poë, de la chair torturée, des cœurs martyrisés, l'infini dans la souffrance, sous des formes imprévues et multiples. Et c'est à ce moment funèbre, où chaque télégramme apporte plus d'épouvante et de tristesse, que nous oserions disserter sur les conditions du bonheur ?

Si amoureux que nous soyons de notre Moi, préoccupés des choses qui convergent docilement vers la satisfaction de nos mille besoins, malgré notre ingéniosité pour extraire de la vie son maximum de joies et de jouissances fines, en vérité nous ressentons aujourd'hui quelque confusion à rechercher les moyens d'accroître nos félicités. Dans cette poursuite du Bonheur, nous craignons d'étaler les indécences de l'égoïsme, alors que nos larmes, tous les frissons de notre sensibilité, nos soucis obsédants, devraient être pour les affamés qui meurent, les victimes qui clament leurs peines en attendant le secours de l'universelle pitié, annonciatrice de la Paix lointaine des jours meilleurs.

Pourtant, il faut affronter la vie qui piétine si lourdement sur nos cœurs. Il faut la vivre avec une orgueilleuse virilité, — et le bonheur peut demeurer compatible avec le devoir humain.

La morale antique était indivitualiste. Isolé des autres hommes le sage aspirait à la tranquillité hautaine des *Templa serena*. Il regardait les efforts désespérés de ses semblables ; sans se réjouir de leurs angoisses, il dressait néanmoins l'inventaire des maux auxquels il avait la satisfaction d'échapper. Le spectacle d'une catastrophe augmentait le plaisir de sa sécurité.

Une fois seulement Sénèque exhorte son lecteur à l'action. Dans un opuscule sur la tranquillité de l'âme, il conseille à un jouisseur blasé de se dépenser pour le bien de l'Etat. C'est par le tracas salutaire de la chose publique, qu'il veut préserver de l'ennui un esprit languissant, un raisonneur subtil, un pessimiste obstiné dans l'analyse du moi.

Sous l'impression d'accablement laissée par le grand désastre, j'avais la crainte de n'éprouver bientôt que lassitude irritée en écoutant parler du bonheur. (1)

Il me paraissait imprudent de prononcer ce mot ironique, à l'heure des deuils inconsolés. Mais ces pages éloquentes, inspiration d'une raison ferme et d'un cœur tendre, me donnèrent le réconfort souhaité.

Ce moraliste qui a parfois les accents du poète, fait apparaître la sèche étroitesse d'une théorie du bonheur étrangère à l'idée de solidarité. La morale abstentionniste, idéal de l'aristocratie romaine, ne sera jamais la nôtre. Eprise d'action et de gestes forts, la société démocratique ne retiendra des doctrines stoïciennes que les exemples offerts par l'homme qui se mesure fièrement avec la fortune. Elle admire la grandeur des défis que nous jetons à la destinée, la volonté de dominer la vie. Toutefois nous sentons que le devoir ne se résume point en des attitudes théâtrales. Nous avons la mâle résolution d'agir et de nous dévouer.

Cette adorable Reine d'Italie a mis autour de son diadème, l'auréole des dévouements héroïques. Ame royale, ornée de la parure de ces vertus particulièrement plébéiennes : la bonté intrépide, la pitié exaltée qui veut tout donner.

Elle nous dit que le bonheur peut s'alimenter aux sources amères du sacrifice, et que l'immolation de soi-même a des voluptés. Elle enseigne aux brutes masculines qui se bousculent dans les avenues encombrées du Pouvoir, que la richesse et la puissance n'ont de titres au respect des foules, qu'en s'employant pour le bien.

L'admirable femme continue son œuvre de charité ! Lisez cette dernière dépêche : « Dès aujourd'hui, la grande et splendide salle du Trône a été convertie en un atelier de couture pour les sinistrés. On s'est procuré à la hâte des machines à coudre, des ciseaux, de l'étoffe, de la toile, et on travaille fiévreusement pour préparer des chemises, du linge, des vêtements. La reine, habillée modestement, dirige le travail, en allant d'une ouvrière à l'autre pour donner des ordres et des conseils. Elle coupe, elle coud elle même avec une activité, qui lui vaut l'admiration des ouvrières.

Les petites princesses Jolanda et Mafalda aident leur mère. Les ouvrières sont des dames de la Cour et des couturières de profession recrutées dans tous les ateliers. La différence de condition n'empêche pas la cordialité ; naturellement, dans le grand salon, pour commencer, il y eut un peu de froid, mais la reine avec son affectueuse amabilité sut faire fraterniser ses ouvrières ».

Cette scène d'une simplicité odysséenne, emporte aux âges épiques notre pensée, vers une aimable sœur de la charmante Reine. Minerve avait répandu sur son corps et sur son visage, l'essence de la beauté divine. Elle travaillait dans son palais d'Ithaque, au milieu des servantes aux bras blancs, héroïquement résignée, inlassablement fidèle au devoir, les yeux voilés de larmes, songeant que beaucoup d'Achéens aux belles cnémides jamais plus, ne reverraient la lumière du jour.

Ainsi se résume la destinée touchante et gracieuse de la femme : aimer et souffrir. A l'époque tragique où nous vivons, elle a mieux que nous, la divination du devoir social. Riche, elle comprend que le droit de posséder correspond au devoir de donner. Elle jette son or, et prodigue son cœur.

C'était au contraire l'heure propice, pour lire le volume de M. Souriau. Une impression de viril optisme s'en dégage. Ce moraliste nous invite avec les séductions du verbe, à vivre de la vie personnelle, familiale, sociale la plus intense. Il ne dit point que la vie soit un Palais enchanté dont il offre les clefs. Il préfère nous avertir que le bonheur n'est pas notre fin suprême. « Il y a quelque chose qui vaut plus que la joie et qui dans bien des cas ne peut être obtenu que par le renoncement à la joie : c'est la vérité, la justice, la bonté, la dignité de la vie. »

Ah ! combien j'aime ce philosophe qui fait clairement entendre que l'individu n'est rien et que notre disparition n'est

<hr>

(1) Des *Conditions du Bonheur* par Souriau, A. Colin, éditeur.

point une catastrophe dans l'Univers. Qu'il nous suffise de penser aux survivances éternelles en d'autres êtres qui porteront le divin flambeau. Comme il a raison de nous rappeler que les vagues et les vaguelettes de l'Océan restent l'image de notre petit moi, — rides bientôt effacées dans les immensités mouvantes.

Valory le Ricolais.

Nous avons été heureux de relever le nom de notre collaborateur au Journal *Officiel*. M. Valory le Ricolais, Conseiller Général de la Charente vient d'être nommé Officier de l'Instruction Publique. Tous nos compliments au brillant écrivain.

La Critique.

CLARTÉ FRANÇAISE

UN énorme gain social sera réalisé quand les esprits auront en France des besoins plus impérieux de clarté avec ces exigences délicates et rationnelles qui manquèrent souvent aux hommes dont l'action pesa sur les destinées de notre pays. La politique, l'administration, la littérature et l'art seront toujours dans un rapport nécessaire avec un certain état intellectuel traduit par des séries de faits.

Alors le suffrage universel méritera cet absolu respect attaché à la parfaite raison. Ses facultés de discernement l'aideront à choisir ses mandataires parmi l'élite, des vues plus compréhensives lui feront sentir l'avantage des longs desseins dans la direction des affaires publiques.

En littérature, le public se portera vers les œuvres sincères, puissantes et saines. Au lieu d'exhibitions impudiques et de décors qui amusent les yeux, il demandera plutôt de fines peintures morales, moins émerveillé des tirades, plus curieux des évolutions d'âmes s'analysant dans l'action.

Les écrivains et les orateurs parleront un langage exact et intelligible. Observateurs consciencieux de la nature et de la vie : poètes, peintres et sculpteurs auront ce souci de la vérité qui engendre les fortes œuvres, — éternellement admirées. Enfin la moralité des individus s'élèvera dans la mesure où se précise la notion du devoir.

Nous subirions d'immenses pertes en laissant se déformer l'esprit classique fait de naturel, de clarté et de bon sens.

Nisard, que nous prîmes en grippe au temps des ferveurs romatiques de notre jeunesse, a écrit cette parole profonde : « La théorie de la raison est en littérature toute une morale ». Il voulait nettoyer le discours de l'affectation, il recommandait l'expression simple, l'équilibre entre le mot et la chose. Il censurait les vagabonds de la pensée, n'estimant surtout que les déductions rigoureuses, l'acheminement tranquille vers la question posée en termes clairs. On eût raison de le conspuer pour sa théorie des deux morales, mais quelle injustice à oublier qu'il a représenté l'esprit cartésien et cet atticisme qui ne tolère rien de trop, met en relief l'essentiel, s'inquiétant moins des multiples phénomènes que de la substance, dirait un philosophe. En définitive, il exaltait sans cesse les dons du génie national, marquant des affinités avec le génie athénien : simplicité, précision, élégance gracieuse et sobre.

Dans un volume, *La Clarté Française*, [1] M. Vannier défend aussi le rationalisme littéraire. Il y déploie les ressources d'une ample information et la bonne humeur d'un gaulois. Son idéal est bien celui que nous aurions profit à poursuivre dans le monde moderne entraîné vers l'action. « Ne devenons pas, dit-il, un peuple de rhéteurs et recherchons avant tout, la clarté, la précision. »

En rattachant sa théorie de la raison à la morale, Nisard autorise M. Vannier à soutenir que la manière d'enseigner les lettres intéresse au plus haut degré le sociologue.

Proclamer à chaque minute la souveraineté de la raison, empêcher son atrophie par le libre-examen, c'est préparer des esprits qui échapperont aux servitudes intellectuelles.

Dans les régions de la littérature et de l'art que l'on souhaiterait baignées d'une atmosphère limpide et calme, les aberrations intellectuelles et morales se formulent en des théories qui imposent d'énigmatiques et prétentieux jargons.

Mais la raison française n'est que passagèrement obnubilée. Rêves mystiques du cloître, chimères socialistes, divagations des cénacles, toutes les formes de l'exaltation morbide provoquent bientôt le sourire de l'ironie indulgente.

Notre bienveillance amusée sait écouter le dévot qui raconte des miracles, le réformateur simpliste qui chevauche dans les nuages et le symboliste extasié devant les oarystis.

Trop raisonnables pour pécher par l'abus de la raison elle-même, faisons au sentiment la part qui répond à la dualité de notre être intellectuel et sensible.

La défiance exagérée de l'imagination rendrait la prose incolore. Sans infidélité à l'esprit classique élargi, nous répéterons parfois :

J'adore l'imprécis, les sons, les couleurs frêles.

Exacte et lumineuse, la prose peut être le cristal qui enferme l'idée dans ses rigides contours et traduire le monde infini des formes, des couleurs et des sensations.

Valory le Ricolais.

---

(1) Nathan, éditeur.

LA CRITIQUE

illustrée, internationale,

indépendante,

des Arts et de la Littérature.

Bulletin officiel

de l'Association de la Critique

15e Année

N° 264   *5-20 Février 1909.*

ARTS

LES DÉBUTS
DE MADEMOISELLE GEORGES
ET LA CRITIQUE DE SON TEMPS

A Madame Sarah Bernhardt, l'illustre
tragédienne, qui veut bien m'hono-
rer de sa sympathie et qui est bien
faite pour comprendre Mademoiselle
Georges.

PRÈS la publication
des Mémoires de
Mademoiselle Geor-
ges par Monsieur
Chéramy, qui n'ont
rien à voir avec
mon propre travail,
une telle étude ne
pourra, je crois,
qu'être la bienve-
nue. Je ne sache
pas même que ce
sujet ait jamais été traité. Qui connaît
aujourd'hui la part que prit autrefois la
critique aux faits et gestes de la grande
tragédienne ? Je vais donc faire connaître
ce que m'a révélé la presse du temps et
nul doute que les lecteurs ne le suivent
avec intérêt, nul doute enfin, qu'ils trouveront que le passé a une saveur que n'in-
firme nullement le présent. De plus, on
verra cette étude traversée plus d'une fois
par d'autres grands noms du théâtre, qui
évoluèrent autour de Mademoiselle
Georges.

Nous allons donc prendre Mademoiselle
Georges à ses débuts, ce qui ne sera pas
le côté le moins captivant de sa carrière
théâtrale, tant s'en faut. Rien de curieux,
comme d'observer l'attitude des contemporains à son égard et d'assister à certaines cabales.

Le lundi 8 Frimaire an XI, Mademoiselle
Georges Weimer (Weimer était son nom
de famille) débutait par le rôle de Clytemnestre dans *Iphigénie en Aulide.* Sur
l'affiche on avait eu soin d'indiquer qu'elle
était élève de Mademoiselle Raucourt. On
peut dire qu'on l'attendait là. Il y avait
bien eu une première tentative qui, devons-
nous le dire, avait causé quelque déception ; mais c'était la première entrée dans
le feu, inséparable de timidité et d'émotion,
d'où l'on sort aguerri ou paralysé pour
toujours.

On n'entendit donc se prononcer définitivement qu'à la seconde représentation.

Cette fois, la représentation fut, pour la
débutante, plus heureuse que la première,
même assez brillante où le mieux était
déjà sensible dans le jeu et dans le débit.
Peut-être la malignité chercha-t-elle à
établir quelque comparaison entr'elle et
Mademoiselle Duchesnois. Il eut fallu pourtant tenir compte que celle-ci était beaucoup plus faite et ne pouvait même gagner
davantage, et puis l'emploi était d'ailleurs
bien différent. Voici ce que pensait la
critique de cette dernière : « Mademoiselle
Duchesnois n'a un talent décidé que pour
les amantes passionnées : elle séduit
tout le monde par sa sensibilité, par une
expression vive et naturelle de l'amour ;
c'est ainsi qu'elle c'est ménagé des intelli-
gences dans les cœurs ; mais il y a d'autres
sentiments, d'autres passions que l'amour
à exprimer dans les tragédies. La nature
n'a rien fait pour Mademoiselle Duchesnois
dans les rôles de reines ; Sémiramis est le
seul de cet emploi qu'elle ait joué et c'est
celui où elle a produit le moins d'effet ;
la majesté, la fierté, les emportements de
l'ambition, de la haine et de la vengeance,
ne conviennent point à son organe et au
caractère de son jeu : dans les fureurs
même elle incline vers la tendresse ; elle
est douce et touchante beaucoup plus
qu'imposante et terrible. Il n'y a donc
aucune rivalité entre deux actrices qui ne
s'exercent point dans le même genre. »

Tout cela fort juste et fort bien dit ; mais
nous verrons qu'à un moment donné la
cabale ne l'entendra pas de la même
oreille.

On critiqua ce fait que la débutante
ressemblait extrêmement comme jeu, comme manière d'être, à Mademoiselle
Raucourt, dont elle était l'élève. Etait-ce
donc tant un mal, avant de devenir soi-
même ; que d'avoir pris son accent, ses
gestes, ses attitudes et jusqu'au son de sa
voix ? On peut même dire que cette fidélité dans la copie du modèle annonçait
d'excellentes dispositions et de brillants
succès.

On voulut même établir une comparaison défavorable à Mademoiselle Georges,
en disant que Mademoiselle Raucourt
n'avait rien pris à Legouvé, qui se vantait
d'être son instituteur.

Je laisse maintenant la parole à la
critique contemporaine, que je trouve
essentiellement remarquable et qui me
paraît être, en même temps, le portrait dramatique réussi de Mademoiselle Georges :

« Mademoiselle Georges a très heureusement franchi l'écueil contre lequel elle
avait pensé se briser à la première représentation ; elle a su saisir la nuance qui

sépare le simple du familier, dans ces vers
si ingrats pour l'actrice :

Vous savez, et Calchas mille fois vous l'a dit, etc.

Ce détail domestique et froid, au milieu
d'une tirade pathétique et brûlante, est un
passage bien dangereux pour une actrice
peu exercée ; et les plus consommées ne
s'en tirent pas toujours avec succès. Il n'y
a rien de plus difficile dans l'art dramatique que l'alliance du simple et du naturel avec la noblesse.

Ce qui est peut-être plus extraordinaire
que la ressemblance de Mademoiselle
Georges avec Mademoiselle Raucourt,
c'est la nature de son organe, plus doux
et plus agréable dans les grands éclats
que dans les situations tranquilles. Telle
est la force de sa voix, qu'elle a besoin de
se développer et de s'étendre pour paraître dans tout son avantage ; dans le récit
calme et paisible, le son en est un peu sec
et légèrement embarrassé ; il a l'air de
s'échapper d'un gosier qu'on a comprimé ;
mais quand la situation est vive, il rompt
toutes ses entraves et semble éclater en
liberté. C'est précisément le contraire qui
arrive à Mademoiselle Raucourt, sa voix
qui n'a rien de désagréable dans les tons
graves ou moyens, acquiert de la dureté
et de la sécheresse dans les tons aigus. »

Ce qui va suivre dénote la plus grande
impartialité de la part du critique, qui
prouve que loin de desservir l'actrice, il
la sert au contraire : lui signaler ses
défauts, c'est lui permettre de les corriger :

« On peut reprocher à la débutante un
peu de monotonie, de lenteur et de chant
dans les plaintes et dans la douleur ; son
débit est meilleur dans l'indignation et
dans la colère. L'expression du visage, si
essentielle pour l'effet, est vive et forte
chez elle ; sa physionomie a de la mobilité ;
mais c'est dans son crâne qu'elle doit
puiser les traits de cette expression et non
sur la figure de son institutrice. Une
expression outrée est presque aussi répréhensible que le défaut même d'expression.
Toute expression qui produit une difformité choquante est exagérée et factice :
les connaisseurs n'y voient que des efforts
pour suppléer à la véritable chaleur ; c'est
l'imitation du sentiment par des contorsions et des grimaces. »

Cette critique, en un mot, n'apparaît-elle pas, comme un modèle du genre.

Aux yeux du critique, dans cette même
représentation, Mademoiselle Georges ne
fut réellement bien secondée que par
Saint-Prix. Il dit, même de Talma, que le
rôle d'Achille n'est pas dans la mesure de
son talent. Quant à Madame Talma (combien savent que la femme du grand tragédien brûlait aussi les planches), quant à
Madame Talma, dit-il, dans son rôle
d'Iphigénie, son jeu est simplement sage
et raisonnable et quelquefois l'agrément
de sa voix, la douceur de son débit est
monotone et un peu fade : oh ! oh ! voilà
qui n'est pas très aimable, si juste : son
unique défaut est de n'avoir rien de
saillant. A propos de Madame Talma, je
citerai cet épisode, qui pour être un peu

en dehors, me semble devoir être goûté.
C'était à la séance de l'Assemblée nationale
du lundi 12 juillet 1790. Voici la motion
concernant son mariage :

« M. Talma, comédien, n'a pas été admis
au Sacrement du mariage par M. le curé
de Saint-Sulpice ». Il est à remarquer que
c'est déjà le curé de Saint-Sulpice qui
avait interdit l'inhumation religieuse
d'Adrienne Lecouvreur.

« Deux fois il s'est présenté (Talma),
deux fois il a été refusé. Il a insisté par
une sommation d'huissier. M. le curé a
répondu par une déclaration écrite, que la
Religion Gallicane n'admettait point les
comédiens à l'état de mariage. M. Talma,
dans son adresse à l'Assemblée, réclame
les droits de l'homme et de citoyen actif :
M. Goupil a demandé le renvoi au Comité
de Constitution et au Comité Ecclésiastique. Ce qui a été décrété. »

Par exemple, j'ignore quelle suite fut
donnée.

II

Le 7 Nivôse suivant eut lieu la continuation des débuts de Mademoiselle Georges
dans *Cinna*, où elle remplissait le rôle
d'Emilie.

On va voir que Mademoiselle Georges
conquiert de plus en plus son public.

Que dit-on d'elle dans ce rôle ?

« Mademoiselle Georges sait exprimer la
fierté, la grandeur d'âme, le dédain, l'indignation. On lui reproche, surtout dans ce
rôle, une imitation servile de Mademoiselle Raucourt ; ce reproche peut être
regardé comme un éloge. Si une jeune
fille de dix-sept ans, qui fait les premiers
pas dans la carrière, se trouve déjà au
même point où la première actrice de
l'emploi n'est parvenue qu'après trente
ans de travaux, c'est une espèce de miracle. Quand l'original est bon, on doit
s'applaudir de l'exactitude de la copie. »

En effet, les applaudissements qu'on ne
cessait de prodiguer à la débutante, l'affluence des assistants, prouvaient qu'elle
n'imitait pas un mauvais modèle et puisqu'elle continuait d'attirer la foule, qu'elle
recevait de plus en plus des encouragements flatteurs, il fallait bien qu'elle eût
un autre mérite que celui de plaire aux
yeux et que son jeu fut en état de soutenir
le fracas qu'avait sa beauté. Il est vrai
que cette dernière fut sensationnelle et
que tout de suite le premier Consul en
fut subjugué. Talma, à côté d'elle, s'était
particulièrement signalé, ayant joué *Cinna*
avec sagesse et mesure, sans cris, sans
mouvements convulsifs, sans saccade.

« La noblesse et la grâce, disait la
critique, sont les deux divinités auxquelles il doit sacrifier, dompter et régler sa
fougue, faire plier son énergie sous le
joug de l'art, voilà quelle doit être sa
première étude. » Il n'avait pas toujours
été cela, paraît-il.

III

Cette fois, c'est un triomphe dans toute
la force du terme : Mademoiselle Georges
dans le rôle de Didon.

Elle offrait l'original que Virgile, l'auteur de Enéide, semble avoir copié ; c'était la reine de Carthage en personne. « Telle était Didon, telle on la voyait s'avancer avec une douce majesté, au milieu de son peuple, hâtant les travaux qui devait fonder son empire. »

« Ce n'est pas tout d'être belle, déclarait la critique au sujet de cette représentation ; il ne suffit pas d'avoir les traits de la veuve de Sichée : il faut avoir son âme et sa noble fierté ; il faut unir aux grâces françaises l'énergie et l'ardeur qu'un climat brûlant donne à la passion de l'amour ; et, ce qu'il y a de plus difficile au théâtre, il faut être emportée et furieuse, sans cesser d'être belle ; il faut, dans l'excès même de la passion, conserver la dignité, la décence et les agréments de son sexe :

Quand une amante en pleurs descend à la prière,
C'est alors qu'elle exerce une puissance entière :
Et l'amour qui gémit est plus impérieux
Que la gloire, le sort, le devoir et les dieux.

Armand BOURGEOIS.

(*A suivre*).

PETITS SALONS

A mesure que s'avance l'époque des grands salons, les petites expositions semblent se presser et se multiplier ; on n'en comptait pas moins de trois au Grand Palais la semaine dernière : Les « I » — je donne le titre tel quel — société de femmes qui prétendent — ou espèrent — être uniques en leur genre, dont quelques-unes, comme Mademoiselle Geneviève Granger, ont beaucoup de talent, dont beaucoup, pour faire honneur à leur titre sans doute, cherchent à se singulariser avant tout, et dont on ne peut encore parler sérieusement... Nous verrons ce que donnera cet effort vers le mieux, qui, pour le moment, à part, je le répète, un ou deux talents fort sérieux, n'offre guère plus d'intérêt que la plupart des petites parlottes de femmes du monde instituées autour d'une tasse de thé.

Les peintres du Paris Moderne ; groupe d'artistes des plus intéressants, dont le but est de réunir dans des expositions périodiques les œuvres reproduisant spécialement les paysages ou les intérieurs de Paris, ou les scènes de la vie parisienne. Le programme est fort joli, fort séduisant, et, jusqu'à présent du moins, admirablement rempli. Cette merveille toujours renaissante qu'est notre ville, si peu connue, si mal appréciée, entr'aperçue çà et là sous quelques-uns de ses aspects dans les différents salons, il est bon que nous puissions la fouiller, la parcourir, emplir nos yeux et notre esprit de tout ce qu'elle contient de majestueux, de sublime, de terrible, de lamentable et de joli, tant en sa colossale ossature qu'en ses détails les plus intimes, qu'en ses habitants des deux sexes, et de tous les mondes. C'est un essai de nationalisme infiniment plus profond, plus intéressant, et de plus de portée que

celui de l'école Française — encore un des salons du Grand-Palais, mais dont je vous demande la permission de ne pas parler ! — Revenons à la vaillante phalange des peintres du Paris Moderne. Tous gens de talents, aquarellistes, peintres, graveurs et dessinateurs, séduits, l'un par les intérieurs des monuments, églises, écoles, amphithéâtres — comme MM. Hillekamp, Marchand — d'autres par les paysages si variés, les aspects fantastiques que prennent les coins de la ville sous la neige, la pluie ou le soleil — je citerai en particulier les études du Luxembourg de M. Seguin-Berthault, les toiles un peu épaisses, mais fort énergiques, de M. Lemaître, les aquarelles et les eaux fortes originales de M. Pinet, les dessins de M. Jouas, les gravures en couleurs de M. Gauthier — d'autres encore par la manifestation de la vie humaine, joie, douleur ou plaisir — dans ce genre, signalons M. Pierre Brissaud, M. Minartz, qui abuse peut-être un peu des tons faux et violents, M. Mantelet qui a besoin de parfaire le talent original et primesautier que révèlent ses œuvres. Bref, un ensemble parfaitement intéressant, sans fausses notes, avec quelques accords merveilleux... Que demander de plus à un salon ?

Aussi au Grand Palais, l'exposition des femmes peintres et sculpteurs, d'une élégance fade, d'une tiédeur de talent, d'une monotonie de caractères qui me rendraient anti-féministe, si je savais au juste la signification de ce mot, et si je n'avais souvent constaté, en explorant les salons,

Qu'il y a aussi sur ce point
Bon nombre d'hommes qui sont femmes...

Je crois donc qu'il ne faut pas accuser le sexe de cette impuissance à faire mieux. Mais c'est véritablement décourageant et lorsqu'on voit cette quantité énorme de toiles grandes et petites, ni bonnes ni mauvaises, hélas ! dont pas une ne dénote, même à côté de défauts terribles, quelque qualité maîtresse qu'on pourrait espérer voir se dégager plus tard, on en vient à plaindre ces malheureuses condamnées à tourner toujours dans le même cercle, et à trouver, comme le bonhomme Chrysale :

Qu'une femme en sait toujours assez
Quand la capacité de son esprit se hausse
A connaître un pourpoint d'avec un haut de chausses...

*   *
*

Chez Georges Petit, salon des Arts Réunis, peinture, sculpture, gravure, objets d'art. Beaucoup de vues d'Espagne, comme par hasard, M. Frédéric Lauth nous en montre une tripotée — si j'ose m'exprimer ainsi. Peinture épaisse, lourde, sans air, sans lumière et sans vibration, n'évoquant en rien l'atmosphère légère et ensoleillée du pays des hidalgos. Quand il veut faire du sombre, c'est bien pis ; on dirait un mélo de la Porte-Saint-Martin ! Passons. M. Georges Bergès, dont j'apprécie beaucoup le talent personnel, sans cependant admirer sans réserve son parti pris de chatoiement éternel, fait défiler devant nous des types de duègnes et de *flamencas* très intéressants, des intérieurs de cafés chantants, des jeunes femmes enmantillées du plus joli caractère. Citons, parmi les paysagistes, MM. Cornillier, dont les études révèlent une belle nature de coloriste ; Dambeza, fin et distingué jusqu'en ses toiles traitant des rudes travaux des champs ; Guinier, dont la chantante harmonie de couleurs se marie à un coup de crayon gracieux et viril, Henri Jourdain, que je ne saurais trop louer pour son interprétation si pure de la nature, et Fernand Maillaud, dont la toile — *Intérieur à Nohant* — est un véritable petit chef-d'œuvre. Il me faut faire une mention spéciale pour les paysages de M. Louis Toussaint, et surtout pour ses eaux-fortes du Vieux-Paris, de Saint-Séverin à Saint-Étienne-du-Mont, d'une vérité — la vérité de l'art, — d'une puissance d'évocation vraiment merveilleuse, et qui mériteraient ainsi que ses toiles une place d'honneur au salon du Paris Moderne...

Quant aux sculpteurs, à part M. Cedercreutz, dont les études témoignent d'un talent hors ligne, je ne pourrais en parler que d'une manière qui leur serait sans doute aussi désagréable qu'à moi-même, car quelques-uns, dont j'aime et apprécie les qualités en général, se sont montrés cette fois-ci plutôt médiocres, et je veux oublier ce moment de défaillance.

Enfin, n'oublions pas de mentionner ici l'exposition de M. Pierre Vignal, aussi dans les galeries de George Petit. L'éloge de ce talent si fin, si lumineux, et si puissant en même temps, n'est plus à faire, mais on peut dire que cette année, M. Vignal s'est véritablement surpassé. Ce n'est plus de l'aquarelle, c'est de la lumière, de l'ombre, de formes de nature, de grands espaces éclatants, du relief et de la profondeur pétris ensemble, et présentés avec une telle interprétation de la vérité, que nul ne peut dire où commence l'art, où finit le métier, et si ce qu'il a devant les yeux est matière ou pensée... Puissance grandiose de l'âme des artistes, qui fait passer en nous l'émotion ressentie, qui nous roule dans la joie de la vie, nous dégage des préoccupations terrestres, nous emporte dans un monde que nous coudoyons à chaque heure sans nous en douter, et fait flotter sur la matière inerte le voile chatoyant de l'idée !...

> Quelque chose de beau comme un sourire humain
> Sur le profil des Propylées !

ANDRÉE MYRA.

MARIAGE D'ARTISTES

N**OTRE** ami et collaborateur M. Hector Guimard, l'architecte-décorateur, rénovateur de l'art français, offrait dans les salons de son atelier artistique de l'Avenue Perrichont, une élégante Soirée à ses amis et admirateur de la première heure, à l'occasion de ses fiançailles avec Mlle Adeline Oppenheim, dont le talent pictural est en ce moment l'objet des plus flatteuses appréciations au salon de l'Union des Femmes Peintres et Sculpteurs où figurent plusieurs de ses toiles, et notamment une agréable scène familiale de jardin.

MM. Chiza, Evain, Couty et Fernand Hauser ont exprimé en de successives allocutions, empreintes de la plus chaleureuse éloquence, leurs vœux de prospérité au futur ménage artiste, et retracé les nobles étapes de la carrière d'Hector Guimard.

M. Fernand Hauser, dans une spirituelle saillie, a caractérisé d'un trait la popularité grandissante qui s'attache aux formes d'art innovées par notre collaborateur, et qui contribuent pour une large part à la renaissance du style décoratif du XXe Siècle :

« C'est la gloire prochaine, a-t-il dit, qui s'annonce. J'en fus témoins l'autre jour, dans un de nos grands magasins, tandis qu'une cliente, à l'occasion des étrennes, marchandait un objet d'art, et que le commis, en lui vendant cet article, ajoutait : C'est ce que nous faisons de mieux maintenant, c'est du style Guimard. »

Enfin, notre collaborateur Alcanter de Brahm a prononcé, au nom de *La Critique*, quelques paroles qu'il nous est agréable de pouvoir reproduire :

« Je réponds, Mesdames, Messieurs, au
« désir qui m'est exprimé, et qui est aussi
« le mien, de vous dire tout haut ma
« joie, encore que j'aie presque perdu
« l'habitude de conférencier, depuis qu'elle
« est presque devenue le monopole du
« beau sexe.

« Ce sera donc pour me réjouir pleine
« ment, et vous faire remarquer qu'à cha
« que étape, chaque stade de la brillante
« carrière d'Hector Guimard, correspon
« dent les successives agapes amicales
« auxquelles il nous convia.

« Heureux suis-je d'avoir été, en sui
« vant, bien inspiré, le cours de mon
« impression première, bon prophète,
« envers et contre toutes les incrédulités
« affectées en présence des conceptions
« et des formes novatrices de l'architec
« ture et de la décoration modernes.

« Voici dépassée, je le crois, maintenant,
« la seconde phase difficile, celle qui sui
« vit les premiers déboires, les recherches
« et les études, les théories auxquelles
« manquent les moyens de se réaliser.

« Aux difficultés du début, aux jalou
« sies nées de l'affirmation de soi, corres
« pond aujourd'hui comme un prélude
« triomphal d'entrée dans la gloire, sous
« les heureux auspices de l'alliance intime
« de l'art de peindre à celui de construire.

« Les incrédules d'autrefois, les jaloux,
« les imitateurs sournois de la veille, les
« éclaireurs d'embuscade vont se trans
« former, je le devine déjà, en admira
« teurs convaincus. On plie toujours
« devant la force, on s'incline instinctive
« ment devant la Force unie à la Grâce :

> Et la force demain, ajoutée au talent
> Fera de l'incompris un artiste excellent.

« C'est donc cette Force, cette Grâce,
« le Grand Art en un mot, que nous
« saluons en levant notre coupe à la pros-

« périté de leur superbe et touchante
« harmonie. »

La soirée artistique, avec l'aimable
concours de Mmes Armand Coyon et Carboni, de MM. Chiza, Girard, Carboni,
Alcanter de Brahm et Lionel Nastorq,
terminait cette fête amicale.

La cérémonie nuptiale a eu lieu le
Mercredi 17 Février en l'Eglise Saint-
François-de-Sales, elle a été suivie d'une
réception à la salle Hoche.

G. B.

THÉÂTRE

LA MARQUESITA [1]

Le Théâtre des Arts nous transporte en
Espagne, guidés par M. Jean-Louis Talon
du roman duquel M. Robert d'Humières a
tiré les tableaux agréablement colorés et
grouillants de vie méridionale que nous
venons d'applaudir avec fougue. Rivalités
d'amour, vœux à la Madone, désirs fantasques et passions farouches, course de taureaux sur la scène, il y a dans *La Marquesita* de tout un peu et beaucoup de
mouvement. Un monde bigarré défile et se
défie, de jolies filles se promettent, se
donnent ou se refusent, et comment ne
pas s'éprendre de ces danseuses aux noms
chantants, comment ne pas compatir au
désespoir de la voluptueuse Santa, comment ne pas frémir pour Manolo et s'émouvoir au charme de la Marquesita Soledad ?
Historiette gracieuse, drame pour rire,
l'ensemble est chatoyant au possible et la
mixture savoureuse.

LA FURIE [2]

M. Jules Bois a renom de mage autant
presque que d'écrivain ; ses œuvres ne
prétendent pas seulement à la beauté d'expression ; il y veut inclure une haute
signification morale ; poète ésotérique,
occultiste, initiateur de religions secrètes
et compliquées, il ne pouvait s'agir pour
lui de faire acte de dramaturge plus ou
moins ingénieux ou de versificateur rompu
aux difficultés du métier, la *Furie* nous
devait introduire dans un monde où ne
pénètrent pas d'ordinaire les spectateurs
assemblés dans une salle pour suivre les
péripéties d'un imbroglio tragique ou
joyeux. Ce monde, c'est ici l'autre monde,
et Hercule, le héros de la pièce originale
qu'a représentée la Comédie-Française en
veine d'audace, en revient détenteur de
l'énigme dont l'humanité poursuit inlassablement le mot Thèbes, où il a laissé sa
femme Mégara, ses fils et son père, va
périr par la barbarie de Lykos, le farouche
guerrier épris de la belle Mégara. Il était
temps qu'Hercule reparût pour sauver

Thèbes de la ruine et Mégara du déshonneur. Mais Lykos immolé, la ville sauve
et Mégara reconquise, la tragédie ne fait
encore que commencer à dérouler ses
horreurs. Hercule est en proie à de lancinantes pensées ; il assume le rôle ingrat
d'émanciper son peuple de la crainte des
dieux ; ses prédications irritent les prêtres
qui par l'intermédiaire d'une femme enchanteresse et magicienne, triomphent du
héros hésitant mué en bête fauve. Du sang,
de la volupté et de la mort, bien d'autres
choses encore, se heurtent, se succèdent,
se démentent et se mêlent dans le très
curieux drame que la Comédie-Française
fit bien de représenter en affirmation de
son électisme. Je crois que le génie de
M. Jules Bois gagnerait à se contraindre
parfois et à discipliner ses élans ; je crois
aussi que sa muse ne serait que plus belle
dépouillée de quelques oripeaux à effet,
mais *La Furie*, la bien nommée, a de
puissants attraits, et méritait les grands
efforts que nécessita la gestation scénique
de cette singulière tragédie d'idées, entremêlée d'action intense.

G. ROUSSEL.

LE DONATAIRE
LORSQUE L'ENFANT PARAIT [1]

Je n'aurai pas vu *Guerre*, de Reinert,
qu'ont adaptée nos sympathiques confrères MM. Auguste Germain et Trébor. La
pièce, très austère, de l'auteur allemand
a soulevé des protestations anti-pacifistes
et quelques railleries bien parisiennes
dont M. Gémier a peut-être tenu un
compte exagéré ; meilleur juge que quiconque de ses intérêts et de ses devoirs,
le directeur du théâtre Antoine qui avait
dépensé les plus grands efforts de mise
en scène et d'interprétation pour mettre
en valeur l'œuvre étrangère que lui
avaient confiée deux dramaturges dont
l'expérience théâtrale, le talent, nous
étaient garants de l'intérêt de la pièce de
Reinert, a retiré de l'affiche les tableaux
cahotés. Je déplore pour ma part cette
décision radicale et si hâtive. Le spectacle qu'avait composé M. Gémier et dont
ne subsistent que deux courtes pièces
offrait avec *Guerre* une diversité piquante
et substantielle ; voici bouleversée par la
faute d'une minorité de plaisantins une
affiche dont le succès était plus que probable et se trouve compromis, un directeur méritant dans l'embarras, des frais
et du travail perdus. Que M. Gémier se
console par l'accueil fait au *Donataire*
et à *Lorsque l'enfant paraît*. Ces deux
œuvrettes ont tout le mouvement, toute
la verve un peu brutale, qui ont longtemps séduit le public à qui son prédécesseur avait appris le chemin du Théâtre-
Antoine, ci-devant Libre. La première est
une paysannerie amèrement observée,
dont les deux actes s'opposent et se contre-balancent, une étude de l'âme finaude,
têtue, despotique, du rustre vu par le

---

[1] Théâtre des Arts.
[2] Comédie-Française.

[1] Théâtre Antoine-Gémier.

côté un peu platement réaliste de la lorgnette. Vraie dans l'ensemble, concise sans trop de sécheresse, elle ne nous dévoile rien de nouveau sur le fonds du terrien. Mais que M. Léon Madart est donc excellent dialogueur, preste arrangeur de scènes, habile dénoueur d'une intrigue qui ne ralentit jamais et finit dans une explosion de gaieté.

M. Charles Esquier a mis de l'esprit et de la malice jusque dans son titre. *Lorsque l'enfant paraît*, le cercle de famille s'agrandit, au point d'englober trois pères présomptifs de ce gosse accapareur mis au monde par la plus délurée des petites femmes. Elle attelle à trois, cette Léonide accommodante, sans jamais perdre pied dans l'enchevêtrement des mensonges auxquels sa situation l'oblige ; elle a de la conscience et de la probité dans les épanchements, une inlassable patience, de la décision quand tout se gâte et quand se découvre sa duplicité professionnelle ; si bien que chacune de ses « poires » sort de chez elle résigné à tout endurer, à tout croire, pourvu qu'elle consente à le tromper encore.

M. Charles Esquier est de la lignée des grands auteurs comiques, des Courteline et des Tristan Bernard ; sa Léonide montre une charmante inconscience : elle parle le langage de l'intérêt le mieux compris : sa dialectique amuse autant qu'elle persuade et sa gentillesse est la plus forte. Chacun des « bonshommes » secondaires est marqué de traits particuliers, leurs plus hilarantes saillies reflètent une vue très juste et point trop caricaturale de l'amoureux grison ; et pour tout dire, ce néo-vaudeville rapide sans heurts, aux lignes simples et élégantes, égale les plus jolies comédies par sa vivacité et sa vrai-semblance, les bouffonneries les plus notoires, par sa folle drôlerie.

G. ROUSSEL.

4 FOIS 7 = 28 (1)

La nouvelle pièce de M. Romain Coolus n'a pas trompé nos espérances. C'est une fine comédie où l'esprit parisien déborde, où les mots jaillissent à chaque instant comme partent les fusées d'un feu d'artifice.

L'auteur a travaillé une pièce qui eût pu rester une simple pochade, il en a fait quelque chose de charmant ; il a rendu sympathique un rôle de belle-mère que depuis longtemps on nous avait habitués à considérer comme stupide.

Mme Augustine Leriche tient là une de ses meilleures créations, elle est d'une exubérante gaité, sans un seul mot trivial pouvant choquer les oreilles.

Mlle Clarens (Juliette Dietz-Monin) quitte le théâtre d'amateurs pour passer sur une scène des plus parisiennes. Elle s'est taillé un beau succès artistique.

Mmes Leriche et Clarens nous expliquent que, tous les sept ans, l'Humanité fait peau neuve. Nous en acceptons l'augure.

(1) Bouffes-Parisiens.

En tout cas, le théâtre des Bouffes-Parisiens tient, maintenant et pour longtemps, une comédie fort spirituelle qui séduira les parisiens et qui sera recommandée par les familles aux jeunes mariés qui apprendront élégamment comment on se réconcilie quand on s'est mal compris.

M. Romain Coolus doit être satisfait de ses interprètes.. et de son public qui ne lui ménage pas ses applaudissements.

G. B.

MUSIQUE

CONCERTS

L'UNION amicale de la Rive Gauche a donné le dimanche 7 février, en la salle d'horticulture, rue de Grenelle, son quatrième grand concert symphonique, avec le concours de Mesdames Ch. Neveu et Nagel, de M. Lacroix, organiste des concerts Lamoureux, et de MM. Auriault et Demange. Cette magnifique séance, dont le bénéfice était réservé à la caisse des retraites de *La Camaraderie*, ou association amicale des anciens élèves de la classe Pessard, a obtenu un succès bien mérité.

Après une première partie dans laquelle se sont fait entendre, non seulement l'orchestre avec l'ouverture de *Ruy Blas* et les danses de Brahms, mais encore M. Lacroix, qui a finement détaillé des œuvres de sa composition, et puissamment interprété le choral en *la* de César Frank, et M. Demange, Madame Ch. Neveu, en des œuvres de Saint-Saëns et de Ch. Neveu, l'orchestre nous a fait entendre la magistrale symphonie cantate de Mendelssohn, cette œuvre de colosse, parfois si douce, si pure et si rêveuse qu'on y sent passer, comme disait Wagner, « toute l'âme de l'Allemagne ». Belle journée, et bien faite pour ravir les amateurs de musique.

A. M.

LIVRES

IL me serait agréable de consacrer aux ouvrages de débutants de longues critiques, mais devant cette floraison intense, je ne puis que citer les ouvrages suivants. Bon nombre à côté d'erreurs initiales, présentent de réelles qualités de rhytme et de pensée : Voici *Rollon* (1) héroïde au souffle cornélien de M. Eugène Lambert ; les *Rayons d'Aurore* (2) de M. Maxime Bluet ; *Grisailles* (3)

(1) H. Daragon, éditeur.
(2) Librairie « Dramatica ».
(3) Édition du Tout-Lyon.

de M. Louis Raymond ; *Les Mois qui pleurent* de M. Jean Azaïs.

Parmi les récents ouvrages historiques, il faut particulièrement signaler ceux se rapportant à la période révolutionnaire et napoléonienne : *Saint-Martin-d'Ablois pendant la Révolution* (4) par l'érudit chercheur Armand Bourgeois, nous fait connaître l'état d'âme des habitants d'une petite commune de Champagne pendant la tourmente sociale, fièvre tempérée par la finesse et la bonhomie locales. M. P. Hémon étudie la Révolution en Bretagne et s'attache à un cas particulier : *Le Déist de Bolidoux a-t-il trahi les Députés Girondins proscrits ?* (5), travail remarquablement documenté. M. A. Trimoulier consacre un important volume à *Marc-Antoine Baudot* (6) qui fut député de Saône-et-Loire à la législative et à la convention. Le rôle politique de Baudot, sa mission à l'armée de Rhin-et-Moselle, ses mémoires et notes forment une leçon d'histoire d'une grande dignité.

La littérature relative à l'époque de Napoléon s'est enrichie de *La Place de l'Etoile et l'Arc de Triomphe* (7). M. Gaston Duchesne par l'historique du portique de victoire fait aussi connaître les détails d'architecture et de sculpture, renseigne sur les artistes qui y travaillèrent, donne les noms des généraux gravés sur les tables de mémoire, commente les événements historiques. C'est un livre à consulter et à conserver, ainsi que *Les Bonaparte Littérateurs* (7) de M. Gustave Davois, essai bibliographique très consciencieux, contenant en supplément, les lettres du prince Victor-Napoléon, qui n'avaient pas encore été réunies.

Dans *Un Moraliste Militaire du XVI⁰ siècle, François de la Noue* (8), M. le lieutenant Jean Taboureau, évoque le célèbre « Bras de Fer » également habile au maniement de la plume et de l'épée. M. Jean Taboureau a coordonné avec un rare sens critique, les idées éparses des *Discours politiques et militaires*, pour en faire une morale militaire méthodique. Les réflexions du célèbre capitaine sont piquantes et parfois très « modernistes » en un français savoureux très littéraire. M. I.-F.-Louis Merlet dans *Bagatelle et quelques Visages* (9) évoque en des pages d'une finesse d'aquarelle, le charme, la grâce et les fastes du Trianon parisien tout blanc dans les roses. C'est d'une agréable poésie. Les chapitres consacrés aux Expositions de tableaux dans ce petit palais de féerie sont d'une heureuse notation.

Les professeurs de bonheur se font légion, chaque jour des diplômés ès-sciences heureuses ouvrent des chaires et un cours libre. Aux gens que pourchasse la guigne noire, la lecture du *Secret du Bonheur* (10) de M. Charles Pruvot, est particulièrement recommandable. Signalons aussi dans le même ordre d'idées, le

Petit Manuel pratique d'Astrologie (1) de M. A. de Thyane, qui nous dévoile sans réserve les éléments de l'horoscope. Il est regrettable, afin de pouvoir se libérer, sans crainte de représailles, des fâcheux, que M. A. Porte du Trait des Ages ne nous donne pas les mêmes recettes dans *l'Envoûtement* (1), histoire d'une suggestion présentée en six nouvelles. M. Léon Levrault, dans ses *Maximes et Portraits* (11) a réuni et coordonné dans un petit livre classique tout ce qui constitue ce genre littéraire, portraits et maximes, aussi bien documenté que méthodiquement composé, il sera lu avec fruit par les apprentis critiques. Enfin pour clore cette longue énumération, M. F.-M. Gahisto consacre au laborieux ouvrier de lettres *Phileas Lebesgue* (12) à la fois poète et grammairien, une étude sincère d'un beau style que fait vibrer l'amitié.

EMILE STRAUS.

SOCIOLOGIE

LE BIJOU DE CHAIR

R EGARDEZ bien la couverture illustrée de ce volume au titre troublant. L'éventail fermé s'est mis en arrêt au coin d'une lèvre mutine et fraîchement rose. Le bras gauche enveloppé de la plastique peau de Suède blanche et parfumée, a fait un geste de préhension rapide : l'aristocratique main fluette s'est posée sur des feuillets prêts pour le compositeur. Cette mondaine a des airs de sphinx. Quels mystère va-t-elle révéler ? Messieurs, soyez attentifs ! Mesdames retenez la savante leçon d'amour : la Baronne d'Orchamps va ñous livrer : « *Tous les secrets de la femme.* » (13)

Pas d'hypocrisie ! nous adorons le Nu.

Ceux de nous que la chair a séduits par la ligne
Pleurent d'être nés tard sous nos rudes climats.
Envirant aux anciens cette fortune insigne
D'avoir connu le Beau qui ne se voilait pas.

Les détracteurs de Rubens et d'Ingres, que Delacroix appelait des eunuques seraient aujourd'hui les seuls, à s'indigner en lisant la courageuse apologie de la chair dans *Aphrodite*. Sans pudibonderie, l'helléniste Pierre Louys s'écrie : « Hélas ! le monde moderne succombe sous un envahissement de laideur... Quelle nuit ! un peuple vêtu de noir circule dans les rues infectes. A quoi pense-t-il ? on ne sait plus ; mais nos vingt-cinq ans frissonnent d'être exilés chez des vieillards. »

Un avocat général, érudit, spirituel et fort savant qui s'est dissimulé sous le nom du Docteur Wylm, a constaté en

(4) Matot-Braine, éditeur, Reims.
(5) Honoré Champion, éditeur.
(6) Dorbon Aîné, éditeur.
(7) L'Edition Bibliographique.
(8) Henri-Charles Lavauzelle, éditeur.
(9) L'Edition Libre.
(10) Bibliothèque de La Pensée.

(11) Paul Delaplane, éditeur.
(12) Edition du *Beffroi*, Roubaix.
(13) *Tous les Secrets de la Femme*, par la Baronne d'Orchamps. Bibliothèque des Auteurs Modernes, 16, Rue des Fossés Saint-Jacques, Paris.

historien véridique et sagace, qu'il est absurde d'attribuer à l'austérité des mœurs, la cause de la grandeur des peuples.

Nous ne ne maudirons jamais trop l'ascétisme et ses mépris des splendeurs du corps humain, son admiration maladive de la virginité perpétuelle.

Notre pruderie se scandalise en apprenant que le poète Sophocle, alors âgée de quinze ans, et célèbre par sa beauté, dépouillé de ses habits, — nu comme un plat d'argent, — dansait et chantait le Pœan, après la victoire de Salamine. Ce peuple de penseurs et d'artistes ne connaissait rien d'aussi admirable que l'animal humain dont les attitudes exprimaient la santé, la vigueur, l'activité. Les philosophes fréquentaient chez des hétaïres ; la passion de l'idée pure n'excluait point l'amour des formes féminines, cette éclatante et palpable révélation de l'idéal.

L'épouse intelligente acceptera donc l'amour avec ses conséquences, sans y voir de péché. La Baronne d'Orchamps a écrit un livre avec les plus honnêtes intentions. Elle veut que l'épouse fasse la plus nécessaire des concurrences aux vendeuses d'amour. Son but le voici : « Augmenter pour la femme, les chances de bonheur par une connaissance plus approfondie de ses ressources amoureuses et une application plus éclairée et plus soutenue à développer sa grâce et son attirance. »

Innombrables sont les éléments de séduction d'une femme habile en l'art de plaire. Elle est à elle seule tout un sérail. Ovide en lui révélant les artifices qui donnent la beauté, lui conseillait de goûter la volupté jusqu'au fond des moëlles et au besoin de simuler le plaisir.

Psychologue subtil en ces matières, François Dellevaux dans un poème ravissant « *La Rose sur le Mur* explique les causes soudaines du désir masculin. »

« Chacun de mes cinq sens en vous trouve sa part
Je savoure l'exquis de la vie et de l'art.
Je suis épris de vous comment dire ? — En détail
Un jour, c'est votre main balançant l'éventail
Dont je suis amoureux. Un autre c'est le lobe
Rose de votre oreille. Un autre sous la robe
Qu'il dépasse le bout d'un soulier élégant.
Un autre dans la fente indiscrète du gant
Le creux d'ombre entrevu d'un peu de votre paume.
Ou bien le petit col que votre nuque embaume !
Ou bien encore... ou bien — laissez-moi dire ! c'est
Fine, l'élancement évasé du corset.
C'est votre taille enfin ! dont la sveltesse est jointe
A vos hanches comme un cœur posé sur une pointe. »

Pour exaspérer le désir qui voltige sans cesse autour d'elle, la femme, nous dit encore ce poète, a l'éventail, le mouchoir, la jarretière, le corset.

Tendu l'éventail s'ouvre d'orgueil comme un paon fait la roue :

Tout le temps qu'il oscille il m'apporte loin d'elle
L'odeur de sa jeunesse en son barrement d'aile

Mais avant d'apparaître avec tous ses charmes, la Beauté s'est dévoilée derrière le paravent dont l'étoffe claire semble le reflet soyeux et rose d'une chair épanouie ; elle s'est longuement contemplée : »

dans le limpide ovale
Où son sourire s'interroge au saut du lit

La baronne d'Orchamps recommande les stations prolongées devant le miroir Grâce à la triple perspective de la petite glace à trois faces, on peut tout examiner, tout surveiller, envelopper du regard toutes les faces du problème esthétique à résoudre.

La femme entourée de petites glaces portatives qui sont comme autant de constellations, leur pose obstinément les mêmes questions. On devine les réponses souhaitées : « tu es jolie, ta peau a le grain sympathique et ensorceleur, aucun bourrelet graisseux n'empâte ta silhouette, le masseur n'a vraiment plus besoin de régulariser la rondeur du dos, ni donner plus de souplesse à la chute de la nuque, ton ventre poli est d'une blancheur laiteuse, ton sourire est d'un gracieux dessin, tu prononces les mots d'amour en donnant à ta bouche une tournure charmante, tu connais les attitudes qui font de ton corps un harmonieux poème, ton sein a les tons neigeux du camélia ; il est toujours l'admirable oreiller où se pâmera la tendresse de l'aimé. »

Tels sont bien les propos affolants que le miroir répètera chaque matin, — et longtemps — aux femmes qui, selon les savantes recettes de la Baronne d'Orchamps sauront faire du cabinet de toilette le mystérieux laboratoire où se préparent de la beauté et des charmes toujours vainqueurs. Alors enchaîné par d'innombrables liens, le mâle subit l'irrésistible fascination, la tyranie docilement acceptée.

Mais cet empire ne dure que si la femme conserve le talisman d'amour, ce philtre des coquettes qui maintiennent le culte des adorations sans fin. Afin de plier au joug de l'obéissance absolument passive, le mari ou l'amant, pour demeurer l'irrésistible enchanteresse, elle saura tous les stratagèmes qui affament les désirs fous ; elle ne les éteindra que pour les faire renaître par la tentation d'un corps suave transformé en bijou de chair. Sûre de son pouvoir, elle aura :

L'orgueilleuse impudeur de se savoir nue.

VALORY LE RICOLAIS.

LA CRITIQUE

illustrée, internationale,

indépendante,

des Arts et de la Littérature.

Bulletin officiel

de l'Association de la Critique

15ᵉ Année

Nᵒ 265 · *5-20 Mars 1909.*

THÉÂTRE

BEETHOVEN (1)

Es souffrances du gé-
nie et ses luttes con-
tre la malveillance
du vulgaire fourni-
ront éternellement
des thèmes aux dra-
maturges, surtout
poètes, pour tenter
d'émouvoir ses fidè-
les et de glorifier les
mémoires sacrées.

M. René Fauchois,
déjà marqué par le
succès, a choisi Bee-
thoven comme inspi-
rateur de ses vers gonflés d'enthousiasme
juvénile : tous ne sont pas également purs
et j'en pourrais citer qui rappellent François Ponsard, mais M. Fauchois fit exprès,
ai-je lu, de prêter aux plus épais des tour-
menteurs du pauvre grand homme un langage aussi plat que leur âme. *Beethoven*
est une apologie de l'illustre musicien, un
abrégé de son long calvaire, une sorte d'à-
propos éloquent et poétique au meilleur
sens du mot ; des scènes pathétiques succèdent à des scènes divertissantes ; de la
promenade du Prater, grouillante de foule
et de soleil, nous passons dans un monde
extraterrestre que peuplent, personnifiées
par d'aimables artistes, les symphonies
sublimes du maître, ses vraies filles. Ne
cherchons pas ici un drame selon la formule et la coupe ordinaires ; M. Fauchois,
si nous lui reprochions les lacunes de son
canevas, rétorquerait le grief en affirmant
les droits du panégyriste versificateur.
M. Antoine et M. Colonne, les symphonies
du maître, interprétées par le merveilleux
orchestre de la salle du Châtelet, ont apporté au poète le concours prestigieux de
la musique, de la décoration, toutes les
ressources d'une mise en scène et d'une
interprétation fondues au point. Et, Beethoven aidant, son grand nom fut dignement
célébré dans l'Odéon, croulant sous les
bravos.

LA CLAIRIÈRE (1)

Est-ce que l'anarchie, doctrine, n'a plus
d'attrait pour nous, est-ce que MM.
Donnay et Descaves furent mal inspirés
en refondant leur pièce qui a plus perdu
que gagné à des transpositions de scènes,
dont le besoin reste à démontrer, est-ce
que l'interprétation actuelle, pour excellente qu'elle soit, manque de l'homogé-
néité qu'atteignait celle de la création ;
la *Clairière* m'a médiocrement charmé et
nettement déçu. J'avais gardé de cette
pièce tant applaudie un souvenir de
choix : l'ironie philosophique, l'esprit de
blague dans dans ce qu'il a de subtil et
d'agréablement judicieux, l'action rapide
et enchaînée m'y avaient paru composer
un ensemble rare et savoureux, il y a dix
ans ; deux lustres écoulés auraient donc
flétri la *Clairière* : ses habitants se sont
révélés inconsistants ; leur existence
falote, leurs démêlés vides de signification ; l'instant où le couple élégant et
« bourgeois » du jeune faux ménage —
bourgeois tout de même, et riche, et
content de l'être — transporte son élégant
mobilier et ses habitudes d'existence dans
le phalanstère déjà miné de lézardes sour-
noises, concrète l'aveugle illusion où dog-
matisent les fondateurs de cette commu-
nauté laïque et populacière. Le docteur
Alleyras est imprudent de conduire sa
femme éprouvée par la malveillance d'une
petite ville rétrograde dans un milieu où
elle ne trouvera pas plus de garantie
contre la jalousie féminine et se heurtera
à des contacts offensants ; le personnel
de la *Clairière* se compose d'individua-
lités disparates à l'excès et dont les
auteurs ne nous montrent pas avec netteté les points de ressemblance qui déci-
dèrent de leur réunion contre nature.

L'expérience que tentent le bon idéaliste
Rouffieu et l'individualiste forcené Collonge, propagandiste à la veille de renier
ses doctrines, est vouée à l'avortement ;
MM. Donnay et Descaves ont trop raison
de le prévoir ; leur conclusion « réaction-
naire » ne prouve rien contre l'utopie
phalanstérienne et communiste ; Collonge,
Rouffieu, Allayras, l'institutrice, Jeanne
Allayras, sont des natures d'élite, leurs
« camarades » d'indécrottables rustres ;
quelle insoutenable gageure d'espérer une
entente !

Encore une fois, la pièce a-t-elle été
modifiée très fâcheusement, ou le point de
vue du critique s'est-il inconsciemment
déplacé depuis la première représentation
de la suggestive *Clairière* ? Je me le
demande avec autant de surprise que de
réel embarras. Et je ne puis répondre
qu'en protestant de mon admiration sincère pour M. Maurice Donnay, l'auteur
des plus fortes, des plus émouvantes et

---

(1) Odéon.

(1) Théâtre Antoine-Gémier.

tout ensemble des plus gracieuses comédies du théâtre contemporain, de ma sympathie pour M. Descaves, écrivain de belle énergie réformatrice, qui ont écrit, il y a dix ans, une amusante satire des tendances anarchiques « littéraires » ; les temps ont marché, la réalité nous presse et le communisme nous égaie moins de plus près qu'à distance : restent de très jolis tableaux de mœurs, une agréable pièce.

LE GRELUCHON (1)

L'auteur du *Greluchon* est un jeune présomptueux que son audace a bien servi ; il nous a donné une comédie à la manière de M. Maurice Donnay, de sujet tendre, de contexture vague, parisienne, capiteuse, spirituelle, ah ! trop spirituelle et si capiteuse qu'elle ne nous laisse pas le cerveau assez libre pour en goûter toute la délicatesse psychologique.

Si Gaston et Francine ne sont pas tout à fait heureux l'un par l'autre, je crois avoir saisi que la fatalité seule en est cause : l'amoureux est par nature un « greluchon » c'est-à-dire qu'il a besoin pour s'exalter du piment d'une trahison dont il bénéficie. Sa maîtresse a le tort de n'aimer que lui ; il s'en va donc et reviendra quand ils auront quelqu'un à tromper ensemble. Evidemment, Gaston est subtil avec cynisme et dureté ; nous plaignons son amie moins complexe, mais quand même ils ont eu, ils auront de bons moments ; et comme il ne s'agit là, je suppose, que de sensualité, non de passion vraie, tout est bien qui continuera pour la satisfaction de deux épidermes qui s'attirent.

La comédie de M. Maurice Sergine n'est pas grossière en dépit de son amoralisme ; elle a d'agréables facettes, du brillant, de la vie ; c'est un duel bien réglé, sans résultats, qui met aux prises deux cœurs médiocres, c'est une divertissante soirée que l'on passe chez M. Deval, metteur en scène de goût sûr, dénicheur de talents, car M. Sergine en a, du meilleur par instants.

L'INÉDIT

La Société *L'Inédit* a donné rue Volnay trois pièces d'auteurs jeunes et qui promettent. M. Georges Montignac, déjà joué plus d'une fois, a écrit une amusante variation sur ce qu'il appelle *La Notion du Mari* ; M. René Fraudet, qui donne dans l'angoissant, sous le titre énigmatique et concis *F. V. Z.* narre un fait divers très scénique, et enfin M. J. Bernard, fils de M. Tristan Bernard, marche sur les traces de son père dans ce piquant *Voyage à deux*, juvénilement amoral, — comme on l'est à vingt ans. Trois pièces, trois succès ; le nombre des théâtricules croît et les auteurs dramatiques multiplient.

G. ROUSSEL.

---

(1) Athénée.

ART

PETITS SALONS

 la galerie Georges Petit, l'Exposition des Aquarellistes français, dont l'intérêt, me semble-t-il, — sauf de très rares exceptions — baisse tous les ans, par ce fait que les exposants ont oublié leur premier but, qui était de faire de l'aquarelle — du moins je le suppose, d'après le titre — et perpétrent de plus en plus de petites œuvres léchées, pointillées, vernies, tâtillonnées, assises, et mal assises, entre la chromolitographie, la carte postale, le dessin colorié, la miniature, et l'illustration banale. Il ne faut pas vouloir jouer du violon avec une clarinette, ni faire exprimer à l'aquarelle des effets et des impressions qui réclament le secours d'un autre procédé. Quoique le métier soit fort indifférent en art — je l'ai déjà dit plusieurs fois et je le répète — il importe cependant qu'il reste franc et loyal, et les trompe-l'œil n'ont jamais été que des attrape-nigauds nés sans viabilité. Puisqu'on choisit l'aquarelle, que l'on fasse de l'aquarelle, que diable ! et que l'on emploie les merveilleuses ressources de ce procédé sans essayer de lui donner l'aspect de peinture à l'huile ou de dessin !...

Ceci dit, et ma mauvaise humeur bien et dûment exhalée, j'ajouterai que certaines œuvres, en ce salon assez monotone, m'ont plu et charmée très fort. Ainsi les clairs et lumineux portraits de M. Boutet de Monvel, et ses deux études — *La Conférence* et *Suprême Adieu* — que je préfère à sa tentative d'art antique rajeuni. Les aquarelles de M. Calbet, auxquelles je reproche seulement un peu de mollesse dans les contours ; les œuvres de Mme Paule Carpentier, qui seraient tout à fait belles, sans manquer d'originalité, si cette charmante artiste renonçait à son parti-pris de cerner ses contours et de salir — pardon, d'assombrir ses tons avec des traits de crayon ou de pastel. M. Doigneau, dont le talent ne fléchit pas, se montre toujours brillant coloriste et dessinateur impeccable dans ses vues de Stamboul et de Bretagne. Je citerai aussi les paysages de M. Maurice Courant, ceux de M. Filliard, de M. Gorguet, les délicieuses scènes enfantines de M. Geoffroy, poète des humbles, analyste profond et sincère de ce doux petit monde en marche vers la vie, prenant déjà contact avec les douleurs et les joies d'ici-bas. Puis, pour finir, les belles aquarelles de M. Jeanniot, de M. Loir, de M. Zuber, dont le talent — j'allai presque dire le génie — croît d'année en année.

** **

Puisque nous sommes chez Georges Petit, n'en sortons pas sans parler de deux expositions particulières qui y ont lieu en ce moment, et qui toutes deux sont fort intéressantes, à des points de vue différents.

M. Pierre-Gaston Rigaud nous présente les trois aspects sous lesquels la nature et l'art ont impressionné son œil d'artiste, son âme de penseur et de poète : le village, les landes, les églises. En une soixantaine de toiles, d'une science de métier indiscutable, d'un dessin parfait, il nous en fait comprendre le charme et la profondeur. Ce ne sont pas des pochades, et ce sont mieux que des tableaux, mieux que des paysages léchés et travaillés, où l'on sent l'effort du peintre plutôt que le cri spontané jailli devant la beauté immanente des choses... Je ne peux mieux ni plus complètement exprimer l'émotion qui m'a saisi devant cette étude, cette émotion qui est, à mon avis la meilleure des critiques, et dont nul discours technique ne traduira la force et la puissance. Le village, c'est un petit coin perdu de la Gironde, Saint-Morillon, vu et étudié sous tous ses aspects, crépuscule de l'aube et du soir, temps gris, clair soleil qui éclate et noie les contours dans sa splendeur auguste. C'est la vieille église romane dormant enveloppée de cyprès, sous la lueur argentée de la lune, la croix du chemin qui se dresse dans le brouillard humide, les chaumières aux murs gris, que relève par ci par là une note gaie et bruyante, une affiche aux vives couleurs, un linge séchant aux fenêtres... Tout cela dans cette atmosphère spéciale du midi, à la fois sèche et lentilleuse, dans laquelle tous les contours se détachent nettement, et qui pourtant donne à chaque chose un aspect fantômatique, presque idéal. Vu avec un œil de coloriste, une nature de vrai *peintre*, habile et sincère, songeant avant tout à rendre son impression, à faire passer en nous le frisson qui l'a saisi devant la beauté éternelle.

Ainsi dirai-je aussi des Landes, ces belles Landes de Gascogne, ensoleillées ou assombries sous le vol lourd des nuages, et dont le sable d'or s'irise par places des longs rubans moirés qu'y déroule le flux... Ici, M. Rigaud allie intimement l'art pictural, la vibration intense de la lumière, la richesse de tons d'une palette exquise et vigoureuse, la délicatesse et la sûreté du dessin, à ce sentiment intime et profond de la nature sans lequel, je crois, aucun artiste ne peut exister, et par lequel aussi, du moins à mon sens, tous les arts se touchent si exactement que l'on ne sait plus bien où l'un deux commence, où l'autre finit ?... Qui niera l'impression musicale que provoquent certains tableaux, doux comme un chant de viole ou puissants comme une symphonie à grand orchestre ? Pour s'en convaincre, il ne faut que regarder certaines vues des Landes de M. Rigaud, et ces grands pins agités par

Le vent d'automne, au bruit lointain des mers pareil...

et ces étendues de sable, avec les places plus sombres où se cache la tangue, et qui éveillent en nous l'écho de certaines descriptions de Kipling, rocks éblouissants des frontières afghanes, solitudes effarées du désert hindou... Exemple frappant de l'étroite relation qui existe entre toutes les productions de l'esprit, entre toutes les splendeurs de la nature, et qui nous les rend plus précieuses et plus douces !

La beauté des églises, la diaprure des vitraux vibrant sous le soleil, la tristesse majestueuse des ruines, attirent aussi M. Rigaud. Il essaie d'en rendre la profondeur, et nulle difficulté, nulle aridité ne l'effraie... Les cathédrales de Chartres, de Paris, les églises de Saint-Séverin, Saint-Etienne-du-Mont, Saint-Gervais, Saint-Germain-l'Auxerrois, reçoivent tour à tour sa visite et l'assaut de son talent jaloux d'en révéler les beautés et les différents aspects. Son pinceau s'y attaque avec sa vigueur et sa sincérité habituelles, avec aussi cette pointe de poésie et cette vue intérieure dont je parlais à propos de ses paysages, et qui fait d'un monceau de pierres, d'un assemblage de verres colorés une des merveilles de l'esprit humain Il sait y faire passer l'âme des siècles, comme aussi, dans cette solitude où joue le clair obscur, la sensation de tant de prières pleurées devant l'autel...

Et nous sentons aussi, de moment en moment,
Sous cette voûte sombre,
Quelque chose de grand, de doux et de charmant,
S'évanouir dans l'ombre...

M. Ulmann, lui, est tout à fait un paysagiste, voué principalement aux études de marines, et dont le talent à la fois délicat et vigoureux est au-dessus de tout éloge. Sur les cinquante-six toiles qu'il expose à la galerie de la rue de Sèze, onze seulement sont des études de Paris et de Hambourg, et je m'empresse de signaler, parmi les premières, une *Gare de Bercy*, un véritable chef-d'œuvre à mon avis, que même M. Ulmann ne pourra jamais surpasser ni même égaler peut-être. Tout le reste traite de la Bretagne. Mer étale, mer en furie, gracieux bateaux voltigeant au large ou rentrant dans le port, rochers où vient s'abattre la vague écumante, yachts noyés dans la poussière des embruns, etc... On sent là l'âme d'un artiste épris de vraie beauté, comprenant l'éternelle et changeante splendeur de l'Océan, la rendant avec une profondeur et une puissance de moyens tout à fait extraordinaires, évitant la monotonie, la sécheresse et l'absolutisme de procédé dans lesquels tombent trop souvent ceux qui se vouent à un unique sujet.

Je signale encore à mes lecteurs — mais seulement pour mémoire — l'exposition de M. Asselin, dans la galerie Eug. Blot, rue Richepanse. C'est fort original, et certes non sans mérite ; mais je demande à réserver mon jugement pour le jour où M. Asselin aura une plus juste idée des rapports de formes et de couleurs. Il paraît — d'après la notice qui accompagne le catalogue — que cet artiste est un jeune et un chercheur ; je ne demande pas mieux que de le croire ; mais il n'a pas encore trouvé, voilà tout !

Chez Devambez, boulevard Malesherbes, quelques peintres et sculpteurs allemands s'efforcent de nous démontrer qu'ils sont vigoureux, personnels et indépendants en imitant d'une façon lamentable nos plus fougueux impressionnistes, Van Gogh, Cézanne, Guérin, Lautrec et *tutti quanti*. Ce n'est pas que j'aie la même admiration pour tous ces artistes, dont quelques-uns avaient du génie, quelques autres du talent, et le reste un sérieux coup de marteau ; mais enfin, j'aimerais mieux vous parler de leurs œuvres qui ont au moins le mérite d'être bien à eux, que de celles de leurs « fauves » et germaniques imitateurs. Je n'ai jamais aimé les postiches, de quelque nature qu'ils soient.

** **

Enfin, la société internationale de la peinture à l'eau fait sa quatrième exposition à la Galerie des Artistes modernes, rue Caumartin. Sauf les peintures à la détrempe de M. Francis Auburtin, qui me paraissent un peu lourdes et manquent de ce caractère de grande décoration qui constitue un des charmes de l'œuvre de cet artiste, habituellement, il n'y a comme « peinture à l'eau », que de l'aquarelle.

Citons, parmi les plus jolies choses, les envois de M. Fernand Luigini, de M. Bartlett, de M. Frantz Charlet, artiste délicat et charmant qui, s'il n'y prend garde, versera dans le poncif et le procédé. C'est une pente dangereuse pour les habiles, les virtuoses, pour ceux qui ont du talent et auxquels le succès — très mérité dans ce cas, vient vite... M. La Touche est toujours le coloriste prestigieux, le conteur exquis de l'*Après-midi d'un faune* ; j'aime moins les grandes aquarelles de M. Simon, dont la main trop vigoureuse ne s'accomode pas, dirait-on, des transparences et des légèretés du procédé, et qui semble vouloir forcer son blaireau à manœuvrer comme une brosse dure... Pour finir, signalons les œuvres de Mᵐᵉ Clara Montalba, et de M. Alfred East.

Andrée Myra.

LES DÉBUTS
DE MADEMOISELLE GEORGES
ET LA CRITIQUE DE SON TEMPS

(*Suite*)

POUR qu'une amante exerce cette puissance et cet empire, il ne faut pas qu'elle se défigure par des grimaces, on ne reprochera pas ce défaut à Mademoiselle Georges. Dans toutes les scènes où elle parle en Reine, elle a toute la noblesse, toute la dignité qui convient à son rôle ; on ne pourrait désirer qu'un degré de plus de fermeté dans le ton, une articulation plus soignée et plus forte. Ses ennemis même rendent justice à sa majesté, mais ils lui refusent la sensibilité. Made-

moiselle Georges leur a répondu par la manière dont elle a saisi tous les traits de sentiment et de passion. Je sais bien que dans les plaintes qui ne sont pas en situation, le débit est quelque fois un peu traînant et monotone et que l'accent n'est pas toujours assez juste ; l'art et le travail peuvent toujours corriger ce vice, très ordinaire aux débutantes ; mais dans tous les grands mouvements, dans toutes les explosions de l'amour et du désespoir, elle a montré autant d'énergie que de vérité. Le morceau des imprécations a produit beaucoup d'effet ; peut-être la débutante y a-t-elle mis un peu d'exagération ; cet excès de force et de chaleur ne déplait pas dans une jeune actrice, il est d'une heureuse espérance. Ce que Mademoiselle Georges a surtout de bien précieux, c'est que sa voix suffit aux intonations les plus déchirantes ; qu'elle n'est jamais meilleure et plus agréable que lorsqu'elle a l'occasion de se déployer ».

Malgré ces légères critiques, le succès fut complet. Il y eut bien quelques grincheux qui crièrent, dans les endroits les plus marquants : *Les coulisses ! silence ! plus haut !* Cela n'eut pas plus de valeur que le bourdonnement d'un taon en plein air. Mademoiselle Georges fut frénétiquement redemandée après la pièce : Elle parut conduite par Lafond, qui partageait avec elle les honneurs de cette journée.

IV

Le 27 pluviose au XI toujours, Mademoiselle Georges abordait le rôle de Phèdre, en concurrence avec Mademoiselle Duchesnois, à la réputation déja consommée. Il va être curieux de voir comme les esprits étaient partagés, sinon montés.

N'était-ce pas non plus beaucoup d'audace de la part, d'une débutante encore, malgré l'*audaces fortuna juvat* ?

Nous allons voir combien d'ailleurs cette représentation fut intéressante et donna en somme raison au proverbe latin.

On peut dire que jusque là Mademoiselle Georges avait autant dire évité tous les écueils, qu'elle allait toucher au terme, lorsqu'une imprudence subite vient égarer ses pas et comment n'être pas indulgent, étant donné son âge printanier et ne pas reconnaître que c'était une émulation louable. Phèdre n'est-elle pas de l'emploi des reines ? Aussi Mademoiselle Georges s'était-elle dit qu'elle ne pouvait reculer devant un rôle de son emploi. C'est pourquoi elle tint à braver les dangers de la comparaison, se disant que si la victoire ne lui restait pas, elle aurait du moins fait son devoir. Dans ces conditions, pouvait-on accuser sa témérité, ne devait-on pas plutôt applaudir à sa généreuse audace ?

Et puis il faut dire que le public était prévenu, car Mademoiselle Duchesnois, l'interprète habituel de ce rôle, l'avait accoutumé à sa manière. Quand une artiste s'est emparée de la faveur et de la confiance, on ne peut triompher qu'à la condition de faire beaucoup mieux qu'elle.

On doit à la vérité de dire que Mademoiselle Duchesnois était touchante dans le rôle de Phèdre ; elle peignait avec beaucoup de naturel et de vérité les tourments d'une passion malheureuse ; son accent était doux et tendre, mais elle n'avait pas l'énergie nécessaire pour rendre toute l'horreur d'une passion incestueuse ; elle n'avait point saisi la nuance toute particulière de ce rôle tout à la fois pathétique et terrible ; habile à exciter la pitié, elle ignorait absolument l'art d'inspirer la terreur ; mais, doit-on l'avouer, au théâtre, l'expression de l'amour est toujours séduisante : une langueur voluptueuse, la vive image de la tendresse du cœur et du désordre des sens, ne manque jamais son effet sur beaucoup de natures, d'où cette sensibilité exquise, je le veux bien, ce don d'attendrir et d'émouvoir, firent le succès de Mademoiselle Duchesnois.

Mademoiselle Georges qui savait tout cela, sentait bien que pour réussir, il fallait offrir au public une autre manière que celle de sa rivale ; ne pouvant l'égaler en sensibilité, il fallait l'emporter par la force. Mademoiselle Duchesnois qui avait présenté une Phèdre langoureuse et plaintive, il fallait opposer une Phèdre impétueuse et violente, une Phèdre criminelle, incestueuse ; mais voilà dans son désir de se surpasser elle-même, Mademoiselle Georges dépassa le but ; il lui arriva, dans certains passages, de forcer son organe, d'outrer l'expression, de multiplier les gestes. On sentait qu'elle avait des élans qu'elle n'avait pas encore appris à régler. Elle en retira pourtant ce résultat que, dans ce rôle, elle avait montré le germe d'un talent fait pour aller plus loin que celui de Mademoiselle Duchesnois, parce que celle-ci, quoiqu'il arrive, ne pouvait jamais être que tendre, sensible, amoureuse, ce qui n'était pas parcourir toute la gamme. On pouvait même se dire qu'un temps viendrait où l'habitude d'entendre ses accents voluptueux, laisserait l'impression de ce qui est doucereux et fade.

Mademoiselle Georges, au contraire, promettait de grands mouvements, des traits de force, une énergie déchirante, des inspirations sublimes.

La physionomie de la salle était curieuse à observer. Les spectateurs étaient plutôt venus pour assister au triomphe de Mademoiselle Duchesnois, que pour juger le talent de Mademoiselle Georges, s'ils n'étaient pas prévenus contre ce qu'ils appelaient un excès de témérité. Ils ne purent pourtant s'empêcher plusieurs fois d'applaudir. N'était-ce pas par là même une quasi victoire pour Mademoiselle Georges, qui avait lutté sans un désavantage trop sensible, contre un engouement déterminé, sinon un préjugé foncièrement établi ; qui avait su emporter quand même des applaudissements, qui avait même été demandée après la représentation. Saint-Prix et Saint-Fal, d'autres acteurs en vogue de l'époque, s'étaient fait fortement applaudir ; le premier dans le rôle de Thésée ; le second dans la scène d'Hyppolyte avec son père.

J'ai beaucoup goûté la façon d'apprécier,

à ce moment, la tragédie de Phèdre, qui pourrait tout aussi bien être de nos jours et à laquelle applaudira certainement Madame Sarah Bernhardt, une si grandiose incarnation de la pièce, lorsque mon étude sera entre ses mains. Voici donc ce qu'en disait la critique d'alors avec juste raison :

« J'observe que cette admirable tragédie de *Phèdre* découvre chaque jour au spectateur attentif des beautés nouvelles. Ce ne sont pas là de ces ouvrages qui s'usent à force d'être joués ; l'auteur y a caché des trésors d'éloquence et de génie ; ce sont des mines précieuses que la réflexion exploite sans cesse, sans pouvoir les épuiser. On peut appliquer aux tragédies de Racine ce que dit Titus de Bérénice :

> Depuis cinq ans entiers, chaque jour je la vois
> Et crois toujours la voir pour la première fois. »

Ce jugement donc, ne mérite-t-il pas d'être retenu à toujours ?

Ne faut-il pas dire encore que Phèdre a dans sa destinée de fournir le *summum* de triomphe à une tragédienne ? Le triomphe de Mademoiselle Georges d'hier est devenu le triomphe de Madame Sarah Bernhardt de demain et il en sera constamment ainsi tant que le monde vivra.

Je vais donc faire assister au triomphe éclatant de Mademoiselle Georges dans la deuxième représentation de *Phèdre*, qui eut lieu le 30 pluviose suivant.

Armand Bourgeois.

(*A suivre*).

LIVRES

POÈTES ET ROMANCIERS

JAMAIS siècle fut-il plus fertile en Poètes ? Au banquet de la Vie, fortunés convives, ils s'associent et vivent de bonne soupe et de beaux languages et s'il en meurt un de temps en temps, à l'hôpital, c'est pour perpétuer une vieille légende, difficile à juguler. Aujourd'hui, miracle, poète ou muse, ne disqualifie plus. Le poète a quitté le chapeau mou crasseux et la pipe, la poétesse n'est plus la vieille fille grise de province aux serins et aux félins. Aujourd'hui l'armorial s'en mêle, il est de bon ton de butiner aux ruches d'Hymette, et une lyre à la main parcourir les champs d'asphodèle, de rue et d'épheu. Je risquai un jour un regard au *Salon des Peintres de Paris Moderne*, ainsi paradoxalement dénommé, puisqu'on n'y expose que des poètes. Quelle salle, quel public luxueux, ondoyant et divers !

Que de princesses ! Que de duquesses ! Que de comtesses ! Que de marquesses ! Dont suivant le vers célèbre d'un poète forézien mort jeune :

> Les fourrures échangeaient leurs froidures !

Comédie-Française, Odéon, Gymnase faisaient, par l'organe de leurs artistes retentir les voûtes plutôt banales du Grand-Palais. C'est la *S. P. F.* (cela vous a un petit air de *C. G. T.*) qui voulait aux porte-lyres, mâche-lauriers, ces loisirs et très modernistes, adoptait le péplum syndical, avec le cortège des caisses de secours et de retraites. On ne saurait trop louanger la *Société des Poètes français* : Luxe, élégance, confort, tout y est. La salle est prête, que le génie maintenant y entre.

Cette digression liminaire dont l'inutilité se faisait sentir me permettra de présenter un livre de début d'un membre de la *Société des Poètes français*, M\`\`ᵉ Marie-Anne Cochet. *Idéale Semence* (1) contient plus que des promesses. Bien que la vie de province ne soit guère favorable pour exalter la personnalité, pour développer le lyrisme, pour poursuivre au delà d'un horizon borné les problèmes de l'être et de la destinée, M\`\`ᵉ Marie-Anne Cochet sut dominer ces difficultés. Souvent ses vers semblent jaillir d'une pensée virile, d'autres sont purement harmonieux, imprégnés de tristesse indéfinie, par l'idéalisation des idées, des faits, des sensations. La légende du cœur, des sonnets pyrénéens, la divine conquête qui évoque en fiers accents la légende de Pierre l'Ermite, trois saynètes d'une liliale blancheur forment la trame variée d'un livre où M\`\`ᵉ Marie-Anne Cochet a deviné « que la poésie était l'art d'exprimer selon son cœur les formes de la nature et de la vie ».

Je n'aime pas beaucoup le « prière d'insérer » des *Sèves Originaires* (2) de M. Roger Frène. J'ai jadis pratiqué, en ma prime jeunesse, comme lecteur d'un éditeur illustre, ce genre littéraire, plutôt méprisé, qui ne figure dans aucun recueil de rhétorique et ne laisse pas de présenter pourtant d'intenses difficultés ; car il ne s'agit pas d'entasser des qualificatifs laudatifs et admiratifs dans un espace restreint ; le critique le plus obtus saurait les découvrir. Or, le « papillon » est là pour lui bâcler la besogne, il doit contenir l'essence du livre, sa pensée tassée, conglomérée, cristallisée. Savoir rédiger un « prière d'insérer » est redoutable et l'auteur en est généralement incapable, se faisant plus de mal que de bien en se comparant ingénument à Heine, Balzac ou Michel-Ange ; M. Roger Frène n'est pas tombé dans ce ridicule, mais quel charabia. Oyez plutôt :

« Sa diversité est remarquable ; les sujets qu'il traite vont d'un panthéisme en quelque sorte primitif au plus aigu modernisme esthétique, et s'il s'achève sur des Nocturnes intimes et expressifs, néanmoins certaines raucités, qui accentuent parfois ces délicates musiques, avèrent la corrélation des parties, la sincérité et l'unité de cet ouvrage, dont on souhaite que le lecteur juge l'inspiration neuve et personnelle.

Que d'adjectifs se relevant en bosse ! Mais les beaux vers, les vôtres ! M. Roger Frène se passent de « papillons ». Ils sont eux-mêmes les beaux papillons diaprés et vermeils envolés de votre pensée. Je cherche les « raucités », je n'y trouve que des vers harmonieux, tout ce qui fait le respect de l'art, les formes pleines, expressives, belles.

> Ton visage nerveux, plein d'ombre et de clarté,
> Ce regard tour à tour, riant, rude, attristé,
> *Tel geste où la minceur de la grâce s'aiguise,*
> Tes cheveux chauds, rouillés, ta poitrine indécise,
> Les sursauts de ton corps de sphinx et de vautour
> Révoltent d'insolence et provoquent l'amour !

Et cette symphonie dans la forêt qui évoque les forces premières de la nature ne fait-elle pas songer à l'Invocation de Faust ?

> Je t'écoute, torrent sauvage ;
> Ton sonore bondissement
> Comme un aigle dans une cage
> Se heurte et crie à tout moment.
>
> Tu ne peux retenir ton âme
> Dans ce lit creusé trop profond ;
> Ta douloureuse plainte brame
> A tous les rocs à chaque bond.

Moins d'inspiration, une trame peu serrée, trop de facilité qui croit pouvoir se dispenser de l'effort et de la pensée mûrie, trop de verlainisme dans les chansons et sonnets tels apparaissent *Les Soirs* (2) de M. Liton Chevalet qui doivent être un livre de début. Pourtant il convient d'en signaler des pages prometteuses au rhytme musical, aux soupirs suaves, en une gaze légère et brillante.

> Hier au soir, dans la nuit qui tombait semi-brune,
> Des murmures de voix, des bruissements de fleurs
> Passaient en frôlements caressants et berceurs,
> Tandis que des chansons naissaient au clair de lune...

M. Georges Gaudion dans la *Prairie Fauchée* (3) est plus poète dans la véritable acception du mot. Ses qualités d'émotion, sa science du mot musical, du rhytme sont indéniables, mais en ses vers libres il subit trop l'influence de M. Henri de Régnier, jusqu'à lui emprunter ses tics, si j'ose dire :

> Tais toi ! Ne parle pas ! Mon cœur écoute...
> Mon cœur écoute, goutte à goutte
> L'eau couler comme l'heure sur cette vasque trouble...

L'Imagerie truculente, joyeuse, étincelante, toute en cliquetis dénote plus de personnalité.

Les romanciers mériteraient eux aussi d'avoir leur salon et leurs mécènes. Leur race est aussi prolifique que celle des poètes. Qui n'a pas son p'tit roman ? Qui n'a pas abattu ses trois cents pages où se déroule, suivant le tempérament, avec chasteté ou libidinité les plaisirs redoutables de l'amour ! Car le roman comme la poésie a envahi les hautes sphères, après avoir ravagé les moyennes. Chacun y va de sa petite histoire vécue ou pas, décortique avec une prestesse d'anthropopithèque les fibres secrètes de son cœur ou celles d'autrui (le cœur est un article très consommé sur le marché romanesque). Il n'est pas aujourd'hui une jeune ou vieille dinde de province qui ne convoite

---

(1) Gastein-Serge, éditeur.
(2) Perrin et Cⁱᵉ, éditeurs.

(3) Bibliothèque de Poésie, Castres (Tarn).

les lauriers de Madame Marcelle Tinayre
ou de la comtesse de Noailles, il n'est pas
un potache anémique qui ne rêve d'être
un jour Anatole France ou Paul Adam.
Aussi que de romans de par le monde et
les malheureux ne savent pas que, comme
Madame, la critique se meurt, la critique
est morte, que les Sainte-Beuve et les
Jules Janin du XX⁰ siècle n'existent qu'en
leur falote imagination et que seul M. Traité-
de-Publicité préside à la distribution de
gloire et de notoriété tarifées. Il existe
bien une *Association syndicale des Critiques littéraires*, mais elle est comme la
conférence de La Haye, on y banquète, on
s'y gratule, on s'y fricate, et ne se distri-
bue des prix-monnaie entre bons petits
camarades ; cela s'appelle encourager la
critique ! Prouvons, quand ce ne serait
que pour l'honneur que *La Critique* est le
dernier sanctuaire de cet art si périlleux
et si difficile et puisse un jour, *illa dies*,
le foyer dont elle conserve les étincelles,
briller de nouveau du plus pur et du plus
vif éclat.

M. Paul Bruzon dans *Soleil d'Islam* [1]
s'est cru obligé de nous offrir une Algérie
tant soit peu d'opérette. C'est avec un
sens d'observation aigu, le conflit de deux
races, et sur une action vigoureuse l'amour
d'un chef musulman pour une belle blanche = deux noires.

Je n'aime pas beaucoup la littérature
suisse d'expression française, essentiellement protestante et cosmopolite, relevant
surtout du genre ennuyeux, aggravé du
jargon génevo-vaudois ou du « français
fédéral ». Pareil reproche ne saurait être
adressé au roman de M. E. F. Ramuz,
Jean-Luc persécuté [2]. C'est une pauvre
histoire, très simple, de petites gens de
son pays. Une histoire, dis-je, et non un
roman qui déroule sa tristesse grise,
monotone, réaliste. Jusqu'au style que
M. E. F. Ramuz a émondé de toutes branches luxuriantes et qui ne laisse qu'un
tronc desséché, adéquat à la tonalité de
l'ensemble. Ecoutez : « Il y avait un air
épais bleu autour de la lampe qui pendait
au plafond ; où ils étaient sept ou huit
hommes serrés à une table, et Jean-Luc
parmi eux. Il avait fait venir un premier
litre qui était bu... » Cela pourrait être un
tableau hollandais, mais ce n'est guère
qu'une photographie. Que M. C. F. Ramuz,
qui paraît heureusement doué, n'abuse
pas trop du procédé. A la longue, la forme
même originale, nuirait au fond.

Que de vies, d'états de vies, de forma-
tions, de transformations de vies ! Que de
laboratoires de littérature biologique !
Une vie, deux vies, trois vies ! Voici *La
Vie Secrète* [2] de M. Edouard Estaunié ;
La Vie Intérieure [2] de Madame René
Waltz et *Une Leçon de Vie* [3] de M. Laurent Evrard. Tâchons d'y trouver notre
vie. *La Vie Secrète* de M. Edouard Estaunié
récompensé par un aréopage de vieilles
porte-plumes ne s'en porte pas plus mal.

(1) F. Tassel, éditeur.

(2) Perrin et Cⁱᵉ, éditeurs.

(3) Mercure de France, éditeur.

Et pourtant le bas-bleu flanque la catiche,
comme disait Martine, car, généralement,
être récompensé par ces coteries, équivaut
à un brevet de niaiserie et de médiocrité.

Quoi qu'il en soit *La Vie secrète* est un
des meilleurs romans qui aient été publiés
depuis dix ans, tant au point de vue de
l'action que de la simplicité voulue du
style. Imagination et vive sensibilité telles
sont les caractéristiques de ce roman qui
s'appuie sur les assises les plus secrètes
de l'âme, qui s'édifie sur le *tuf* de notre
moi. La vie secrète ! force redoutable qui
règne au plus profond de l'âme pour
forger sa destinée, mais que nul n'aper-
çoit ; car enfermé dans son drame, chacun
méconnaît l'autre. Tous les cœurs sont
murés. Les plus proches ne se découvrent
pas. Le mystère nous baigne. Telle est la
thèse émouvante de M. Edouard Estaunié.
Qui de nous, même doué du don unique
d'autospection, peut se vanter de pénétrer
les arcanes du corps humain, les actions
et réactions mystérieuses, les luttes inom-
mées de nos muscles, de nos viscères, de
nos nerfs, de nos globules ? Qui pourrait
se reconstituer ? Les plus petits événements troublent cette harmonie qui sem-
blait inébranlable et qui paraît dispenser
de toute initiative et de toute réflexion
ceux qui la possèdent. Chacun a sa chimère
secrète, sous la banalité de l'âme. Lethois
donne ses forces à l'étude des fourmis,
l'abbé Taffin s'abime en un amour de
latrie pour une Sainte-Letgarde, Mˡˡᵉ Pey-
rolles cherche à remplir le vide de son
cœur par l'adoption, et tous ceux qui se
donnent sont élus ; seul l'égoïsme tue.
Sujet d'une rare élévation, rehaussé par
le sentiment et l'éloquence des choses,
dont M. Edouard Estaunié a su tirer un
enseignement pratique. Dans le cadre pro-
vincial, tous les personnages vivent, sauf
peut-être le Pêcheur, braconnier sublime,
qui semble sorti d'un roman d'Anatole
France et s'apparente trop avec le fameux
Pied d'Alouette.

Une *Leçon de Vie* par M. Laurent
Evrard, c'est Louise de Luçon, née Lefèvre
qui la subit pour avoir voulu jouer au
bourgeois gentilhomme et vivre dans un
monde qui n'est pas le sien, une coterie
dirait l'auteur. Impuissante à s'acclimater
dans un milieu nouveau, hostile, Louise
souffre et souffrira plus encore par l'amour
déçu et l'amour-propre froissé. « Dans certains milieux, dit M. Laurent Evrard, on
risque d'être inférieur à des gens d'esprit,
chez les gens du monde, on est inférieur
à des imbéciles, car c'est une infériorité
momentanée, mais invincible, d'être seul
de son genre au milieu de personnages
qui sont tous si fort de leur espèce. » Dans
le cadre d'une intrigue quelconque, le
romancier fait mouvoir ses personnages
supérieurement étudiés. Les mœurs d'une
gentilhommière berrichonne sont décrites
de main de maître. La vie de ces fins-de-
race qui par leur origine, leur éducation,
leurs fréquentations ont fini par former
un noyau spécial dans le corps français,
et qui, par l'abaissement du caractère et
de l'esprit, vont lentement à la dérive,
tout cela forme une amusante collection

d'âmes individuelles, car une *Leçon de Vie* est un roman roman, ce qui devient très rare.

Enfin dans *La Vie Intérieure*, en une langue très sage, Madame René Waltz nous donne encore une vie de femme, dont chacune des phases contribue à la formation et au développement d'une âme. La leçon morale se dégage spontanément des faits, s'accompagne d'une série de portraits, de paysages, de scènes pittoresques, nous promenant, tour à tour, dans les milieux les plus divers, depuis la vieille aristocratie provinciale jusqu'aux mondes parisiens de la politique et de la finance.

Emile Straus.

SOCIOLOGIE

L'INDIVIDUALISME ÉCONOMIQUE ET SOCIAL

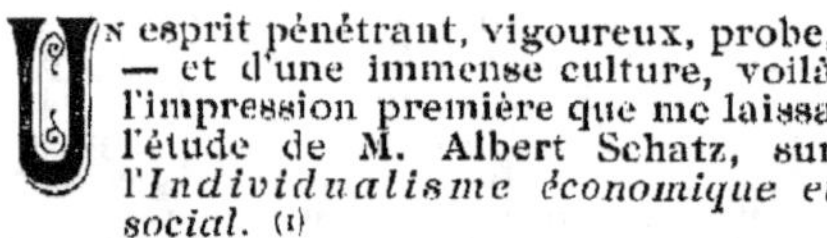

Un esprit pénétrant, vigoureux, probe, — et d'une immense culture, voilà l'impression première que me laissa l'étude de M. Albert Schatz, sur *l'Individualisme économique et social*. (1)

Après la lecture de ces pages, la méditation dont elles sont dignes, on constate qu'elles émanent d'un penseur muni d'une forte éducation scientifique, plein de clairvoyance dans le monde moral, observateur sagace des phénomènes sociaux. Enfin ajoutons à ces qualités substantielles, l'agrément du style et sa solidité transparente.

M. Albert Schatz, signale l'abus que les partis politiques ont fait d'un terme mal défini : l'individualisme. Mal comprise, cette doctrine a été discréditée auprès des masses populaires. Or, ce sont des masses sans discernement qui exercent le redoutable droit de voter. Et le diamant ne se dégage pas toujours des foules impures, pour nous servir d'une image renanienne.

C'est avec une belle audace intellectuelle que le savant auteur a heureusement démoli l'absurde légende tendant à laisser croire que le libéralisme exclut l'idée de réformes sociales : Il invoque Stuart Mill « véritable dépositaire de l'esprit individualiste ». Il démontre que « cette doctrine calomniée est aussi animée du désir de réformer et d'améliorer la société que peut l'être le socialisme, mais en employant une méthode différente. »

Des expériences législatives répétées, (lois sur le repos hebdomadaire par exemple) ont prouvé que la manie réglementaire aboutissait fâcheusement à la violation des libertés individuelles, à l'atrophie des forces productives de notre pays en concurrence avec des nations rivales.

Cet économiste dénonce le péril : « L'Etat contrarie ainsi le jeu des lois naturelles et fait obstacle au progrès... L'activité inférieure et maladroite de l'autorité s'est donc malheureusement substituée à l'activité industrieuse et avisée de l'individu spécialisé dans une fonction. D'autre part, l'Etat paralyse l'action de la loi de sélection naturelle. Il prétend d'ordinaire améliorer le sort des masses, épargner aux individus les maux nécessaires que comportent l'évolution, la lutte pour la vie. Or, la souffrance a bien souvent une vertu éducative et curative. La famille ou la bienfaisance libre peuvent en une certaine mesure l'atténuer ; mais lorsque l'Etat adopte les principes de la morale familiale et étend sa protection aux adultes, il compromet délibérément la vitalité et le développement de la race. Bien plus : lorsqu'il entretient les faibles, les incapables et les parasites aux dépens des individus capables et laborieux, il n'atteint même pas le but qu'il se propose et il ne réussit qu'à aggraver le mal qui, combattu sous une forme, reparaît sous une autre. »

Nous sommes heureux d'entendre ce viril langage, lorsque les mendiants pullulent, fonctionnaires quémandeurs, parasites éhontés exigeant des bourses en se servant du bulletin de vote à la façon dont le brigand italien se sert du poignard et du fusil. Un refus d'emploi, l'ajournement de faveurs officielles font ces éternels mécontents qui importunent sénateurs et députés trop enclins à subir la domestication, dociles esclaves des Comités et de l'électeur influent.

Comment n'applaudirions nous pas cet économiste aux vues profondes. Sans nul doute, l'Etat « dispensateur des grâces providentielles », a terriblement rabaissé l'idéal moral du peuple français. Auronsnous jamais trop de mépris pour cette misérable bureaucratie étriquée d'esprit, routinière et servile qui accepte des émoluments infimes par crainte des responsabilités et de l'effort ?

Valory le Ricolais.

---

(1) Armand Colin, éditeur.

LA CRITIQUE

illustrée, internationale,

indépendante,

des Arts et de la Littérature.

Bulletin officiel

de l'Association de la Critique

15ᵉ Année

N° 266   5-20 Avril 1909.

ART

SALON DE LA SOCIÉTÉ NATIONALE

(SCULPTURE)

SALUONS les morts ! La Société Nationale a perdu cette année un de ses membres les plus remarquables en la personne d'Alexandre Charpentier : elle a organisé une exposition posthume des œuvres de ce maître médailliste, dont l'œuvre de sculpteur, je me hâte de le dire, contient aussi de très grandes beautés, et qui était, de plus, un ornemaniste, un artisan d'art de la plus large envergure. Certes, s'il faut faire des réserves pour quelques grandes œuvres bien conçues, mais dans lesquelles l'exécution semble avoir trahi la main de l'artiste, comme dans sa *Famille heureuse, Sodome et Gomorrhe*, le sculpteur s'affirme puissant, presque génial, dans tous ses bustes, statuettes de terre cuite ou de bronze, études de vie, de physionomie, de mouvement, où l'on sent l'âme de l'observateur subtil, le choix de l'expression juste, et le talent délicat, vigoureux et distingué de l'homme du métier. Pour qui a connu Alexandre Charpentier, son œuvre résume bien sa personne même, donne l'impression exacte de cet être franc, loyal, sincère, de cette vive intelligence, indépendante et primesautière, que tout intéressait, de ce cœur profondément épris de toute beauté, de toute manifestation d'art, mais dont la parfaite honnêteté ne se contentait qu'à demi d'un travail acharné... Il nous est impossible de donner le détail des œuvres réunies au Grand Palais ; il faut aller les voir, se pénétrer de leur intime douceur, de leur profondeur, de leur délicatesse de dessin et de leur pureté de forme et d'expression, se rendre compte de la plénitude de ce talent.

.·.

Passons aux vivants. Quelques grands monuments, parmi lesquels je n'accorderai qu'une mention à celui de M. Fagel — la *Sculpture* — vraiment trop incomplète et trop académique à mon goût. M. Lamourdedieu, lui, me charme et me retient par sa Fontaine — L'*Eveil à la vie* — d'une grande beauté de lignes, d'une frémissante et délicate expression. Je n'ai pas de passion pour la *Muse Bagnéraise*, de M. Escoula ; sans doute, c'est de la jolie sculpture, finement ciselée, bien dessinée, et l'on ne trouve rien à y redire... Mais je ne sais pourquoi, je ne puis me défendre de voir cela réduit et posé sur une cheminée, pour la plus grande joie des bons bourgeois...

La *maternité* de M. Dejean serait tout à fait bien si la tête était moins grimaçante, moins fouillée, plus en proportion et en harmonie avec le reste du corps, si joli de lignes, si souple de mouvement.

Quant à la *Jeanne d'Arc* de M. Bourdelle, sujet d'actualité s'il en fût, il n'y a rien à en dire ; c'est la Jeanne d'Arc classique, serrant un étendard en ses bras, portant cuirasse, cotte de mailles, jambières et souliers à la poulaine, et ne se distinguant que par une tête si plate, si plate, que l'on pourrait croire que la jeune héroïne est totalement dépourvue de cervelle...

D'ailleurs, l'œuvre de M. Bourdelle n'est pas la seule qui manque de proportion : voilà le cavalier de M. Lagare, si court de torse, avec des bras et des jambes grandeur nature ; l'*Italia*, de M. Bromberg, dont les jambes semblent s'enfoncer dans la terre ; la *Baigneuse* de M. Cavaillon, qui semble une poupée irrégulièrement remplie de son.

La *Divine Mort* de M. Albert Mulot, si je n'en comprends pas bien le titre, me paraît mériter certains éloges au point de vue statuaire. Une véritable science de l'académie, un joli balancement de lignes, une composition assez originale, et une grande vigueur de ciseau ; mais je préfère à cette sculpture grandiloquente, le buste et les groupes de bronze du même artiste, dans lesquels je retrouve sa verve amusante, sa profondeur d'observation, la finesse et la vigueur hardie de son coup d'ébauchoir.

M. Larsson s'est donné beaucoup de mal pour nous jouer une *Symphonie* qui ne manque pas de mouvement, mais qui se trouve parfaitement dépourvue de rythme et d'harmonie.

Citons encore un délicieux groupe d'enfants de M. Vladimir Perelmague ; une *Femme à sa toilette*, de Mlle Jane Poupelet, fort intéressante par la simplification de la forme, par la pureté du dessin, et la parfaite proportion des masses entre elles ; deux bronzes délicats et sincères, sortes de Chardin en sculpture — La *Leçon de couture*, et *Groupe d'enfants*—de M. Gaston Schnegg, et les bustes si vigoureux et si complets de M. Lucien Schnegg. Aussi dans les bustes, ceux de M. Despiau, dont la tête de *Jeune fille*, acquise par l'Etat, est un véritable chef d'œuvre ; de M. Trembley, et la jolie statuette, spirituelle et humoristique, très vivante et d'une large facture, malgré son caractère anecdotique, de M. Biaggi.

Enfin, les cires dures de M. Constantin Ganesco — le *Fuyard*, *Judas*, *la Mort libératrice*, *Jacques Bonhomme* — et sa *Prière*, d'une si puissante envolée, d'une coloration si vigoureuse, si profonde, d'une âpreté de pensée si amère et si souriante à la fois. Callot, Daumier, Rembrandt, les penseurs et les poètes, les humoristes et les satiristes, se fondent et s'expriment en cette sculpture qui attire au premier coup d'œil, émeut au second, et dont on garde le souvenir comme d'une page de philosophie vécue, consacrée par le talent...

Je ne voudrais pas oublier non plus les bronzes de M. Bugatti, ni ceux de M. Cedercreutz, l'*Enfant volé* et le *Portrait d'un Anglais* de M. Bruce, œuvres d'observation soncère et de réel talent.

SALON DES INDÉPENDANTS

Le Salon des Indépendants a cette année une grande qualité à mes yeux ; il est peu nombreux — dix sept cents toiles au lieu de quatre mille — on le voit mieux par conséquent, et l'on est moins lassé par la quantité d'extravagances toutes semblables, par le papillottement de couleurs et la foule d'idées baroques que les artistes tiennent à honneur d'étaler à nos yeux.

Cela tient à ce que les Serres de la Ville de Paris, qui servaient à cette exibition, étant démolies, on a parqué la Société des Indépendants dans des baraquements construits sur la terrasse de l'Orangerie, aux Tuileries, et qu'au lieu de six toiles que chaque artiste avait le droit d'envoyer, on ne leur en accepte plus que deux.

Deux, cela suffit amplement pour juger du talent et des aspirations d'un homme ! Si seulement une sur deux de ces toiles témoignaient de l'un ou de l'autre, ce serait déjà bien joli ; mais, hélas, en parcourant consciencieusement le Salon des Indépendants, je n'ai guère constaté de talents, et encore moins d'aspiration, si ce n'est celle d'épater le public, de frapper des coups de tam-tam, ou encore de se moquer de tout et de « lâcher » sur sa toile quelques tubes de couleur, au hasard, pour dire qu'on a envoyé, et protester qu'on est pas mort...

Je ne voudrais pas avoir l'air d'une vieille radoteuse ; mais je ne puis m'empêcher de dire qu'il y a loin de cette exposition aux premières de la Société, alors que de jeunes volontés s'affirmaient, que des visions d'art, inconnues et repoussées des Salons officiels, se levaient devant les yeux du public, et que même ce que l'on n'aimait pas avait un intérêt puissant, comme toute manifestation de la pensée, comme tout essor libertaire vers le mieux, vers l'au-delà ! Aujourd'hui, ce qui était hardiesse est devenu routine, pis que cela, système ; les pionniers ne sont plus que de vieux bonzes encroûtés plus aveugles et plus intransigeants que les membres de l'Institut les plus rétifs... et l'on ne voit poindre rien de nouveau ! Les vieux n'ont n'ont pas fait de progrès, il se sont immobilisés dans ce qui avait causé leur premier succès ; les jeunes ont pris pour la perfection les essais de leurs prédécesseurs, et ne cherchent qu'à les imiter ou à les outrer d'une façon désagréable... Bref — à mon avis du moins, — ce salon manque à la fois d'intérêt et de personnalité.

Ne parlons pas de la sculpture : elle est insignifiante, et ne comporte que quelques petites œuvres mal bâties, incomplètes ou carrément vilaines, que l'on regrette de regarder. Quant à la peinture, nous avons toute la pléiade des slaves, gens d'atavisme alcoolique et d'éducation rudimentaire, tourmentés du désir de rendre des pensées dont ils ne comprennent pas eux-mêmes toute la portée : une débauche de couleurs impuissantes à donner l'impression de la forme ou de la profondeur, des chevaux verts, des nuages rouges, des nymphes à deux têtes, des androgynes inquiétants, des photographies grandies agrémentées d'horribles flaques de sang, de cœurs palpitants dont la rouge liqueur semble dégoutter hors de la toile — voyez le portrait de Madame Ragoznskoff, jeune révolutionnaire russe, par M. Praotzew — tout un symboliste obscur habillé de la défroque impressionniste. Des visionnaires, facilement satisfaits, préoccupés avant tout de l'idée à exprimer, non de la beauté des choses en elles-mêmes, de ce qui constitue l'art par excellence... Encore si elle était claire, leur idée !

Puis tous les anciens protagonistes de l'art nouveau, si j'ose me permettre cette phrase contradictoire ; éternellement pareils a eux-mêmes, figés dans une formule dont l'intérêt décroît avec les années, parce qu'elle n'a pas tenu ses promesses et n'indique plus la sincérité de l'effort. Valloton et ses nudités opaques, Giriend et son dessein — si l'on peut dire — coupé de couleurs désagréables, Signac et son tachisme, Cariot et ses blés violets...

Quelques paysagistes exquis : Perinet, dans la note triste et douce des heures de brume ; Rigaud, vigoureux, ensoleillé, puissant comme la flore du midi ; Barbey, hardi et gai ; Schützenberger, profond ; quelques jolis tableaux de genre, comme ceux de MM. Daniel Réal, très en progrès, Villard, Stettler, et Marcel Béronneau. Voilà, je crois, le bilan de ce Salon.

Andrée Myra.

LES DÉBUTS
DE MADEMOISELLE GEORGES
ET LA CRITIQUE DE SON TEMPS

(Suite)

V

La journée du 30 pluviose, an XI, devait marquer considérablement dans les annales théâtrales de Mademoiselle Georges.

C'était un grand jour ou plutôt un grand

soir qui s'était levé. Tous les esprits étaient en suspens, aussi bien du côté des amis que des ennemis. L'annonce d'une seconde représentation de *Phèdre*, c'était dire la hâte qu'avait la débutante de réparer le demi échec qu'elle avait essuyé la première fois. On accourut en foule pour assister à ce nouveau corps-à-corps de l'actrice avec Phèdre. Les ennemis souhaitaient une chute complète ; les amis espéraient un relèvement des plus marquants et envisageaient même un triomphe sans précédent. C'est dire quelle agitation régnait dans les esprits, et que dans l'attente de ce grand événement, l'émotion était grande.

La toile venait de se lever et on aurait entendu une mouche voler dans l'assistance, tant elle avait de recueillement. Mademoiselle Georges, dans son abattement et sa mélancolie, était plus belle que jamais. Quelle différence avec la première fois ! En parlant, son organe était net, harmonieux, touchant ; ses inflexions justes et pathétiques allaient droit au cœur ; son énergie était sage et réglée ; dans tout le premier acte, elle fut couverte d'applaudissements, tant elle avait produit une sensation profonde et un vif enthousiasme.

Le reste de la pièce ne démentit point d'ailleurs cet heureux début, car elle sut combiner la force avec la sensibilité, la fureur avec la tendresse, la terreur avec la pitié, choses auxquelles Mademoiselle Duchesnois ne satisfaisait guère.

« Ce n'est point, continuerai-je, avec la critique de cette seconde représentation, que la débutante soit devenue parfaite du jour au lendemain ; dans quelques intonations, la voix a paru encore sèche et rauque, la tête et le corps ont quelquefois des mouvements irréguliers et peu nobles ; il y a des gestes qui ne sont point assez arrondis ; il y en a trop. Mademoiselle Georges n'a point encore l'aplomb nécessaire ; elle n'est point encore assez maîtresse de la scène et d'elle-même ; mais ces défauts, que l'âge et l'expérience corrigent aisément, sont éclipsés par une foule de traits heureux et de beautés naturelles. On a remarqué surtout avec plaisir, qu'elle n'était point dépourvue de cette sensibilité douce et profonde qui ne s'allie pas toujours avec la fierté et l'énergie. Le grand reproche que lui faisaient des auditeurs prévenus, était de manquer d'âme et de ne pas sentir vivement. Mademoiselle Georges, dans cette seconde représentation de *Phèdre*, a parfaitement rétabli l'honneur de sa sensibilité ; elle a prouvé que si sa figure peut inspirer l'amour, son talent sait aussi l'exprimer. »

On ne saurait être plus galant, ajouterai-je. Les applaudissements d'ailleurs furent frénétiques, autant dire unanimes, et lorsqu'après la représentation elle fut redemandée, ces applaudissements redoublèrent, jusqu'à paraître tenir du délire.

Mais tout cela n'eut pas l'heur de plaire à divers spectateurs qui, furieux du triomphe de Mademoiselle Georges, tentèrent par des sifflets de troubler la représentation ; les amis de la tragédienne le prenant

fort mal, levèrent leurs cannes et fustigèrent les siffleurs, ce qui était une singulière manière de souligner le succès de Mademoiselle Georges et de mettre les adversaires à la raison ; les coups de poing aussi pleuvèrent.

On prétend que les spectacles adoucissent les mœurs ; ce n'est donc pas toujours vrai.

Parlons maintenant de la critique d'ensemble de cette représentation, qui fut remarquable sur toute la ligne :

« Il y a longtemps, déclare-t-on, que cette magnifique tragédie de *Phèdre* n'avait été jouée avec plus d'ensemble ; les acteurs, électrisés l'un par l'autre, semblaient se disputer à qui mettrait plus de chaleur et d'intérêt dans son débit et dans son action. L'âme de Saint-Prix acquiert chaque jour un nouveau degré de chaleur, il a été très beau et très applaudi dans Thésée. Saint-Phal a paru très aimable et très intéressant dans le rôle d'Hippolyte ; Mlle Volnais trouve des moyens d'émulation dans sa jeunesse, dans l'amour qu'elle a pour son art. Le rôle d'Aricie est favorable à ses dispositions naturelles ; elle s'y montre fière, noble et modeste. Elle attache par un débit aussi juste qu'agréable ; son action a de la mélodie et de la grâce. Sa figure est tout à la fois jolie et tragique ».

On le voit, ce fut une représentation de tous points sensationnelle.

VI

Nouvelle appréciation pour la troisième représentation de Mademoiselle Georges dans *Phèdre* :

« Mademoiselle Georges dans cette troisième représentation, s'est acquis de nouveaux droits sur ce rôle, par la manière dont elle l'a joué. On remarque cependant encore des gestes vicieux et trop multipliés ; une habitude d'enfoncer la tête dans les épaules, qu'on peut regarder comme d'autant plus coupable qu'elle déshonore la plus belle taille du monde ; enfin il y a des endroits qui pourraient être mieux sentis ; mais on n'obtient souvent les grandes beautés qu'au prix de quelques défauts. Ce qui donne surtout les plus grandes espérances, c'est qu'à travers des inégalités très excusables à cet âge, on voit briller une foule de traits d'énergie et de sentiment, qui annoncent une âme vive et ardente et qui constituent ce qu'on appelle la force tragique. Cette représentation a été singulièrement agréable par le concert et l'unanimité des suffrages ; une pareille union a paru d'autant plus flatteuse, qu'on était bien éloigné d'y compter. Puisse-t-elle être durable ».

Ce vœu ne devait pas être exaucé, comme on va le voir, car ce n'était qu'une trève et il y avait toujours des partisans de l'une et des partisans de l'autre, entre Mademoiselle Duchesnois et Mademoiselle Georges et elles devaient bientôt devenir le sujet d'une querelle envenimée. Les premiers auraient voulu qu'on enlevât à Mademoiselle Georges le rôle de *Phédre*, pour le maintenir exclusivement à Mademoiselle Duchesnois, pourvue sans doute aussi de grandes qualités.

L'on était arrivé au 5 floréal, où Mademoiselle Georges devait représenter Emilie dans *Cinna*. Tous les anti-georgiens très montés, s'étaient donné rendez-vous dans la salle, résolus à appliquer ce que dit Boileau :

> Un clerc, pour quinze sols, sans craindre le hola,
> Peut aller au parterre attaquer Attila ;
> Et si le roi des Huns ne lui charme l'oreille,
> Traiter de Visigoths tous les vers de Corneille.

Ils en usèrent même trop largement, puisqu'ils se permirent d'insulter Mademoiselle Georges. Alors ce fut un tolle général et de nombreux cris : à la porte ! à la porte ! se firent entendre, d'où la représentation fut interrompue. Bref, ces adversaires peu galants obligèrent la police à les expulser. Que gagnèrent-ils avec leur grossièreté, c'est qu'ayant repris son rôle, Mademoiselle Georges se vit applaudir chaleureusement et qu'au lieu d'une défaite, ce fut pour elle une victoire ?

Nous allons encore retrouver, le 9 prairial, Mademoiselle Georges dans *Cinna*.

Il ne s'agit pas, cette fois, de la galanterie qui amena une victoire, mais d'une critique théâtrale :

« C'est à l'art de réciter auquel Mademoiselle Georges doit surtout s'appliquer, si elle veut qu'on ne reproche pas à la nature de lui avoir en vain prodigué de si beaux dons ; elle a de l'énergie, de la fierté, de la chaleur dans les grandes occasions, qui toujours sont rares ; mais les nuances, les transitions, les détails, tout l'ensemble du rôle n'est pas assez soigné ».

Jusqu'à Talma, qui n'est pas indemne.

« Talma, de même, n'est beau que par moments : la nature a cependant beaucoup fait pour lui, surtout dans le rôle de Cinna, il a dans la physionomie quelque chose de sombre qui peint bien l'égarement de Cinna ; mais le désordre de son début, les inflexions irrégulières de sa voix ne sont pas toujours un effet de l'art ».

Quel régal ce devait être d'entendre dans une même pièce Mademoiselle Georges et Talma !

VII

Le spectacle du 18 prairial était *Iphigénie en Aulide*. Il avait attiré un grand concours de monde, surtout à cause de Mademoiselle Georges et bien qu'on devait y entendre également le génial Talma et d'autres artistes de grande valeur comme Mlle Fleury et Saint-Prix. On aime à constater des progrès :

« Elle a été longtemps et vivement applaudie quand elle parut sur la scène : elle s'est montrée digne de cet accueil, quand elle a joué et n'a pas ralenti son zèle, quoique payée d'avance ; pleine d'énergie, de chaleur et de noblesse, elle

enlève toujours les suffrages dans les moments décisifs, dans les situations fortes : on voit qu'elle travaille son organe et son débit ; mais il lui reste encore beaucoup à faire dans cette partie ; cela doit être à son âge : on la verrait perdre tous les jours, si elle n'avait plus rien à gagner et l'on calculerait à chaque représentation les divers degrés de son déclin ».

On ne dira pas que ce genre de critique n'est pas encourageant.

Toujours est-il que Mademoiselle Georges ne démentait pas tout ce qu'on espérait d'elle.

Son avenir, du reste, se dessinait de plus en plus. Le 24 prairial, elle abordait *Sémiramis* et reprenait le rôle d'Emilie dans *Cinna*, le 25.

On pouvait constater que le rôle de Sémiramis était joliment à sa hauteur. Nulle ne pouvait mieux représenter la majesté de la reine de Babylone. Elle enthousiasma par sa belle attitude dans la scène des états-généraux :

« Le ton dont-elle a débité sa harangue, dit la critique, répondait parfaitement à la noblesse de sa taille et de sa figure ; elle a mérité les mêmes éloges dans son entretien avec Assur ; mais il semble qu'elle se soit surpassée dans les situations pathétiques, dans le moment surtout où elle reconnaît son fils : en général, les deux derniers actes, les seuls où il y ait du mouvement et de l'intérêt, ont été un triomphe pour Mademoiselle Georges ; mais dans les premiers qui sont par euxmêmes très ingrats, elle ne lutte point assez contre la froideur et l'insipidité des scènes : elle tombe et s'élève avec le sujet ; elle devrait, au contraire, tâcher de relever le sujet quand il tombe ».

Chaque fois, on le voit, Mademoiselle Georges conquiert du terrain ; mais elle ne s'endort pas sur ses lauriers et vise à se surpasser de plus en plus.

Nous la revoyions, en effet, la soirée suivante, dans *Cinna*, ce qui fait dire d'elle :

« Jouer deux jours de suite dans deux tragédies, deux personnages aussi fatigants que ceux de Sémiramis et d'Emilie, c'est un tour de force qui demande toute la vigueur et toute la jeunesse de Mademoiselle Georges : On ne s'est point aperçu dans *Cinna* que cet excès de travail eut affaibli ses moyens : elle n'avait rien perdu de son énergie naturelle, elle a été vivement applaudie dans toutes les tirades fières et sublimes ; dans tous les endroits où Corneille est vraiment grand, Mademoiselle Georges a paru digne d'être son interprète ».

Peut-il être plus bel éloge que le dernier ?

VII

Le 30 prairial, *Iphigénie en Aulide* est de nouveau donnée avec Mademoiselle Georges. Cette représentation est d'autant plus sensationnelle que Mademoiselle

Duchesnois y joue le rôle d'Eriphile au second acte, ainsi qu'une autre étoile qui se lève, Mademoiselle Volnais, remplit celui d'Iphigénie.

C'est, en effet, un grand jour ou plutôt un grand soir qui se lève sur la belle tragédie de Racine.

La cabale en faveur de Mademoiselle Duchesnois s'y était donné aussi rendez-vous.

Le critique raconte si joliment cette soirée, que je lui laisse entièrement la parole :

« Une foule immense s'était rassemblée pour voir la réunion des trois nouvelles princesses tragiques : Volnais, Georges et Duchesnois, la superbe espérance du Théâtre français, disputent la palme du talent et des grâces ; voilà sans doute un spectacle plus beau que celui du coucher du soleil. Pour contempler l'orient de ces trois astres dramatiques, n'est-il pas bien permis d'aller s'ensevelir et s'entasser dans un antre méphitique, au lieu de respirer l'air pur et frais d'une belle soirée ?...

Les chevaliers de Mademoiselle Duchesnois n'avaient pas l'avantage du nombre ; mais un seul d'entre eux fait plus de bruit que dix autres ; ils ont des mains de fer et des voix de stentors : comme les barbares, ils engagent le combat par des cris et des hurlements. Les défenseurs de Mademoiselle Georges voient plus clair ; ils n'ont pas le cerveau exalté par cet enthousiasme bizarre, d'autant plus vif que l'objet en est moins important : mais ils sont fermes à leur poste et forment par leur multitude une masse imposante ».

Maintenant quelques lignes en faveur des acteurs, qui représentaient un si magnifique ensemble, ce qui sera rehausser d'autant les talents de Mademoiselle Georges, leur partenaire, qui pouvait dire, eux présents et agissants : « *à vaincre sans péril on triomphe sans gloire* ».

« Lafond débite avec beaucoup d'âme et de chaleur ; il peint bien la fierté, la fougue et l'ardeur brillante d'Achille ; il a de très beaux mouvements de verve et d'enthousiasme ; mais il y a dans ce rôle un écueil très difficile à éviter, c'est l'affectation. Il faut bien se donner de garde d'imiter les airs outrés, les attitudes menaçantes des faux braves ; au lieu du fils d'une déesse, il ne faut pas nous offrir un fanfaron, un spadassin, un racoleur du quai de la Féraille. De même que l'hypocrite prend aisément le masque de la véritable piété, de même le matamore, le capitan, ont souvent les apparences du vrai courage. Un acteur a besoin de beaucoup d'art et de goût pour saisir une nuance aussi délicate ; il ne manque à Lafond, pour bien jouer Achille, qu'un peu plus de ce naturel et de cette simplicité qui font la vraie noblesse ; c'est surtout au moment où Achille, insulté par Agamemnon, porte la main à la garde de son épée, qu'il faut tâcher de mettre, dans l'air et dans l'attitude, cette vérité précieuse, qui distingue le héros du bretteur ».

Ce qui précède, comme ce qui suit, est tellement bien dit, tellement bien pensé, que les acteurs amateurs du monde pourraient en faire leur profit. Quel critique excellent ! On se prend vraiment à regretter que dans les journaux du temps, ces articles ne soient pas signés.

Au tour de Mademoiselle Duchesnois.

« Mademoiselle Duchesnois, dans le rôle d'Eriphile, ouvre le second acte ; il n'y a rien de remarquable dans son entrée et la fureur prolongée des applaudissements qu'on prodigue à sa seule vue décèle un fanatisme aveugle, très nuisible à la véritable gloire de cette artiste et à ses progrès dans l'art du théâtre : il me semble qu'au lieu de se guider par ses propres lumières, elle a mieux aimé dans cette scène et même dans tout le rôle, prendre Mademoiselle Fleury pour modèle. Eriphile est une femme violente, furieuse et méchante ; le poète a voulu rendre son caractère odieux, pour mieux faire ressortir la douceur et la vertu d'Iphigénie. Eriphile est un monstre de perfidie, d'ingratitude et de cruauté : son âme doit percer dans ses discours et même dans son silence. Eriphile est amoureuse, mais elle est atroce et cruelle ; elle est désespérée ; elle vient pour assister au mariage de celui qu'elle aime avec une rivale qu'elle déteste : elle ne doit parler de sa funeste passion qu'avec l'accent terrible d'une rage concentrée et non pas avec des soupirs, des inflexions tendres et voluptueuses ; elle doit s'irriter, s'indigner contre elle-même et non pas se pâmer en pensant à son amant, à un amant perdu pour elle et qui même ignore son amour ».

Mademoiselle Duchesnois avait pris le contrepied de la façon dont il faut vraiment comprendre le rôle et apporté de la sensibilité notamment dans deux passages qui n'en comportent pas, mais qui valurent pourtant à l'actrice de furieux applaudissements, tant la sensibilité bien ou mal placée a de l'empire au théâtre.

« Ses qualités réelles, reprend la critique, sont une articulation très exacte, un organe très agréable et très net, un débit très soigné, quelquefois trop : c'est une bonne lectrice, plutôt qu'une bonne actrice ; sa déclamation est compassée et affectée ; elle s'écoute trop et semble n'être occupée que du soin de faire valoir des vers ».

Eh ! mais, voilà un défaut dont les poètes n'auraient pu que lui faire les plus grands compliments. Une actrice de la sorte, les poètes la porteront toujours aux nues.

Armand Bourgeois.

(*A suivre*).

THÉÂTRE

CONNAIS-TOI [1]

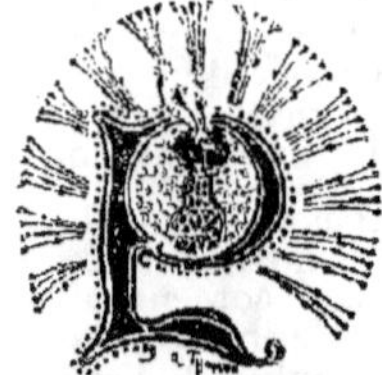

ᴀʀ le respect du principe des trois unités, par le relief accusé des caractères, par l'action concentrée, la pièce de M. Paul Hervieu emprunte l'allure d'une véritable tragédie, moderne seulement par les costumes, mais classique, c'est-à-dire de tous les temps, par l'inspiration, le dessin et la morale qu'elle dégage. M. Paul Hervieu est un dramaturge à proposer en exemple aux faiseurs de pièces émoustillantes et touffues ; il creuse un sujet jusqu'au tuf, il pétrit en pleine pâte des figures aux traits qui les distinguent à première vue des comparses encombrants coudoyés dans l'existence quotidienne, ses œuvres n'ont que des premiers plans, tout y compte et tout y est en place, nul épisode ne distrait du thème unique, c'est du théâtre austère, émouvant et moral. Car M. Paul Hervieu n'écrit jamais pour ne rien dire ; il conclut, il enseigne, il prend parti ; on a prétendu que sa manière avait quelque chose d'algébrique ; en tous cas, ses équations se résolvent toujours par la générosité.

Connais-toi nous présente le miroir véridique de nos risibles forfanteries, un homme à principes immuables qui fléchissent quand sa tendresse de père ou de mari est en jeu, une femme qui se croit longtemps intangible dans sa fidélité d'épouse jusqu'au jour où l'amour passe sur elle, une autre qui ne redoute rien tant au vrai que de rompre sans retour possible avec le compagnon médiocre qu'elle vient de trahir dans un élan qu'elle supposait de passion. Qui se connaît ? demande l'auteur au baisser du rideau, qui sait de quelle défaillance il ne serait pas capable à l'heure inévitable de la tentation ? C'est donc une grande leçon d'indulgence raisonnée, totale, égoïste, qui sort de la pièce nouvelle où M. Paul Hervieu exalte avec autant de noblesse que de passion les sentiments d'où dérivent nos plus spontanées passions.

N'y eut-il dans *Connais-toi* que cette attachante figure de Clarisse de Sibéran, la pièce de M. Hervieu marquerait dans la production dramatique contemporaine comme une œuvre maîtresse ; Clarisse est une sœur des grandes héroïnes raciniennes, elle a la droiture innée, la fierté, l'instinct du devoir et elle ne se donne que sans réserves. Quels trésors de passion recèle pourtant ce cœur aux battements mesurés ! Son amour pour Pavail a fondu sur lui tout-à-coup, l'emplissant d'un trait, et Clarisse transfigurée répudie l'existence d'effacement et de résignation où son mauvais destin la vouait. Hélas ! ce dont les menaces et la colère d'un mari despote n'avaient pu l'obliger à faire le sacrifice, la divine pitié le lui arrache de l'âme à peine enraciné ; Pavail ira tâcher de mourir au Tonkin, Clarisse redeviendra l'épouse modèle qu'elle n'a presque pas cessé d'être, et il n'y aura rien de changé, si ce n'est un homme, ce rigoureux Sibéran, assoupli par l'épreuve, amèrement conscient de sa déchéance. Ce n'est que cela, *Connais-toi*, et c'est bien autre chose que je ne saurais exprimer : trois actes où l'angoisse ne cesse pas de nous tenailler, des êtres criants de réalité, grandis par la vision d'un dramaturge qui transforme tout ce qu'il observe, un conflit d'amour qui met aux prises trois êtres sincères, vibrants, complets. Jamais M. Paul Hervieu ne fut plus maître de son art, jamais il ne se montra plus hautement idéaliste et plus sûr de la beauté de la vertu, jamais pièce n'honora davantage notre première scène littéraire, digne de son beau surnom de : Français.

LES POSSÉDÉS. — DEMAIN [1]

Le drame de M. H.-R. Lenormand a beaucoup d'originalité et de mouvement ; ce sont qualités essentielles et rares qui assurent immanquablement le succès d'une œuvre dramatique quelles que soient ses imperfections de détail et les erreurs qu'elle contienne. J'aimerais pour ma part un thème moins chargé d'incidents secondaires, plus net en ses conclusions et moins exceptionnel. Les personnages de M. Lenormand ne sont pas de ceux que l'on frôle chaque jour, mais d'ailleurs le titre de la pièce nous en avertissait ; possédés du diable, possédés d'amour, possédés du génie, autant de « sujets » douloureux et anormaux. C'est ici un savant et c'est son fils, musicien, les possédés dont les tragiques aventures forment la trame de trois actes remplis d'horreur et de passion déchaînée. Le conflit du génie et ses exigences avec la vie quotidienne et ses obligations, un amas voulu de vilenies et de noirceurs, fatiguerait si M. Lenormand ne possédait le don d'insuffler une vie factice à ses entités. Les objections surgissent au baisser du rideau, trop tard pour gâter l'effet de scènes extrêmement audacieuses et discutables. Les *Possédés* suggèrent la folie et attestent la maîtrise de son art que possède leur auteur.

Demain est encore une pièce nostalgique et sans éclair de joie ; elle se passe dans un milieu maritime parmi des êtres primitifs et l'émotion y est continue, le dénouement, qui se fait un peu longtemps attendre, plein de grandeur et d'effroi.

Le nouveau spectacle du Théâtre des Arts, pour n'être pas de ceux que l'on écoute avec béatitude après un repas de choix, sent l'application d'artistes cher-

---

cheurs, sincères, et déjà mûrs pour les œuvres plus larges que ces deux essais où abondent les plus belles promesses.

MASTER BOB, GAGNANT DU DERBY (1)

La pièce de MM. de Brisay et Lauras comprend quatre tableaux et une moralité. Les tableaux, colorés et gradués, pourraient s'intituler : 1° Le bon et le mauvais book ; 2° L'agence des paris ; 3° Le grand-prix ou l'émeute ; 4° Le châtiment du mauvais « book ». La moralité est incluse, avec toute la clarté possible, dans une des phrases finales : « Les courses sont le paratonnerre de la Révolution ». Autrement dit, que tout le monde joue au « mutuel », et il n'y aura plus de fonctionnaires mécontents, plus d'ouvriers en révolte, plus de gréviculteurs florissants. Je suppose que MM. de Brisay et Lauras ne sont pas dupes du remède qu'ils nous proposent avec une ironie qui n'exclut aucune des qualités essentielles des hommes de théâtre que sont visiblement ces hommes de sport. Le bon book, c'est Durien, et le mauvais Goldstramm · une femme dont ils se disputent le cœur a rompu leur entente ; lequel tombera l'autre ? Goldstramm qui ne choisit pas les moyens fait droguer par un lad besoigneux Master Bob, le crack confié à ses soins, et le grand favori défaillant n'arrive pas même placé dans le grand-prix qu'il devait normalement gagner ; fureur de la foule parieuse qui s'en prend à Durien, à sa femme, à sa fille, fourvoyés sur la pelouse je ne sais pas bien pourquoi, et si le duc d'Arcole, président du comité, grand seigneur de théâtre, n'usait de toute sa séduction de bravoure et d'esprit pour détourner la colère des émeutiers sur le vrai coupable... et leur attention sur les dernières courses de la journée, Durien, le bon book, paierait de sa peau la déception des joueurs de Master Bob. Mélodrame, a-t-on dit ; le mot est bien impropre ; œuvre d'art ne serait pas plus juste ; pièce à illustrations, estampe anglaise, selon Boutet de Monvel, avec du Jean Béraud vers la fin, quand ce peintre de genre s'essaie au tragique ; une mise en scène extrêmement variée, des types observés « sur le zinc », à l'écurie, dans la rue, un défilé qui brûle les planches et les baraques du « mutuel », de scènes sommairement bâties mais habilement conduites, et au résumé une pièce de tendances utiles et de portée actuelle, puisque ce jeu de courses, le moins raffiné de tous et qui sévit tout en haut comme tout en bas ne fit jamais plus de victimes. Ni M. Gémier, ni les auteurs de *Master Bob* n'en sont, car l'événement fut heureux pour le trio de joueurs.

G. Roussel.

(1) Théâtre Antoine-Gémier.

SOCIOLOGIE

COMMENT LES DÉMOCRATIES FINISSENT ?

es hommes de foi sincère qui, durant toute leur vie, ont lutté pour le triomphe de l'idée démocratique se posent d'angoissantes questions.

En effet Renan pensait que les principes de 89 seraient condamnés s'il était prouvé qu'après une expérience de plus d'un siècle, la Révolution était encore à recommencer, à chercher sa voie, à se débattre sans cesse dans les conspirations de l'anarchie. Certains événements historiques lui semblaient beaux à condition de n'être point renouvelés. Un peuple en état de fièvre peut s'élever à l'héroïsme, mais il ne faut pas que la fièvre soit permanente. On en meurt.

Pour les arrivistes un changement de régime, n'aurait d'autre conséquence qu'une attitude nouvelle, l'adhésion momentanée au programme imposé par des contingences passagères. Au fond, peu leur importe le nom des détenteurs du pouvoir. Ils auraient pour eux, ce dévouement du vieux fonctionnaire qui s'honorait de servir avec un même zèle des gouvernements successifs.

Tout serait encore pour le mieux tant qu'il y aurait des faveurs à recevoir. Les mandiants ne tendent le poing qu'à ceux qui ne peuvent plus donner.

L'effondrement de fières espérances ne serait en réalité douloureux que pour les démocrates qui, au lendemain de 70, rêvèrent d'une France régénérée par la liberté. Ceux-là croyaient avec ferveur que des principes vivifiants nous rachèteraient de la défaite, et selon le mot de M. Paul Bourget, que nous saurions refaire une patrie nouvelle par notre action privée et publique, par nos actes et par nos paroles.

Des appétits sans frein ont remplacé des aspirations nobles. La bête humaine veut se ruer vers les barrières que la loi avait dressées contre elle. De même que le taureau qui a vu rouge, une loque couleur de sang, des vocables sonores, suffisent à l'affoler. Ne lui parlez ni du droit de propriété, ni des nécessités suprêmes de l'ordre qui est la condition absolue de toutes les libertés. La brute lâche et cruelle est prête à tout assaillir de sa masse énorme.

La Démocratie française aurait-elle perdu sa confiance dans la République légale ?

Pour se convaincre du perpétuel recom-

(1) *Les Démocraties antiques.* Flammarion éditeur.

méncement de l'histoire expliqué par la permanence des passions humaines, je conseille la lecture du beau et savant livre [1] de M. Alfred Croiset, membre de l'Institut.

D'innombrables cités du monde ancien ont fait l'expérience de la démocratie. Elle a évolué dans des conditions évidemment dissemblables des ambiances contemporaines, et néanmoins, il apparaît des caractères identiques, des tendances similaires, des faits tristement significatifs pour l'historien qui, dans la recherche des causes sait tenir compte de la psychologie des peuples ou des individus.

La démocratie française découvrira toujours d'utiles sujets de réflexion dans l'étude des diverses démocraties grecques.

De hautes qualités héréditaires ont certainement agi sur le progrès et le jeu des institutions politiques du peuple athénien dont nous avons la spirituelle légèreté et les dons heureux.

Le Grec était vraiment plein de douceur et d'humanité, mais l'imagination dominait sa volonté qui ne fut pas assez souvent capable de desseins suivis. L'incohérence n'est pas d'invention moderne. Dans sa pensée prompte à saisir les raisonnements des philosophes, l'égalité était individualiste et libérale. Il voulait s'éclairer par la discussion avant de se décider mais son vif sentiment de l'art en faisait la dupe des rhéteurs.

M. Croiset constate que la parole tenait chez les Grecs une place excessive. Ils aimèrent fâcheusement les spectacles oratoires.

Le sagace historien précise à la fois les vices et les vertus de la démocratie athénienne. Après l'élan national de Salamine et de Marathon, elle eut les ivresses glorieuses que nos pères ont connues, après Jemmapes et Valmy. Alors le peuple avait le respect des chefs qui le dominaient par l'ascendant de leur génie. Mais un des grands tragiques, Euripide, eut la prescience de l'avènement de la démagogie. Comment oublier que nous avons aussi des Cléons, l'État-major, des médiocrités effrontées qui incitent la foule aux brutalités imbéciles et sanglantes ?

M. Croiset est certainement sympathique à la démocratie ; il voit en elle un superbe idéal. Qu'est-ce qu'un idéal dans la laideur des bas instincts en révolte ? Ce n'est pas seulement de nos jours que des penseurs ont conçu le règlement rationnel de la vie collective des Cités et des États.

Malheureusement les philosophes qui imaginent d'harmonieuses constructions ne suppriment pas les mobiles inférieurs qui font agir l'animal humain.

« Les formes de gouvernement sont des cadres offerts au jeu plus ou moins libre des forces de l'individu ».

A coup sûr, il ne s'agit pas de combattre la démocratie ou le parlementarisme. Mais il est bon de retenir les leçons de la sagesse antique.

Ne cessons point de croire à la prédominance finale de la raison française, ni à la possibilité d'éveiller dans l'âme populaire la notion exacte de la liberté et des devoirs qu'elle impose.

Le doyen de la faculté des Lettres de Paris n'est candidat à aucune fonction élective. S'il le devenait, il mériterait le suffrage des braves gens qui osent dire : « L'ordre est le besoin vital des sociétés, si les lois ne suffisent pas à réprimer l'anarchie, la tyrannie survient nécessairement. La Démocratie n'a pas d'ennemi plus redoutable que la démagogie. » Je l'ai toujours pensé et nettement affirmé.

VALORY LE RICOLAIS.

LIVRES

PETITS MÉMOIRES DE PARIS [1]

Avec le *Carnet d'un Suiveur* se continue la série, si brillamment commencée par les « *Coulisses de l'Amour* » et par « *Rues et Intérieurs* », des **Petits Mémoires de Paris**, qui grâce à l'érudition sagace de l'auteur qui se dissimule sous le nom de La Mésangère, sont appelés à devenir, l'un des plus curieux ouvrages sur la vie de Paris de notre époque.

Ce nouveau volume prend comme prétexte un suiveur de femmes, spirituel et érudit, que sa passion conduit dans les milieux les plus divers. Son arrivée à Paris en 1862, fournit la matière d'une fresque des plus curieuses et des plus documentées sur ce que fut Paris à la fin de l'Empire : fêtards du *Grand-Seize*, ruelles et cabarets, bouges et bals populaires, cafés littéraires, parlotes politiques, vieille cité, boulevard du Crime, revue des théâtres, des journaux, du monde, des Arts, etc !... tout ce qui compose la vie de Paris, tout ce qui passe et repasse devant le Perron de Tortoni, tout ce qui se groupe et s'assemble, prend sa place en notes concises pour donner à ce curieux tableau un aspect des plus pittoresques évoqué d'un style ferme et coloré.

G. B.

---

[1] Dorbon aîné, éditeur.

LA CRITIQUE

illustrée, internationale,

indépendante,

des Arts et de la Littérature.

Bulletin officiel

de l'Association de la Critique

15ᵉ Année

Nᵒ 267   5-20 Mai 1909.

ART

SALON DES ARTISTES FRANÇAIS
SCULPTURE

ORSQUE je suis entrée dans la nef du Grand Palais, côté Alexandre III, j'ai cru pénétrer dans une succursale du Père-Lachaise, tant ma vue était sollicitée de tous côtés par des monuments funéraires,. des tombeaux, des groupes commémoratifs, et autres œuvres du même genre !... Ceci ne doit pas être pris dans un sens péjoratif ; il faut bien que tout le monde vive, les sculpteurs en particulier, et ma foi ! j'ai constaté que tout ce qui touchait à la mort était une des sources les plus productives pour le commerce et pour l'art.

Du reste, parmi ces monuments, il y en a quelques-uns de fort bien : par exemple, celui de la famille B...., par M. Pasche, belle sculpture, pas trop académique, souple et fine, d'une belle envolée. Je n'en dirai pas autant de celle de M. Guillaume — encore un tombeau, — ni de celle de M. Boucher — tombeau de Paul Dubois — si profondément ennuyeuses dans leur impeccabilité.

A propos d'impeccabilité, je me rappellerai toujours un mot de ce pauvre Alexandre Charpentier, qui vient de mourir. Il disait, et avec raison, qu'au Salon des Artistes Français on rencontrait plus que partout ailleurs des *sculpteurs sculptant*, c'est-à-dire des hommes qui savent leur métier sur le bout du doigt, qui l'ont tellement appris, tellement étudié, tellement creusé dans toutes ses difficultés, tous ses trucs, tous ses tours de main, qu'ils en ont oublié complètement de regarder la nature sous le rapport de l'impression qu'elle peut donner, de l'émotion inspirée, et chez lesquels l'habileté de la main ou la science des proportions a tué le noble et maladroit enthousiasme de la pensée. Sans doute, il faut *sculpter* quand on est sculpteur, et je ne crois pas que Carpeaux, Rude ou Dalou, aient su moins leur métier que leurs confrères, pour avoir créé des œuvres belles et émotionnantes, et fait rayonner la pierre ou le marbre de toute la splendeur de l'idéal ; mais ce sont là des génies, des exceptions. Pour le *vulgum pecus*, le métier est rude, difficile, fatigant, la carrière encombrée, il faut y faire sa place à force de science et de travail, il faut que l'œuvre présentée au jury ne pêche par aucun défaut, et nous savons tous que les membres du jury ne jugent pas l'idée, mais la forme, se préoccupent assez peu du mouvement, de la couleur, de l'atmosphère, mais se trouvent mal de désespoir devant un muscle mal attaché ou un geste dont ils n'ont pas l'habitude... Il faut d'abord les contenter, et ce n'est pas chose aisée ; alors, sans compter que tout le monde n'est pas doué de génie, et ne peut à la fois donner essor à sa pensée, tenter l'œuvre originale et parfaite de formes, on va au plus pressé, on patine et polit le *bouleau d'école* pour être reçu ou récompensé, remettant à plus tard la joie de dire ce qu'on pense. Mais plus tard... il est trop tard ! Et du reste, on ne ressent plus, à un certain âge, les enthousiasmes et les aspirations de la jeunesse ; on s'est habitué à considérer comme la perfection ce que l'on a cherché jusqu'à présent, et l'on se garderait d'y rien changer. Ce sont toutes ces raisons qui donnent au salon de sculpture des Artistes Français cette uniformité ennuyeuse, et qui en rendent la critique si difficile : tout est bien, au sens technique du mot ; c'est bien comme le jeu impeccable d'un premier prix du Conservatoire, qui ne fait pas de fausses notes, mais qui endort ses auditeurs. Peu d'œuvres ressortent de façon à frapper les yeux.

Il y en a cependant ; voilà, par exemple *le Mur*, déjà exposé en 1902 par M. Moreau-Vauthier, que l'artiste a cette fois sculpté en pierre. Œuvre de grand souffle, de pensée profonde, d'exécution magistrale. Le *Mur*, c'est le sombre mur des fédérés, le mur de Belleville, criblé de coups de mitraille, et sur lequel apparaissent vaguement les ombres de ceux qui sont morts : soldats aux visages convulsés, femmes sanglotantes, enfants éperdus, patriotes aux mains liées, dont la fusillade étouffa le dernier cri de liberté... Devant le mur, étendant sur cette foule ses bras douloureux, une figure drapée de deuil, tragique et douce comme les paroles qui servent d'épigraphe à l'œuvre : « Ce que nous demandons à l'avenir, ce que nous voulons de lui, c'est la justice, ce n'est pas la vengeance ». (Victor-Hugo).

Je citerai aussi la charmante et délicate statue de Henri Bouchard — *le maître d'œuvre Pierre de Montereau* — et son *défrichement*, groupe en plâtre d'une sereine et majestueuse beauté. *Le Vengeur* de M. Ernest Dubois, destiné à la nef du Panthéon, très vibrant d'expression, d'une belle couleur et d'une envolée *patriotique* vraiment admirable, sans parler des qualités techniques qui ont atteint leur plus haut point de perfection. Puis le monument de *Corot*, par M. Raoul Larche, d'une finesse et d'une délicatesse de composition bien adaptées à l'immortel peintre de Ville d'Avray ; *Les Miséreux*, de M. Bertrand Boutée. La *Charité* et le *Pardon* de M. Verez, groupes d'une grâce et d'une distinction exquises. Enfin, l'*Accident*, de M. Roger-Bloche, que l'on pourrait qualifier de tableau de genre, sans la largeur de la facture, la beauté immanente des attitudes simples, si bien étudiées, l'atmosphère de tristesse et d'émotion qui relie entre elles toutes les figures et en fait un tout complet, alors que cependant chacune d'elles, séparée des autres, constituerait une œuvre personnelle et parfaite. Et je vous demande grâce de la nomenclature de ce qui reste au Salon de sculpture, fontaines, monuments publics ou privés, tombeaux, allégories, statuettes et bustes, desquels il n'y a rien à dire, ni en bien ni en mal, et devant lesquels on murmure instinctivement le mot de Virgile à Dante, au premier cercle de l'Enfer :

« Ne nous attardons pas à parler d'eux ; regarde et passe ».

SALON DE LA SOCIÉTÉ NATIONALE

PEINTURE

Je ne sais si vous avez lu les articles de critique musicale que Berlioz, le plus *rosse* des hommes, publiait dans le *Journal des Débats* sur les œuvres de ses confrères ; si vous ne les connaissez pas, je vous engage vivement à vous les procurer, et je vous avoue que pour ma part j'y ai pris un plaisir extrême, comme disait le bon fabuliste. Berlioz était fort difficile, je le veux bien, et d'ailleurs il en avait le droit ; mais il était obligé, de par sa fonction de critique musical, à entendre de véritables horreurs, des *Diletta*, des *Sultan Mahmoud*, etc., dont il considérait comme un redoublement de supplice de rendre compte à ses lecteurs. Aussi s'en tirait-il par le petit stratagème suivant : il racontait qu'il avait été pris du désir de faire une promenade en pleins champs, commençait un dithyrambe sur le chant des oiseaux, le son lointain des cloches du village, détaillait une aventure avec une petite fille rencontrée dans un bois, la mort d'une tourterelle qui avait la patte cassée, etc..., etc..., puis, au bout de huit ou dix pages, se rappelant tout à coup qu'il lui fallait parler de *Diletta* ou de quelque autre œuvre de ce genre, il terminait par une dizaine de lignes hachées de points de suspension, où l'on distinguait vaguement les mots d'horreur... de pauvreté... de stupidité... Il appelait cela faire l'analyse d'un ouvrage.

Je ne prétends nullement me comparer à Berlioz, tant au point de vue du talent qu'à celui de la rosserie ; mais il y a des moments où je désire bien vivement posséder sa liberté de style et sa légèreté de conscience pour traiter de la façon ci-dessus mentionnée l'analyse de certains salons de peinture vraiment trop inférieurs à leur réputation, d'une platitude et d'une monotonie si attristante que l'on pourrait se demander à chaque salle si l'on est dans une école ou dans un hôpital....

Est-ce la continuité d'un succès autrefois si juste et si grand qui aveulit les talents ainsi, et les fige dans une formule toujours semblable, par conséquent plus mauvaise d'année en année ? Ou serait-ce, hélas ! la rançon du talent que de perdre le sens critique, la sévérité qui vous force à marcher sans cesse en avant, au risque il est vrai de faux pas ou même de chutes, mais sans recul et sans lâche compromission ? Ou bien ne peut-on avoir ensemble le bonheur et le génie ?... Mystère que je ne me charge pas d'éclaircir. Je constate, voilà tout ; je constate que ce salon de la Société Nationale, autrefois si brillant, si plein de talents fougueux qui annonçaient tant de belles œuvres à venir, qui montraient tant de splendeurs présentes, ressemble maintenant à s'y méprendre à celui d'à côté, celui dont il s'était séparé par écœurement de la routine et du manque de liberté...

Voici M. René Ménard, qui interprétait si admirablement la nature, avec ses paysages où chantait l'âme antique, ses visions d'un au-delà mystique, intellectuel, son expression de la grande beauté ; non pas un réaliste, tant s'en faut — mais le réalisme absolu n'est pas de l'art ! — mais un poète, avec juste le sentiment de réalité exigible pour que ses toiles nous laissent en l'esprit une impression profonde et juste, comme si nous avions vécu et pensé en elles. Ses trois énormes diptyques de cette année sont vides, lourds, presque vulgaires de couleur et de forme, et plus réalistes, avec ses chevaux du Parthénon et ses nymphes à la Phidias, que les œuvres les plus étudiées de Terburg ou de Steen, sans en avoir le mérite.

Voilà M. Caro-Delvaille, un des maîtres de l'école contemporaine, si ferme, si vibrant, si personnel en son dessin et sa coloration, qui nous donne cette année un *Groupe païen* d'une mollesse presque enfantine, d'une couleur terne et banale, d'une forme imprécise, impersonnelle, sage et malsaine comme une étude d'élève, et un portrait dont la banalité n'a d'égales que la platitude et le manque de distinction.

Voilà... voilà... Mais passons ! Je pourrais vous citer encore M. Francis Auburtin, dont j'ai tant aimé quelques œuvres, au temps jadis, quand elles étaient personnelles, mais qui me démonte littéralement avec son sous-Puvis de Chavannes. Et d'autres encore, dont les toiles délavées, recommencées, répétées et renouvelées ne rappellent en rien les splendides élans des premières années.

Nous avons aussi un bon nombre de panneaux décoratifs, de commandes de l'État, qui ne diffèrent pas sensiblement de tout ce que l'on a vu jusqu'à présent en ce genre. Froides compositions, élaborées suivant des règles connues, plus ou moins inspirées du dix-huitième siècle, de la

Renaissance ou de l'art primitif — comme celles de MM. Aman — Jean, *Comédie*, Maurice Denis, *Magnificat*, Röll, Rosset-Granger, Rixens, etc., etc. ; M. Berteaux, lui, avec sa *Bretagne travailleuse*, dépense bien de la toile, des couleurs et des modèles pour faire un tout petit tableau... Quant à M. Besnard, son immense composition de la *Plastique* toujours très personnelle et très voulue, révèle le peintre fougueux, le coloriste ardent qu'il a toujours été.

Les paysagistes se maintiennent dans cette note personnelle, dans cette recherche de l'impression qui fut une des plus grandes gloires de la Société Nationale. Citons MM. Guignard, J.-J. Rousseau, Billotte, Couturier, Smith, Biessy — ce dernier si poétique, si doux et si profond dans ses effets de soir. —

Comme tableaux d'histoire, je ne puis guère citer que celui de M. Lagarde — *l'année terrible* — d'une belle composition, d'un dessin et d'une couleur impeccable, très impressionnant et vécu, pourrait-on dire, par la pensée et l'étude.

Comme toujours, le portrait est représenté par des quantités de toiles. Parmi les meilleurs, je nommerai ceux de MM Rondel, *Maurice Barrès*, Weerts, *l'auteur*, Capiello, auquel je reprocherai seulement le manque de simplicité, Gunnery, Simon et Dagnan-Bouveret.

Enfin, dans la peinture dite de genre, je ne saurais trop donner d'éloges à la toile de M. Prinet, *Le réveil de Zoé*, si simple et si souple d'attitude ; M. Muenier, avec son *enfant à la mouche*, s'exerce à ces jolis effets de soleil à travers les persiennes, qui ont fait la gloire de M. La Touche, et, ma foi, il arrive presque à la maîtrise. Signalons aussi les amusantes toiles de M. Jean Veber, les adaptations de M. Levy-Dhurmer aux compositions musicales de Fauré et de Bussy — comme adaptation, cela ne manque pas d'intérêt, cela a assez la monotonie et l'imprécision des œuvres visées — et une fort jolie chose de M. Barlow, *La repasseuse*, œuvre de peintre s'il en fût, d'une belle atmosphère, d'une couleur exquise, d'une impression parfaite.

N'oublions pas non plus l'exposition, dans la salle VIII, des œuvres anthumes — comme dirait ce pauvre Alphonse Allais — des œuvres anthumes, dessins et pastels de M. Dagnan-Bouveret. Cent trente-trois chefs-d'œuvres, dignes du Louvre ! Portraits, études, compositions, croquis, pures merveilles où l'on ne sait quoi admirer le plus, de la probité du dessin, de la souplesse des contours, de la vie qui éclate dans les moindres traits, de la beauté sévère de l'ensemble.

LES HUMORISTES

Ce serait une besogne aussi fastidieuse qu'inutile de vouloir donner la liste des œuvres ou même le nom des artistes qui exposent au Salon des Humoristes, au Palais de Glace. Comme aussi de vouloir apprécier ces œuvres en détail ou de prétendre en donner une idée. Nos lecteurs, du reste, connaissent déjà les auteurs aimés qui font partie de ce salon, et ce qu'ils ont de mieux à faire est d'aller les admirer de nouveau.

Cependant, je tiens à relater une petite observation que j'ai faite cette année, non sans plaisir, je l'avoue ; c'est que l'exposition du Palais de Glace est plus *humoristique*, à mon avis, qu'elle ne l'a encore été. Sans doute, il y a encore une part de grosse farce, de plaisanterie d'un goût, non pas douteux mais vulgaire, une tendance marquée à la malpropreté, puisqu'il faut appeler les choses par leur nom ; et de ces sortes de choses, même si elles font rire, on a bien vite assez, d'autant plus vite que le sujet en est toujours fort restreint. Mais cette fois, les artistes se sont beaucoup plus tournés du côté de la véritable *humour*, qui, elle, embrasse l'empire infini des choses, des bêtes et des gens, du monde inerte et inanimé, du temps et de l'espace. Ils n'ont pas confondu la philosophie avec la caricature ; c'est à mon avis un grand progrès.

Alors triomphe vraiment l'esprit français, si fin, si délicat, si pondéré, si ennemi des charges violentes et cruelles, sachant dessiner le trait juste, et l'enfoncer de façon à ce qu'il ne s'oublie jamais, sans cependant blesser ni humilier aucun de nos sentiments profonds.

Voyez les deux rétrospectives de Caran d'Ache et de Wilhelm Bush ; le constraste est frappant plus encore là qu'ailleurs. Chez Caran d'Ache, pas une faute de goût, pas une lourdeur, pas une grossièreté, quel que soit le sujet qu'il traite, quelque risquée que soit la plaisanterie... Un dessin impeccable, toujours maintenu en deçà de l'exagération, quoique carrément caricatural ; jamais laid, jamais vulgaire, préoccupé avant tout de donner pour ainsi dire la synthèse de son idée, consacrant à jamais des types immortels, le Juif, l'élégant, le militaire, etc., non figés dans une forme pareille, mais rayonnant de personnalité, parce que conçus par la pensée plus que croqués d'une main habile... Et chez Wilhelm Bush, un des humoristes les plus talentueux bien certainement du pays d'Outre-Rhin, la pesanteur du dessin, la vulgarité des formes, le manque absolu de distinction dans la pensée ou dans l'œuvre, la volonté de déformer et d'enlaidir, pour frapper davantage, une subjectivité violente et incompréhensible...

Parcourez encore, pour vous rendre compte de ce que je dis là, la troisième rétrospective du Salon des Humoristes : le Portrait charge au XIXᵉ siècle, et voyez, à côté des Français si légers, si spirituels, accentuant sans les changer ni les déformer les traits de leur " victime ", la cruauté burlesque, la laideur, et le manque de grâce des Anglais... Voilà de quoi réfléchir bien longuement sur les aspirations et les destinées d'un peuple sous le rapport de l'art, et même, dirai-je, sous celui de la littérature et de l'histoire. Mais il y en aurait bien d'autres à examiner, et cela nous entraînerait bien loin.

Andrée MYRA.

LA VIE ET L'ŒUVRE
DE ROSA-BONHEUR (1)

Le volume que nous devons au zèle de Mlle Anna Klumpke pour la gloire de son illustre amie, comble une regrettable lacune dans l'histoire des Beaux-Arts.

La réputation de la grande artiste dont la vie est retracée d'une manière saisissante et vraie, est pour ainsi dire inconnue malgré le nombre immense d'articles et de brochures dont cette existence si glorieuse a été l'objet.

Exclusivement préoccupée de produire des chefs-d'œuvres, Rosa vivait au milieu de ses modèles dans une solitude presque absolue. Une grande partie des tableaux ayant été accaparée par ses admirateurs des Etats-Unis où son nom avait acquis une popularité inouïe, le public français n'a pu les admirer comme il le désirait.

Mlle Anna Klumpke, confidente de la grande artiste, a été heureusement inspirée en réunissant dans un même volume non seulement l'ensemble des merveilleuses peintures dispersés dans le monde entier, mais en y joignant aussi les croquis et les dessins dûs à son crayon.

Cette précieuse collection suffisante à elle seule pour assurer le succès d'une publication, est accompagnée du récit vécu de l'existence de Rosa-Bonheur. Cette partie historique donne l'impression émouvante d'un roman pathétique. L'auteur a su rendre d'une plume alerte et élégante une vie entièrement consacrée au culte du vrai, du beau et du bien.

On y voit ce dont est capable une âme grande et pure s'élançant vers les régions les plus sublimes que l'esprit humain peut atteindre.

W. DE FONVIELLE.

LES DÉCHÉANCES DE L'ART
RELIGIEUX

Les croyants ont des grâces spéciales. Rien ne les étonne ou ne les désespère. La foi douloureuse et tourmentée de Pascal, ne fut pas à proprement parler la foi. Tant d'angoisses et d'incertitudes attestent l'impossibilité d'une adhésion calme à des dogmes rejetés par la raison. Les vrais dévots ignorent les indignations philosophiques d'un Taine qui n'aurait jamais consenti à paraître vertueux par crainte, et croyant par obéissance.

Joris-Karl Huysmans qui fut d'abord le peintre minutieux et merveilleux des laideurs du monde contemporain, écœuré de tant d'abjections et d'ignominies, devint un illustre converti. Longtemps « il flotta comme une épave entre la Luxure et l'Eglise. »

Là bas, En route, la Cathédrale, contiennent l'analyse de sa crise d'âme, et ce mystique est un penseur baroque et subtil, un styliste extraordinairement original, un âpre ironiste, un critique d'art compréhensif, un admirable descripteur de paysages. Ses livres les plus longs, même ceux qu'encombre un étalage d'érudition pédantesque, ne paraissent jamais ennuyeux ; ils se parsèment d'invectives facétieuses, de réflexions cocasses, d'observations drôles, car cet artiste est raffiné jusqu'à la maladie : « il a l'imagination qui donne la saveur, il aime haïr, il aime mépriser, il aime surtout être dégoûté. »

L'ardeur de cette foi reconquise éclate en des pages émues. Les orateurs de la chaire n'ont pas parlé avec plus d'attendrissement des cœurs simples que la prière fervente a réconfortés, dans l'ombre des sanctuaires étoilés de l'or des cierges.

Il a regardé d'un œil apitoyé d'humbles femmes éparses, autour de lui, çà et là sur des chaises. « Ah ! les pauvres petits châles noirs, les misérables bonnets à ruches, les tristes pèlerines et le dolent grêlots des chapelets qu'elles égouttaient dans l'ombre ! D'aucunes, en deuil, gémissaient inconsolées encore ; d'autres abattues, pliaient l'échine et penchaient, tout d'un côté, le cou ; d'autres priaient, les épaules secouées, la tête entre les mains. La tâche du jour était terminée, les excédés de la vie venaient crier grâce. »

L'impitoyable satirique paraît plutôt enclin à flageller les gens d'Eglise qu'à se donner à lui-même des coups de discipline. « Il y a là des cagotes de provinces inouïes ; elles errent, jabotent, remuent ainsi que des juments leurs gourmettes, leurs rosaires ; c'est à qui en récitera le plus, à qui lampera le plus d'eau, à qui fera le plus de chemins de croix. Les dévotes qui sont une engeance redoutable dans les chapelles de Paris deviennent effrayantes à Lourdes. Elles sont déchaînées depuis hier soir. Elles ont aperçu un évêque de trente ans qui a des cheveux longs et saints lui tombant dans le dos, une barbe de Christ et des mains tatouées de bleu, comme un lutteur ; et elles se précipitent sur ces traces en criant : Qu'il est beau ! c'est Notre Seigneur Jésus même ! »

Croyants ou libres penseurs, s'intéresseront à cette œuvre pour des raisons diverses. Ceux-là pour la profondeur d'accent avec laquelle Huysmans célèbre les ivresses du mysticisme, le dédain des choses éphémères qui conseillent l'abnégation de soi-même, dans la certitude sereine des bonheurs éternels. Ceux-ci étudieront un cas singulier de pathologie morale, les détraquements d'un halluciné qui croit aux tables tournantes et aux guérisons invraisemblables, à des miracles qui seraient le caprice d'un Dieu s'insurgeant contre les

----

(1) Flammarion, éditeur.

lois établies par lui-même, n'ayant plus le honteux courage de martyriser ses créatures.

Les dilettantes pourront parfois regretter des brutalités inutiles, un coloris criard, une phrase pesante et bouffie, mais quelles trouvailles, quelle verve amusante, et souvent quelle puissance d'inspiration, avec de larges envolées vers les hautes altitudes.

Cet artiste patient a fouillé le tréfonds de sa langue : il a exhumé ces trésors dont parlait Richepin, sa prose s'est endiamantée de gemmes très pures et non des cabochons d'un mauvais néologisme. Il a le secret « des mots qui condensent toute la vertu de l'expression, ces mots admirables, miraculeux, évocateurs, magiciens, ces mots de la langue populaire, et ceux dont les lèvres ont été brûlées au charbon ardent du lyrisme. »

Enfin Huysmans est de la famille des sublimes rageurs, Saint-Simon, Flaubert, Barbey d'Aurevilly, Maurice Rollinat. Tous de braves gens, des cœurs d'or, mais d'une sensibilité violente.

Implacables envers la sottise sans ménagements à l'égard des êtres vils, scandalisés par tous les aspects de la laideur, prompts aux emportements généreux, francs et trop francs, à l'égard de tous, intrépides pour la défense de leurs opinions religieuses, philosophiques ou politiques. Ah ! ces gaillards là ont un style. Le papier est muet sous l'effort des passions vulgaires, disait encore Taine. « Pour qu'il parle il faut que l'écrivain ait de la rage au cœur ». Il est peut-être excessif, mais il fouaille, il cherche les mots gorgés de colères méprisantes, il rejette l'épithète fanée, la métaphore éculée ; il met dans chaque phrase tous les frissons de son cœur, il voudrait y infuser le sang qui fait battre ses artères. Sa fantaisie forge des expressions neuves. Chacune de ses pages, le plus court de ses paragraphes sont des taillis où s'épanouissent ça et là des fleurs charmantes, mais où il faut redouter les branches qui fouettent le visage, les tiges griffues qui paraphent d'un trait écarlate les mains téméraires.

Pour eux, le style ne consiste point dans la platitude correcte et vernissée d'élégances poncives, dans l'usage de formules prévues et l'absence d'images où l'homme qui pense par lui-même et qui a le don de sentir projette l'ardente réverbération de son âme.

Les écrivains d'un tel tempérament, sont des mâles, hardis dans l'affirmation. Leur plume a des vigueurs acérées ; leur cœur toujours chaud bondit dans une poitrine que l'on trouve en face de l'adversaire.

Ils nous donnent un haut exemple de bravoure intellectuelle.

VALORY LE RICOLAIS.

LES DÉBUTS
DE MADEMOISELLE GEORGES
ET LA CRITIQUE DE SON TEMPS
(Suite)

A Mademoiselle Georges maintenant avec laquelle la critique est également impartiale :

« Mademoiselle Georges a les défauts opposés ; elle ne s'écoute point assez ; sa prononciation n'est point assez exacte ; l'organe paraît quelquefois embarrassé ; elle s'abandonne trop à son ardeur impétueuse et bouillante ; elle précipite son débit et paraît n'être pas maîtresse de ses mouvements. Mademoiselle Duchesnois a trop d'art ; Mademoiselle Georges n'en a pas assez ; elle se laisse entraîner à sa fougue actuelle ; mais ces défauts tiennent à la jeunesse, à l'inexpérience, à une nature d'autant plus difficile à dompter qu'elle est plus forte ; il en résulte de très grandes beautés, des traits de feu, des attitudes superbes que la situation lui inspire ; des moments de vigueur et d'explosion qui étonnent et arrachent des applaudissements, même à la malveillance : On n'a pu s'empêcher d'admirer la manière aussi noble que terrible avec laquelle elle se retourne vers Eriphile dans sa première scène et semble foudroyer de ses regards maternels cette orgueilleuse rivale de sa fille : un autre instant, plus admirable encore, est celui où elle s'élance vers sa fille, après avoir fait de vains efforts pour fléchir Agamemnon. Elle a, dans son âme, tout ce qu'il faut pour exprimer la fierté, la fureur, le désespoir de Clytemnestre ; il ne lui manque que la méthode pour régler et diriger cette expression : quelques mauvais plaisants ont essayé de la troubler ; mais sa fermeté a contenu la cabale et les applaudissements l'ont vengée des cabaleurs ».

Bref, on peut dire de Mademoiselle Georges que les qualités l'emportent joliment sur les défauts.

Mademoiselle Volnais, elle, a mérité de nombreux éloges dans cette représentation, tant elle excella dans la naïveté, la douceur et la sensibilité.

Je me suis peut-être bien étendu sur les partenaires de Mademoiselle Georges ; mais je suis certain que mes lecteurs ne m'en voudront pas de leur avoir fait connaître ces sommités théâtrales d'une autre époque.

VII

Nous retrouvons Mademoiselle Georges à la représentation de *Didon*, le 9 Messidor ou 28 Juin 1803.

Comme la beauté du ciel et la chaleur de la saison attiraient plutôt au dehors, il n'y eut peut-être pas une assistance aussi nombreuse, mais on pouvait affirmer que les spectateurs qui s'étaient rendus dans la salle, étaient en quelque sorte triés sur le volet, parce qu'ils s'étaient laissés guider par leur goût, leur choix, leur réflexion.

« Après avoir rendu à Mademoiselle

Georges, dit la critique, l'hommage que sa première vue commande, on a écouté en silence : on a trouvé qu'elle soignait davantage sa prononciation, mais elle a paru un peu froide dans le premier acte. C'est de sa part un trait de prudence ; une actrice ne met pas tout en feu en arrivant ; si elle commence par s'épuiser, comment soutiendra-t-elle les situations violentes des derniers actes ? Vis-à-vis l'ambassadeur d'Iharbe, Didon doit être fière, dédaigneuse et froide : elle doit même raconter avec une chaleur modérée les effets qu'a produits sur son âme le récit des malheurs d'Enée : c'est une de ces déclamations, un de ces grands couplets à prétention et à fracas que les poètes accordent à l'ambition des actrices qui veulent briller.

S'il y a, par exemple, quelque sens dans ce vers :

A travers mille feux, je cherche mon amant.

il doit exprimer le courage d'une femme passionnée, mêlé de terreur et d'épouvante : Didon doit le prononcer en palpitant d'effroi ; du ton de la tendresse vivement alarmée et non pas avec une pâmoison amoureuse. Mademoiselle Georges a débité tout ce morceau dans le vrai sens, aussi n'a-t-elle été que médiocrement applaudie. C'est toujours une chose nuisible à l'art, de désigner ainsi d'avance à l'admiration certain vers, qui n'a pas plus de mérite que les autres, qui même quelquefois en a moins : on crée presque toujours une manière fausse de le réciter et cette manière devient une loi qu'une actrice doit observer, sous peine d'être privée d'applaudissements ; pour moi, je ne vois pas quelle nécessité il y a d'être applaudie à ce vers et je n'estimerais pas moins une actrice qui ne le serait point du tout ».

Mademoiselle Georges, dans le vrai, produisit une illusion parfaite dans ce rôle de Didon : « Il est difficile, reprend la critique, d'avoir une dignité plus imposante que celle qu'elle déploie en présence d'Iharbe ; et dans les scènes avec Enée, on ne peut pas exprimer avec plus de force et de chaleur les transports de l'amour outragé et la rage du désespoir ; elle enlève tous les suffrages dans le morceau des imprécations ».

VIII

Nous allons en terminer avec Mademoiselle Georges, dans Andromaque, le 1ᵉʳ juillet 1803, aussi bien on pourra la déclarer partie et en avoir fini avec les débuts. Sa réputation est désormais consacrée ; elle est bien vue d'autre part de celui qu'on peut appeler le Maître, de celui qui sera bientôt l'Empereur. Elle était donc désormais sur le pavois à un double titre.

Suivons-la maintenant dans son rôle d'Hermione, où elle peut lui conserver toute sa force tragique, ses moyens étant au niveau du caractère dont elle est revêtue. Le rôle d'Hermione n'offre-t-il pas deux parties très distinctes ? L'une exige de l'actrice, de la fierté, de la jalousie sombre et du dépit concentré ; l'autre est le dernier degré de la violence, de la fureur et du désespoir ; Hermione ordonnant le meurtre de son amant et maudissant ensuite le meurtrier est le sublime de la passion ; il n'y a point au théâtre de situation plus tragique ; et, ce qui est le comble de l'art, plus naturelle et plus simple. Et enfin ne pas se contenter de faire périr Andromaque, c'est-à-dire son amant, mais se tuer soi-même après, peut-il être rien de plus théâtral ?

Laissons, encore une fois, la parole à la critique d'alors :

« Il est rare que la même actrice réussisse également bien dans les premiers et les derniers actes d'*Andromaque*. Dominée par un naturel ardent qui l'entraîne quelquefois malgré elle et presque toujours la conduit bien, Mademoiselle Georges produit un grand effet dans les mouvements pathétiques : quand il faut faire parler les passions violentes, il n'y a plus d'embarras dans l'organe, plus de faiblesse dans le débit ; il se fait dans toute sa personne une métamorphose soudaine ; il est vrai que dans les détails de raisonnement, elle se refroidit un peu ; elle ne fait pas toujours valoir assez heureusement les traits fins et délicats ».

A ce propos, on fait remarquer que Mademoiselle Dumesnil ne se gênait pas pour maltraiter les vers, culbuter les hémistiches et bouleverser une tirade pour faire valoir un trait, s'élevant alors au sublime, mais pour retomber bientôt après, jusqu'à nouvel ordre d'une autre inspiration ; mais que de négligences et que d'inégalités.

Le grand avantage de Mademoiselle Georges, c'est qu'elle était d'une nature forte et vigoureuse, un talent d'une complexion robuste, capable de soutenir le travail et la fatigue, qui permet de suffire aux plus terribles explosions de la scène tragique. Autrement une actrice faiblement constituée ressemble à une cantatrice sans voix, qui ne peut exécuter les airs tels qu'ils sont notés et se trouve obligée d'en faire baisser le ton.

« Mademoiselle Georges, continue la critique, a même eu au second acte, dans la scène avec Oreste, des moments très heureux et le ton dont elle a débité la tirade terminée par ce vers :

Après cela, Seigneur, direz-vous que je l'aime ?

a ravi tous les suffrages : quant à la froideur et à la monotonie que certaines gens lui reprochent, quelques détails n'en sont pas exempts ; mais il s'en faut de beaucoup que dans les grandes scènes et dans les mouvements violents, Mademoiselle Georges soit froide et monotone ; si on peut alors lui reprocher quelque chose, c'est au contraire un excès de chaleur et d'enthousiasme ».

Lafond, son partenaire, avait joué tout le rôle d'Oreste, jusqu'aux fureurs exclusivement, avec un talent rare : les applaudissements les plus vifs l'avaient suivi, jusque sur cette frontière de la folie, qu'il n'était pas encore arrivé à forcer :

« Je ne sais, dit le critique de tout à l'heure, s'il est prudent à lui de risquer le passage, aux dépens de sa poitrine, aux dépens des qualités bien plus essentielles ; on a rarement des rôles de fous à jouer ; il vaut bien mieux être intéressant, naturel, énergique dans les trois quarts et demi d'une pièce, que d'avoir dans une scène un brillant accès d'épilepsie ».

Voilà, ou je me trompe fort, d'excellentes leçons de diction.

Allons ! Mademoiselle Georges est dès maintenant bien consacrée étoile et étoile qui reste solidement fixée au firmament.

Quand Bonaparte fut l'Empereur Napoléon, un caprice la fit devenir environ cinq ans plus tard étoile filante — j'entends seulement au point de vue de sa désertion du Théâtre Français — pour se rendre à Saint-Pétersbourg. Elle s'était figurée que l'Empereur ne la voyait plus du même œil et que sa grandeur nouvelle l'attachait trop au rivage, ce qui ne l'empêcha pas toutefois de lui conserver le même culte.

Ce m'est l'occasion, pour finir, de raconter une anecdote peu connue qui la concerne, lors de son passage à Vienne où elle resta huit jours en butte à la plus grande admiration pour sa beauté ; mais laissant le regret de ne pas la voir sur la scène tragique, car elle entendait impitoyablement continuer sa route pour Pétersbourg; où elle était engagée.

Toutefois, pendant ce séjour, elle imita les fameuses actrices allemandes en donnant un *déclamatorium*, c'est-à-dire une lecture dramatique. Le jeune homme chargé de lire les répliques s'enflammant trop, la belle tragédienne, très émue, demanda une autre personne. Une vieille dame le remplaça, mais celle-ci parut trop froide et trop lente à Mademoiselle Georges. Enfin, un Chambellan d'un âge mûr réussit à lire à son gré et tous les auditeurs furent électrisés par le débit de l'actrice française.

J'ajouterai qu'au même moment les Viennois se trouvaient doublement bien partagés car ils possédaient également dans leurs murs, Duport, le célèbre danseur :

« Ses talents, dit le *Journal des Arts* de 1808, font couler chez lui le pactole ; les Autrichiens sont dans l'extase en le voyant. 1.170 florins ou 100 ducats ont été le prix de sa danse, pour 17 ballets ; la représentation donnée à son bénéfice, a produit 12.000 florins ; en ajoutant les cadeaux que les Grands lui ont fait pour donner des leçons à leurs enfants, on estime à 4 à 50.000 florins (100.000 francs) la récolte que le zéphire français a faite dans cette capitale de l'Autriche ».

Ne fut-ce point là un avant-goût des fameuses tournées que font, de nos jours, à l'étranger, nos célébrités théâtrales ?

La danse de Duport, un an après, l'Autriche entrait dans une toute autre danse, mais différente ; oh ! combien ! elle eut nom Abensberg, Eckmühl, Ratisbonne, Essling et Wagram.

Armand BOURGEOIS.

THÉÂTRE

ŒUVRE POSTHUME

L'ÉVENTAIL DE

LADY WINDERMERE (1)

Si les spectacles se suivent de près ces temps derniers au Théâtre des Arts, le méritoire éclectisme de ses directeurs veille à ce qu'ils ne se ressemblent pas. La pièce d'Oscar Wilde qui succède aux *Possédés* n'est qu'une comédie d'intrigue superficielle ; elle n'emprunte d'intérêt qu'au nom scandaleux de son auteur ; elle porte bien — ou mal — sa vingtaine d'années, et rappelle fâcheusement à notre mémoire de critiques plus d'une et, plus de cent œuvres dramatiques dont les fortunes furent diverses, mais l'insignifiance évidente. L'intrigue de l'*Éventail de Lady Windermere* est naïvement compliquée, banale et saugrenue tout ensemble ; c'est l'histoire d'une amoureuse rivalité de mère à fille qui ne se connaissent pas, et dont le dénouement a tout l'optimisme un peu niais des comédies du siècle dernier dans sa première moitié.

Œuvre posthume est une pochade en vers, de M. Alfred Mortier sans plus.

L'IMPASSE (2)

Quelle impasse ? Mais celle qui fit parler d'elle plus qu'une impasse honnête ne le devrait. L'*Impasse* de MM. Xanrof et Fred Amy ne vise qu'à être une pièce d'actualité ; elle a les défauts du genre, atténués par ce que possèdent ses auteurs d'expérience théâtrale et de tact : ils se sont appliqués à traiter avec mesure un sujet dramatique et le succès a couronné leur audace d'auteurs gais infidèles à leur renom.

G. ROUSSEL.

SPECTACLES D'ÉTÉ

Avec les belles soirées de mai, les théâtres des Champs-Elysées ont fait leur réouverture.

A Marigny, MM. Borney et Desprez donnent une revue. Le spectacle est aussi luxueux que de coutume, l'esprit abonde, les décors et les costumes sont tous jolis. Enfin — ce qui n'est pas à dédaigner — le va et vient du promenoir est aussi agréable à voir que les évolutions des danseuses sur scène.

A l'Alcazar, en attendant la revue annuelle, le programme est des plus variés. Nous y avons applaudi une troupe de jon-

---

(1) Théâtre des Arts.
(2) Bouffes-Parisiens.

gleurs japonais ou chinois, les plus habiles que l'on ait vus à Paris.

Au Jardin de Paris, M. Oller a réuni les joies du concert et celles du cirque. Le spectacle est toujours attrayant et la séance de cinématographe d'actualité finit une excellente soirée, dans un décor de verdure sous le ciel étoilé.

G. B.

MUSIQUE

CONCERTS

Très joli concert, donné à la salle Pleyel, par M. Edgard Basset, violoniste, avec le concours de M. Paul Silva Hérard, pianiste. Au programme, œuvres de Mozart, de Bach, de Chopin, de Grieg, etc. M. Edgard Basset a exécuté avec maëstria le *Zigeunerweisen* de Sarasate, et M. Paul Silva Hérard nous a fait entendre deux de ses compositions, des Variations sur un thème de Schuman, et une *Humoresque* d'un mouvement gracieux.

La Société nationale continue la série de ses concerts toujours si intéressants. Nous y avons entendu des œuvres nouvelles de MM. Orban, Bretagne, Schmitt, de Mme Corbin, etc., supérieurement exécutées par MM. Casella, Feuillard, Masson, Mesdames Blanche Selva, Mayrand, Mary Pironnay et June Arger.

Signalons aussi la séance de musique consacrée aux œuvres de Claude Debussy, par les concerts Engel Bathory, avec le concours de M. Ricardo Viñes. Les *fêtes galantes*, les *chansons de France*, et surtout ces délicieux motets pour quatre voix sans accompagnement, qui terminaient la séance, ont obtenu le succès le plus vif et le plus mérité.

Le trio de Mlles Geneviève Dehelly, Juliette Laval, et Adèle Clément, — piano, violon et violoncelle — a donné le 8 mai une fort intéressante séance à la salle Erard. Au programme, œuvres de Saint Saëns, de Mozart, de Dvorak, de Brahms, le talent délicat et vigoureux à la fois des trois artistes a été vivement applaudi.

A la salle Gaveau, les Orphées Musicaux du XVII° et du XVIII° siècles, interprétés par la Schola Cantorum. M. Vincent d'Indy a voulu nous donner une idée de la manière dont le mythe d'Orphée, la poignante légende d'Eurydice piquée par un serpent et ravie à la tendresse de son époux, avait inspiré les musiciens de cette époque. Rien n'est plus intéressant.

Le premier en date des Orphées est dû à un Italien, Jacopo Peri, qui le composa pour les noces de Marie de Médicis et d'Henri IV. C'est à mon avis l'un des plus beaux morceaux de composition musicale que j'aie jamais entendu, sans même en excepter celui de Glück, plus riche peut-être au point de vue orchestral, plus complet, plus dramatique, plus scénique, mais son égal par la splendeur de l'idée, son inférieur par la puissance d'expression obtenue avec si peu de moyens, une si absolue simplicité d'accompagnement. Quelle vaste et pure inspiration, quel souffle musical dans ces quelques phrases passionnées, ardentes, mystiques, quelle grâce et quelle fraîcheur dans la pastorale des bergers et des nymphes !....

L'Orphée de Monteverdi, légèrement postérieur à celui de Peri, est déjà d'une complication italienne qui ne fait pas mes délices, à franchement parler. Sans doute, l'orchestre pourrait paraître pauvre à côté des formidables masses musicales que nous possédons maintenant, puisqu'il comprend à peine une quarantaine d'instruments — et c'est un intérêt au point de vue purement documentaire, je le veux bien. Mais au point de vue purement musical, cela n'a pas d'importance : Monteverdi est déjà un truqueur, et l'on ne se sent pas l'inspiration directe dans sa musique, le souci de la ligne éternelle, l'émotion communicative. Son œuvre est belle de formes, agréable de proportions, mais c'est un *Orphée* comme le *Guillaume Telle* de Rossini est la personnification d'un héros suisse, sacrifiant à la patrie et à la liberté les plus douces affections de son cœur.

Le récit d'Orphée descendant aux enfers, d'un musicien français du XVII° siècle, Charpentier, est d'une belle et noble allure, malgré la maladresse évidente des moyens et le manque de proportions de l'ensemble.

Puis viennent un essai d'opéra sur le mythe d'Orphée, par un allemand nommé Reinhart Keiser (1674-1739) très intéressant, un peu dur, et la première version de l'Orphée de Glück, trop connu de nos lecteurs pour que j'en parle longuement.

Nous ne pouvons que féliciter la Schola Cantorum et son directeur d'avoir groupé ainsi, pour notre joie et notre intérêt d'artistes et de chercheurs, ces cinq Orphées si dissemblables, et qui chacun contiennent de grandes beautés. Mesdames Marthe Philip, Claire Hugon, Marie-Louise Braquaval, Gabrielle de Monty, MM. Louis Bourgeois, Maurice Tremblay, Gibert, et Plamondon ont interprété les divers rôles d'Eurydice, de Dafné, de Thya, d'Orphée et des bergers avec un véritable talent, et ce serait presque enfantin, en tous cas tout à fait superfétatoire, de redire ici quels éloges mérite M. Vincent d'Indy comme chef d'orchestre et metteur en scène...

ANDRÉE MYRA.

LA CRITIQUE

illustrée, internationale,

indépendante,

des Arts et de la Littérature.

Bulletin officiel

de l'Association de la Critique

15ᵉ Année

Nᵒ 268   Juillet 1909.

ART

L'ÉCOLE FRANÇAISE
ET L'ÉCOLE ANGLAISE
AU XVIIIᵉ SIÈCLE

A Revue « l'Art et les Artistes » a organisé, sous le haut patronage de la reine d'Angleterre, une exposition de cent portraits de femmes, émanés des meilleurs artistes français et anglais du XVIIIᵉ siècle : cinquante de ce côté-ci du détroit, cinquante de l'autre. Exposition admirablement organisée d'ailleurs, sous le rapport de la réclame et du bruit que l'on a su faire autour, dans un joli local aux séduisantes couleurs, tout voisin d'un somptueux *lunch-room* — Rumpelmayer lui-même, s'il vous plaît ! — avec orchestre, fleurs, etc..., mais on n'y a guère oublié que l'art d'éclairer les toiles, comme aussi celui de choisir dans les deux écoles ceux des portraits qui peuvent le mieux donner une idée du génie particulier à la race, ceux qui méritent le plus justement le nom de chef-d'œuvre, tant chez les Français que chez les Anglais.

Sans doute, même parmi cet art français du dix-huitième siècle, si étourdissant d'habileté, mais si désagréable de couleurs, si mignard et si faux de formes et d'attitudes, les organisateurs ont su trouver quelques toiles vraiment émotionnantes, telle que le portrait de Madame Du Châtelet, par Lépicié, celui de la duchesse d'Ayen, par Péronneau, de Madame Mirey et de sa fille, par Tocqué, celui de Madame Deviette, par Greuze ; mais que d'œuvres inutiles à montrer, alors qu'on en avait de si belles sous la main ! que de toiles dont David, Nattier,

Largillière, et même Madame Vigée-Lebrun rougiraient maintenant ! ou du moins, si j'exagère, combien qui ne sont pas vraiment dignes de faire partie d'un *choix*, d'un ensemble de cinquante à opposer à cinquante des plus beaux d'Angleterre !...

Il est vrai que de ce côté-là aussi, me semble-t-il, on eût pu trouver mieux. A part le portrait de la reine Charlotte, de Gainsborough, j'ai vu souvent, dans le cours de ma vie, aux Cent chefs-d'œuvre par exemple, ou aux portraits du siècle, un ensemble plus complet, plus parfait et plus séduisant de l'art anglais au XVIIIᵉ siècle, art de portrait surtout.

Quoi qu'il en soit, cette exposition a le grand mérite de confirmer une observation que j'ai faite bien souvent, à savoir que les portraitistes anglais du XVIIIᵉ siècle laissent bien loin derrière eux, comme science de la peinture et comme sentiment artistique, ceux de la même époque en France, sans même en excepter La Tour — qui d'ailleurs, brille par son absence à la salle du Jeu de Paume. —

Malgré les réserves que je viens d'exprimer plus haut, au sujet des œuvres choisies, et que ma sincérité m'obligeait de faire, j'ai senti, à parcourir la salle consacrée à nos voisins d'outre-Manche, après la visite de nos maîtres du XVIIIᵉ siècle, une impression de repos dont rien n'égale la douceur exquise : joie de se trouver dans une atmosphère d'art absolu, de vie et de lumière, de prendre sa part d'une science si profonde qu'elle en a l'air simple, comme toutes les œuvres où l'effort de la facture disparaît sous la splendeur de l'inspiration... Analyser un pareil sentiment est presque le déflorer.

On a dit et répété bien souvent qu'il n'y a pas d'école anglaise proprement dite. Ce serait à prouver, me semble-t-il, et cela pourrait nous mener loin. Qu'est-ce qu'une école, d'abord, sinon l'ensemble des qualités et des défauts, la vision spéciale à un peuple, à un temps, à une nature physiologique et psychologique déterminée, non par l'endroit où l'on étudie, mais par les causes profondes de la nature elle-même ? S'il n'en était pas ainsi, un peintre né en France et ayant fait ses études à Rome avec des Italiens n'aurait pas le droit de dire qu'il appartient à l'école française, et pourtant, par la force même de la nature, je doute que sa peinture puisse être classée dans la peinture italienne.

Or, sous ce rapport, je trouve que l'école anglaise existe parfaitement. Aucun tableau d'un peintre anglais ne peut-être confondu avec celui d'un peintre de nationalité différente, quelles que soient d'ailleurs les influences que l'artiste a subies. Toutes les toiles des Anglais ont les mêmes caractères généraux, la même unité artistique, si l'on peut ainsi parler, le même « cachet », en un mot. Bien entendu, chacun des maîtres a sa griffe particulière, sa façon bien à lui d'interpréter et de comprendre la nature ; c'est ce qui constitue sa personnalité. Mais cette personnalité même se rattache d'une façon ou d'une autre à la physionomie générale des œuvres anglaises, physionomie peut-être plus marquée en ce pays qu'en aucun autre. Pour s'en convaincre, il n'y a qu'à examiner toutes les toiles produites par les artistes anglais depuis deux siècles.

Quelle unité de style, et même de conception ! Quelle technique toujours la même, découlant peut-être un peu de Rubens ou de Van Dyck, emploi savant et raisonné des glacis, facture large, transparence et profondeur des tons, compréhension parfaite de la composition décorative, s'affirmant dans les fonds de paysages ou de tentures ! Avant tout, ces gens-là savaient peindre, ils connaissaient leur métier à fond, pour pouvoir mieux prendre avec lui de ces libertés qui sont marque du génie, et pouvoir exprimer leurs pensées sans être gênés par la matière...

Chacun, bien entendu, a sa personnalité. Voilà Gainsborough, poète de l'âme, distingué, parfumé, tendre et mystérieux ; un véritable aristocrate du pinceau, avec ce degré de psychologie profonde que l'on ne retrouve qu'en lui, à mon avis, dans les fastes du portrait. Reynolds, plus franc, plus brutal, plus savant aussi au point de vue de la mise en scène ; Hoppner, élégant, riche, mais peu ému et donnant peu d'émotion avec ses couleurs tristes et son dessin frétillant. Lawrence, le virtuose, le somptueux, le musicien à grand orchestre... Enfin, Romney, le peintre des intimités, le délicat idylliste de la famille et de la maternité. Il faut les voir pour en comprendre tout le charme et se perdre en la contemplation des visages énergiques ou doux, fiers ou timides, qu'ils ont interprétés, chacun suivant sa nature ou sa vision personnelle, tous avec cet éclat assourdi des couleurs, ce charme de l'enveloppe atmosphérale, cette pureté, cette « probité » de dessin qui forme la grande caractéristique de l'art anglais.

J.-F. RAFFAELLI

J.-F. Raffaelli a exposé chez Georges Petit un ensemble d'œuvres, résultat du travail de sa vie entière, qui montre bien en lui le profond artiste, sincère et convaincu, qui nous charme depuis une trentaine d'années.

Que l'on me permette, pour mieux donner une idée de la conception d'ensemble qui a présidé à leur éclosion, de citer ici la préface du catalogue de ces œuvres, écrite par l'artiste lui-même, avec une clarté, une netteté, une simplicité de style presque grandiose ; M. Raffaelli, selon le mot de Musset, possède « un joli brin de plume à son crayon », et la pureté de ses expressions, leur allure loyale et fière, me rappelle ce testament d'Heiligenstadt, de Beethoven, qui faisait dire à un musicien de ma connaissance, en le lisant, que c'était « beau comme sa musique ! »

« J'ai vécu ma vie où elle se trouvait « installée, précaire ou solide, dit M. « Raffaelli. Je n'ai pas essayé de changer « de milieu, de découvrir une autre na-« ture et une autre humanité que celles « que je connaissais, et dont je faisais « partie. J'ai pressenti d'abord, et j'ai vu

« ensuite, que les phénomènes de la vie « n'étaient pas plus beaux, ni plus consi-« dérables ailleurs que tout près.

« ... Je ne me suis pas promené de « paysages en paysages, cherchant le « pittoresque que quelques grands pein-« tres ont si bien trouvé.... J'ai toujours « vécu dans des endroits où la nature « m'apparaissait inséparable de l'homme. « Dans les paysages où j'habitais, il y « avait toujours des maisons et des pas-« sants. Il y a des poètes de paysage que « j'adore, des grands rustiques que j'ad-« mire, mais je n'ai pu faire autrement « que d'être un homme des villes.

« J'aime les villes, ces agglomérations « de monuments anciens et de logis hu-« mains, ces concentrations de foules « terribles, qui se dissolvent si souvent « en innocentes flâneries. J'aime mes sem-« blables, qui s'agitent comme moi, dans « cette mêlée, avec les mêmes passions, « et qui sont à la recherche du même « bonheur incertain.... J'ai tressailli de « toutes les douleurs et de toutes les joies « qui animent toujours ce peuple de bour-« geois, d'ouvriers, de femmes, d'enfants, « de misérables voués à la peine de cha-« que jour, d'esprits vaillants qui accep-« tent fièrement le sort.

« Ai-je mis, sans programme, et de « toute mon ardeur d'homme, et d'hu-« main, un peu de ce tressaillement dans « les œuvres d'artiste, depuis les champs « noirs de la banlieue jusqu'aux avenues « ombragées et fleuries de la ville ? C'est « toute l'ambition que j'avoue ici et qui a « remplacé aussi vive, aussi brûlante, la « flamme d'enthousiasme de la jeunesse. »

Quant à cela, M. Raffaelli peut être tranquille : oui, il a fait passer dans son œuvre le tressaillement de son cœur profond, de son âme d'artiste aux mille vibrations, sensible et sonore comme une harpe éolienne, vibrant au moindre souffle de la pensée, au moindre passage de l'humanité souffrante ou heureuse ; oui, il a fait vivre devant nous ce peuple d'ouvriers, de bourgeois, de travailleurs, ce monde des turpitudes et des douleurs humaines, cette beauté immanente des infiniment petits, des humbles et des déshérités, comme il a fait rayonner aussi, en trente ans de vie artistique, la joie irradiante et lumineuse des joliesses, des étoffes souples, des chairs roses de santé, en ses portraits inimitables, comme il a su pétrir avec les tons de sa palette la chair et le sang de l'humanité. Mais il est trop modeste, lorsqu'il prétend ne pas être un paysagiste, lorsqu'il dit *aimer* seulement les couchers de soleil, les lisières des forêts, les marées montantes, et qu'il a l'air de s'excuser de ne les peindre que « lorsqu'il passe quelqu'un devant ». Sans renier mes vieilles tendresses pour certains paysagistes, pour quelques grands peintres de marine ou de montagnes, je ne crois pas qu'un artiste au monde ait jamais produit impressions plus profondes que celles que l'on ressent devant les toiles ou les gravures en couleur de M. Raffaelli, je parle au point de vue strictement et purement *paysagiste*. Cette puissance d'évocation de la vie, qu'il possède à un si haut degré lorsqu'il traite la figure humaine, les animaux, ou les foules, trouve là son application et son expression la plus splendide, puisqu'il fait vibrer — qu'on me pardonne cette phrase un peu solennelle — puisqu'il fait vibrer l'Être suprême, la vie immanente de la Nature, puisqu'il évoque ce génie inconnu que les anciens ont appelé Pan, dans toutes ses manifestations, tristesse ou joie, tendresse ou fureur, mélancolie des heures grises, allégresse triomphante des jours ensoleillés !... Comme il sait la comprendre et l'interpréter, cette nature auprès de laquelle nous passons si souvent sans nous douter même qu'elle existe, comme il *tressaille* — pour employer ses propres paroles — à son moindre frémissement, comme il en écoute la chanson, comme il nous force à la contempler, après en avoir goûté sur ses toiles le charme pénétrant et mystérieux !... Et justement parce que presque toujours il la peuple, parce qu'il place sous le ciel gris un chemineau, un miséreux, un chien, que sais-je ? quelquefois même une foule, il nous la rend plus accessible, plus vivante, plus près de nous, comme la compagne éternelle de tous les événements humains, l'amie de toutes les heures, celle qui ne trompe jamais, en qui viennent se fondre toutes nos rancœurs et toutes nos lassitudes... Il est au contraire, quoi qu'il veuille bien en dire, le vrai poète de la nature, le profond et délicat musicien de l'harmonie universelle.

Détailler ces tableaux, eaux-fortes, dessins, gravures, aquarelles, etc., ce serait les déflorer en quelque sorte. Un art aussi élevé n'appartient pas à la critique, et vouloir expliquer la maîtrise de métier, la profondeur de dessin, la beauté de composition, la sobriété de moyens, la vigueur et la richesse de coloration qui font de M. Raffaelli un maître — je ne dirai pas de l'école moderne — mais un maître unique en son genre, ce serait faire œuvre de pion, ce que je hais par dessus tout, même pour admirer, et cela nous nous entraînerait hors des limites que comporte cet article. Les belles choses ne procèdent ni d'une école ni d'une habileté de métier ; si la science profonde, le travail acharné, sont indispensables pour leur donner naissance, il s'en faut de beaucoup que science et travail y suffisent. Elles sont parce qu'elles sont, parce qu'une haute conception les a créées, dictées à la main qui les exécuta, et dès lors, que nous importe le mouvement d'une main lorsque nous voyons devant nous la parfaite et sublime expression de la pensée ? Les tours de force de l'harmonie, les merveilles de fugue et de contre-point des symphonies de Beethoven intéressent les seuls musiciens à un point de vue purement technique mais la puissance d'inspiration du maître soulève les foules ignorantes ; ainsi, sans même connaître les premiers principes du dessin, sans avoir la plus légère idée des rapports de valeur, — l'émotion, en art, est toujours la meilleure des critiques — sans que j'ennuie mes lecteurs en leur

expliquant *pourquoi* les œuvres de M. Raffaelli sont belles et grandes, ils sauront les admirer et les aimer, de cet amour profond que nous ressentons toujours pour les choses qui, tout en restant humaines et tangibles, montent par la grandeur de la pensée jusqu'aux sommets les plus sereins, jusqu'aux splendeurs de la vie éternelle.

Andrée MYRA.

LIVRES

LE SENS DE L'ART (1)

« Charme de nos jours et joie de notre vie, l'art épure notre sensibilité, il la stimule pour le bien, l'élargit et la socialise, cependant qu'il étend le champ de notre connaissance. »

VOILA ce que nous affirme M. Paul Gaultier qui écrit un livre charmant et profond : *Le sens de l'Art, sa nature, son rôle, sa valeur*. Je comprends aisément que l'Académie des sciences morales ait couronné cet ouvrage. Son auteur a démontré en d'admirables chapitres tout le profit qu'il y aurait à introduire dans nos écoles cet art souvent mal défini dont il faut révéler la valeur sociale.

Pour illustrer ses thèses sur l'esthétique, M. Paul Gaultier a mêlé habilement au texte de ce volume seize planches qui reproduisent des œuvres célèbres.

La Kermesse de Rubens et la *Rue du Gin* de Hogarth nous apprend que des sujets immoraux peuvent inspirer des œuvres morales. *La vie de la Vierge* de Memling, et *Pieta* de Michel Ange expriment la sérénité dans l'expression de la douleur. Un bureau Louis XV, évoque la légèreté et la grâce du XVIIIe siècle. Enfin le pouvoir magique de l'art devient éclatant lorsque Ribera et Jérôme Bosch ont créé de belles œuvres avec de la difformité : Le *Pied-Bot* (Musée du Louvre).

Les créations de l'art sont d'exquises leçons de bienveillance intellectuelle. Elles aident à tout comprendre : la nature sous des aspects multiples, la vie sociale de tous les temps, les âmes d'autrefois et les éternelles passions de l'être humain. Un paysage matinal de Corot infuse dans nos cœurs agités le calme et le ravissement.

La peinture d'une scène historique jette des clartés sur des civilisations qu'enveloppe les ombres d'un passé lointain : elle ressuscite des âmes dont elle raconte les douleurs, les aspirations et les joies.

« Par son élan, l'église gothique traduit le dogme chrétien, par son équilibre, le Parthénon révèle le nationalisme grec. » M. Paul Gaultier détermine avec des mots somptueux la signification des prin-

(1) Hachette, éditeur.

cipales œuvres de la statuaire. Il fait comprendre que « l'architecture est une musique de ligne comme la musique est une architecture de sons », il analyse ces flores de pierre : les cathédrales et les palais. Signalons cette inoubliable formule : « l'église gothique est une prière, le donjon un défi, le château Renaissance une fête, Versailles, un orgueil. »

Tous ceux qui se proposent d'initier le peuple à la beauté, auront à méditer ces pages. Ils verront de quelle façon vibre une âme riche de sensibilité, et comment une parole ardente peut propager l'émotion esthétique. Ils apprendront surtout que « l'attitude artiste » qui consiste à s'isoler dédaigneusement du monde n'est qu'une franche sottise. On peut aimer l'art, sans prétendre le substituer à la vie. M. Paul Gaultier nous convie à voir le beau autour de nous, en évitant de traiter le réel comme un rêve.

Valory le Ricolais.

VERS LA VÉRITÉ

Signalons à nos lecteurs les deux nouveaux volumes de M. Paul Stapfer, ancien doyen de la faculté des lettres de Bordeaux : *Récréations grammaticales et littéraires*, et *Vers la Vérité*. L'auteur y résume, dans ce style léger et délicat qui lui est propre, ses observations sur le sans-gêne avec lequel nos écrivains contemporains, et surtout les journalistes, traitent notre belle langue française ; il n'était pas inutile de le dire, surtout en ne mettant dans ses observations, comme le fait M. Stapfer, ni haine, ni animosité, ni cuistrerie, mais un doux esprit, mêlé de gaieté et de regret, et une pureté de langue qui attire et retient. Je parle ici du premier ouvrage. Le second contient des études fort intéressantes sur Pascal, Sully Prudhomme et le nouveau christianisme.

RIO DE JANEIRO

Dans cette rapide monographie, M. Frédéric de Rudeval nous montre toute la poésie de l'incomparable ville de Rio, et nous dévoile la richesse de la province qui l'entoure.

L'auteur, qui a passé de longues années au Brésil, et qui a pu étudier sur place l'évolution curieuse de cette contrée dont l'histoire se déroule à travers les siècles parallèlement à la nôtre, pour ainsi dire, était mieux que tout autre désigné pour nous en parler.

Ni littérature, ni pédantisme, dans cette petite brochure. Mais œuvre d'un artiste depuis longtemps convaincu que la France a tout à gagner à mieux connaître cette sœur latine dont l'essor industriel, économique et commercial, prend de jour en jour plus d'ampleur.

Cette étude plaira à tous ceux qui s'intéressent aux grands problèmes de l'humanité et qui savent que l'Amérique du Sud, dès maintenant, constitue un merveilleux champ d'action ouvert à toutes les nobles entreprises.

Andrée Myra.

MUSIQUE

CONCERTS

Le concert donné au mois de mai par M. José Sentis, pianiste, avec le concours de M. Antonio Sala, violoncelliste, à la salle Erard, a eu lieu devant un public nombreux et a obtenu un vif succès. M. Sentis, applaudi à la fois comme virtuose et comme compositeur, a su, par son jeu varié, faire apprécier également les œuvres délicates de Haendel, de Beethoven et de Chopin inscrites au programme, ainsi que d'autres plus modernes, au milieu desquelles les siennes et celles de M. Grant, toutes d'une jolie couleur locale.

M. Sala, particulièrement brillant dans le concerto de Hayden, a joué avec une netteté et une pureté remarquables les morceaux de virtuosité que comportait le programme ; n'oublions pas M. Grant dont le talent d'accompagnateur ne pouvait que faire ressortir le jeu du soliste.

M. Edouard Bernard a donné le dix mai son deuxième récital de piano.

Son jeu impeccable a su faire apprécier d'abord la *Partita* en mi mineur de Bach, et successivement trois œuvres de Beethoven : la sonate op. 109, dans laquelle il a rendu avec un charme particulier l'andante avec variations, les sonates op. 110 et 111 dont les différentes parties ont fait ressortir la virtuosité et en même temps la valeur musicale de son jeu.

C'est après un véritable triomphe et cinq rappels consécutifs qu'il a fait aux auditeurs qui remplissaient la grande salle Gaveau l'agréable surprise du finale de la sonate *appassionata* (op. 57) qu'il a enlevée d'une façon brillante.

Le concert donné le quatorze mai par Mesdemoiselles Hélène, Marguerite et Wanda Ziélinska avec le concours de Mademoiselle Virginia Suggia avait attiré à la salle Pleyel un public très nombreux.

Ces trois charmantes artistes ont admirablement interprété une sonate originale de Sénaillé pour violon, basse et harpe, ainsi que des compositions plus modernes.

Mademoiselle Hélène Ziélinska, dans ses œuvres de Bach, Haendel et Campra, a montré les effets captivants et variés que peut donner la harpe.

Cette soirée était rendue particulièrement brillante par des Chanteurs de la Renaissance dont les voix admirablement fondues ont fait entendre *a capella*, avec une justesse et une précision d'attaque extraordinaires, de fraîches et très harmonieuses compositions des bons auteurs de cette époque, tels que : Costeley, Janequin, Sermisy, etc.

Leur éminent fondateur et directeur, M. Henri Expert, précédait chaque audition d'une courte et lumineuse notice, s'il nous est permis de nous exprimer ainsi.

Andrée MYRA.

THÉÂTRE

LA VEILLE DU BONHEUR

LE STRADIVARIUS (1)

Pour finir la saison, la Comédie française a donné deux pièces nouvelles en un acte : La *Veille du Bonheur*, de MM. François de Nion et Georges de Buyrieux, et le *Stradivarius*, de M. Max Maurey.

La première nous montre un poète Huguin Senonges qui, sur le tard, a pu atteindre à la fois la fortune et les honneurs.

Dans un Palace Hôtel, il attend une assidue lectrice avec laquelle il est en relations épistolaires, mais qu'il n'a jamais vue.

Il est décidé à ne révéler sa personnalité que plus tard.

La « lectrice assidue » arrive : c'est une jeune et jolie américaine Mina Lorgant. Elle prend un thé, en attendant « son poète » et engage facilement la conversation.

Le cher maître apprend que son admiratrice s'est fait de sa personne un tel idéal que ce serait grand désenchantement si elle le voyait autre que dans ses rêves.

Huguin ne se fera pas connaître et la jeune fille s'éloigne, déçue de n'avoir pas rencontré le poète qu'elle attendait.

M. de Férandy a été très ému dans la scène finale quand il a caché son nom pour ne pas révéler qu'il n'est plus jeune et beau, comme le souhaitait son « assidue lectrice. » Mlle Piérat a été charmante comme de coutume.

Le *Stradivarius* est difficile à conter.

Cet acte se déroule d'une façon infiniment spirituelle, pleine d'imprévu, qui prouve l'habileté dramatique de son auteur, directeur du Grand-Guignol.

MM. de Ferandy et Croué en ont été les excellents interprètes.

---

(1) Comédie Française.

Notre collaborateur Alexandre Meunier a fait donner la première représentation d'un drame bien charpenté et qui sera souvent repris.

C'est *Milo de Montparnasse*.

Le héros de ce drame est un solide gaillard, ouvrier dans une usine.

Le chômage survient. Il faut vivre tout de même.

Dans un bal de faubourg, il rencontre d'anciens camarades. De mauvais conseils sont vite suivis. La bande vit comme elle peut, plutôt mal, mêlée à quelques pierreuses.

A la fête de Neuilly, dans la baraque de Marseille, pendant une séance de lutte, un mauvais coup est décidé.

Milo devient assassin...

La pièce d'Alexandre Meunier a très ému le bon public du théâtre Montparnasse ; elle fera encore couler bien des larmes ; l'auteur ne pouvait demander davantage.

G. B.

HISTOIRE

LOUIS XVI A VARENNES

Tout n'a pas été publié sur l'arrestation de Louis XVI à Varennes

Tout n'a pas été publié, ai-je dit, sur l'arrestation de Louis XVI à Varennes, ni toutes les versions reconstituées par les écrivains qui ont entendu faire revivre cette époque, depuis la Révolution.

C'est pourquoi j'ose après tant de remarquables écrivains — et ce sera mon excuse — faire connaître de nouvelles versions qu'aucun d'eux n'a mises au jour, depuis le mémorable et fatal événement et pas davantage signalé.

Je ne me suis, du reste, senti encouragé à publier ce travail, qu'après avoir consulté le beau et remarquable livre du Docteur Albert Vast, de Vitry-le-François, qu'il intitule : *Sur le chemin de Varennes*.

Autant et plus peut-être que d'autres, il fait autorité, notamment à l'égard de la lamentable odyssée de la famille royale. Pourquoi ? Parce que, lui aussi, il déclare que tout n'a pas été dit sur Varennes, et que, malgré ses occupations absorbantes, il ne renonce pas à faire de nouvelles recherches.

Dans son ouvrage où il relève de notoires erreurs et sur preuves, à la charge de M. Georges Lenotre, auquel il reproche d'avoir altéré sciemment la vérité historique, dans son *Drame de Varennes*, il s'insurge contre la tendance à mêler le

---

(1) Théâtre Montparnasse.

roman à l'histoire et à les confondre l'un dans l'autre, au point de constituer un imbroglio tel qu'il est difficile de démêler le vrai du faux. On est forcé de reconnaître qu'il a complètement raison. Il me rappelle même que j'ai dû faire mon *mea culpa* pour avoir voulu, moi aussi, m'octroyer cette fantaisie, il y a quelques années à propos de Théroigne de Méricourt. Et qui m'amena à me repentir, c'est l'historien si consciencieux de cette même Théroigne; j'ai nommé M. Léopold Lacour. Il m'en fit un reproche si amer, mais si plein de bonne courtoisie, que je me jurai de ne plus jouer pareillement à l'avenir à l'Alexandre Dumas père. Lui aussi, il avait raison et parfaitement raison. J'ai compris que dans les questions historiques c'était une probité, un service à rendre que de ne pas altérer la vérité historique.

Ce parti en guerre contre les tendances fâcheuses de certains écrivains, dont il est parlé plus haut, vient de s'accentuer encore avec l'ouvrage de Gustave Bord, intitulé : *La fin de deux Légendes*, en sous-titre : *L'Affaire Léonard ; Le Baron de Batz*.

Une fois de plus, du plus gracieusement du monde même, M. Gustave Bord s'en prend à M. Lenotre, pour avoir dénaturé les faits et confectionné du joli roman au détriment de l'exactitude historique et c'est assez fréquemment qu'il le prend en flagrant délit, sans méconnaître par ailleurs les qualités de l'écrivain. A propos de Léonard, il consacre un important chapitre à Varennes.

Après ce qui précède, ne dois-je pas me dire à mon tour que je n'ai qu'à bien me tenir et viser surtout à n'apporter que des documents s'appuyant sur des origines bien authentiques. Je crois, en effet, en apporter de tels et quand je me livrerai personnellement à des commentaires sur la fuite de Louis XVI, ce sera après m'en être référé à nombre de journaux aux titres variés ou autres publications de l'époque, comme à certains ouvrages postérieurs à la Révolution, mais non tellement éloignés, qu'ils apportent encore des témoignages de contemporains.

Les journaux du temps de la Révolution. On ne se dit pas assez, selon moi, que c'est surtout dans les feuilles publiques d'alors que se trouvent les matériaux les plus propres à établir l'histoire de la Révolution. Il ne peut être de meilleures chroniques des nations que les journaux, quand ils sont libres. Ce fut le cas des journaux des premières années de la Révolution où l'on a si bien retracé ce qui avait été vu, ce qu'on avait entendu raconter, où l'on voit les acteurs du grand drame si vivants, avec leur âme bonne ou mauvaise mise à nu.

Ils furent cependant nombreux les journaux qui parurent pendant la Révolution et néanmoins, ils sont devenus bien disséminés et bien rares.

Ces feuilles périodiques donc ont formé et fixé à ce moment l'opinion publique en France. Ne doit-on pas estimer, en effet, que l'histoire vraie, authentique de la Révolution, écrite, on peut dire, jour par jour par des contemporains, examinée, commentée et expliquée par d'autres contemporains, ne pouvait se compléter que dans les journaux des deux partis.

Ce fut un spectacle curieux que ces feuilles périodiques qui surgissaient légion à la fois, avec pour escorte des quantités de brochures de tous formats, de tous styles : adresses, pétitions, lettres ouvertes, mémoires, vues financières ou politiques, questions constitutionnelles, droit de paix et de guerre, cens électoral, biens du clergé, assignats, réorganisation des tribunaux et de l'armée, etc... Jusqu'au moment du Directoire, ce fut un déluge de papiers publics qui faisait irruption des imprimeries de Paris. Autant peut-être en emportait le vent, mais c'était pour voir, le lendemain, d'autres feuilles pousser à l'arbre de la publicité, qu'on lisait et commentait au Palais-Royal, dans le jardin des Tuileries, au café Proscope, au sein des sociétés patriotiques. Que dis-je ? On les criait dans les rues, on les placardait sur les murs, on les distribuait au milieu des groupes. Qu'en résultait-il ? C'est que leurs lecteurs n'en prenaient que plus d'intérêt aux affaires publiques, s'ils ne se passionnaient pas pour elles. Et cet ensemble reflétant l'image de la vérité, n'était-ce point là uniquement qu'il fallait l'aller chercher.

Je sais, pour ma part, que j'aime à me plonger dans la lecture de ces journaux de l'époque, que l'on sent si bien la vivre. Toute mon étude d'ailleurs va s'en ressentir.

I

Je ne vois pas que l'on ait fait suffisamment valoir les inconséquences qui ont présidé à la fuite de la famille royale.

C'est entendu, cette fuite s'expliquait, si elle ne s'excusait. L'exaspération de Louis XVI était naturelle, dès lors qu'il ressemblait plutôt à un captif dans son Palais des Tuileries qu'à un roi, un roi en tous cas qu'on qu'on outrageait continuellement ; il y avait en plus de cela le souci de sa sécurité et de celle de sa famille, ce qui était humainement déterminant. Puisque tout était décidé, il fallait mettre le moins d'éclat possible dans les détails de cette évasion, sous peine d'en compromettre le succès ; il ne fallait pas à un monarque fugitif conserver la moindre apparence qui pouvait le déceler ; ce n'était pas le moment de vouloir laisser percer malgré tout la majesté royale. Oui, il faut bien le dire, rien de plus mal combiné que le plan et l'exécution de ce fatal voyage, comme on va le voir. Je sais bien que depuis un certain temps on soupçonnait fort cette intention du Roi, n'y aurait-il eu que cette fameuse voiture de poste que les curieux de Paris allaient admirer, chez un carrossier de la rue de Seine, pour faire travailler les esprits. Cette voiture extraordinaire par sa grandeur, par sa forme et par les attentions minutieuses qu'avaient eues les artistes d'y multiplier tous les genres de commodité qui peuvent donner à des voyageurs, le moyen de fournir une longue carrière sans mettre pied à terre, ne paraissait être construite que pour un personnage très important. On savait de plus que cette voiture mystérieuse avait été commandée par le suédois comte de Fersen, que les ennemis de la monarchie faisaient passer aux yeux du public pour l'amant de la reine. N'y en avait-il pas plus qu'il ne fallait, je le répète, pour entretenir les soupçons et faire redoubler de précautions le geôlier La Fayette, aux combinaisons louches, qui allèrent plus tard beaucoup plus loin qu'il ne voulait.

Néanmoins au jour convenu, le 21 juin 1791, la famille royale parvint à s'échapper et à monter dans le fameux grand équipage, suivi d'une autre voiture, le tout comportant dix voyageurs, deux courriers employant onze chevaux ; on était donc loin dans ces conditions de pouvoir passer inaperçus.

Il ne me parait pas inutile à côté de ce que je viens d'émettre, de citer et rapprocher ce passage de l'*Histoire politique et morale des Révolutions de la France* [1] par Bail, que je n'eus en mains qu'après mon travail déjà avancé et dans lequel on semblerait plutôt favorable à La Fafayette, tout en reconnaissant que ce problème subsiste malgré tout :

PIÈCE JUSTIFICATIVE, PAGE 354

« Depuis longtemps les amis du roi et particulièrement la reine, l'engageaient à partir ; dès 1790, le baron de Breteuil avait présenté un plan de fuite. On faisait croire à ce prince que l'empereur d'Autriche ne voulait agir que lorsqu'il aurait quitté Paris. Bouillé donne l'idée de se retirer à Montmédy, mais les incertitudes du roi retardèrent l'exécution pendant plus d'un an. C'est encore un grand problème si Lafayette connaissait d'avance le départ et s'il ne s'y est prêté que pour se donner le mérite de faire arrêter le souverain fugitif. Danton affirmait hautement que dans une conférence tenue entre lui, Bailly et Lafayette, il avait été résolu de ne point s'opposer au départ de Louis XVI : d'un autre côté, attendre que la famille royale fut parvenue à la frontière pour la faire arrêter est d'une telle maladresse, qu'elle justifierait presque le général de la garde parisienne. Le hasard, qui joue un si grand rôle dans les événements de ce monde, n'a-t-il pas seul causé l'arrestation du roi à Varennes ? dix voyageurs, deux courriers, deux voitures, onze chevaux, des escortes, des troupes, ne suffisaient-ils pas pour éveiller l'attention publique sur la route ? le succès d'une évasion pour le monarque ne tenait-il pas à un peu moins d'éclat et d'appareil ? »

Voilà donc qui concorde bien avec mon propre dire. Le hasard, non ; la fatalité plutôt, fut l'instrument de cet échec. Bouillé n'avait-il pas été prévenu que l'évasion aurait lieu deux jours plutôt, ce qui dérangea les mouvements de troupes concertés, les obligea à plus d'allées et venues qui attirèrent d'autant mieux l'attention sur elles et rendirent les populations plus soupçonneuses encore. Ces deux jours de retard, dus sans doute comme toujours à l'incertitude du roi, ne furent-ils pas la cause de tout le mal ?

Par exemple, la façon de s'échapper des Tuileries, était ce qu'il y avait eu de mieux concerté pour dérouter la surveillance.

« Au pavillon nord des Tuileries, dit Fantin-Désodoards, auteur de l'*Histoire philosophique de la Révolution de France* (1801), [1] s'adosse un vieux bâtiment élevé, dit-on, sous le règne de Catherine de Médicis. Sa façade parallèle à celle du château remplit transversalement tout l'espace entre le château et les écuries, et, par un portique assez étroit, sert de communication entre la cour des écuries et celle du manège ; on ne présumait pas qu'il existât une communication intérieure entre ce bâtiment, qui tombe en ruine et le Palais des Tuileries dont les murs ont six pieds d'épaisseur. Cette communication existait cependant, soit que la princesse Adélaïde qui habitait le pavillon nord, connu autrefois sous le nom de pavillon du Flûteur, eut ménagé cette ouverture pour des raisons particulières, ou qu'elle existât antérieurement.

Ce fut le chemin que prit la famille royale pour sortir de son habitation. Parvenue dans le bâtiment adossé au château, elle descendit par un escalier étroit et tortueux, sortit par une porte qui n'a pas trois pieds de largeur et se trouva sans rencontrer d'obstacles, dans la cour des écuries, le 21 juin à deux heures du matin. Le roi avait dans sa voiture sa femme, ses deux enfants, sa sœur et la gouvernante de ses enfants. Il était muni d'un passeport sous un nom emprunté. Un valet de chambre et deux gardes l'accompagnaient courant à franc-étrier. »

Si je donne cette version, c'est parce que je ne crois pas qu'elle ait été fournie par d'autres écrivains.

A rapprocher cette autre version qu'on trouve dans le *Mémorial* ou *Journal historique impartial et anecdotique de la Révolution de France* [2] par P.-C. Lecomte, ouvrage très attachant et clairement résumé. Je ne sache pas qu'elle ait été donnée ou signalée dans d'autres ouvrages :

« Le 18, le bruit se répand que le roi et sa famille sont enlevés. Louis XVI se plaint au maire de Paris de ce que de pareilles nouvelles jettent sur sa personne une défiance qu'il ne mérite pas.

Le 19, il se promène au sein de la capitale avec la sécurité la plus parfaite ; il fait des actes de bienfaisance envers les pauvres qu'il a occasion de rencontrer. Le peuple, satisfait de voir son roi, oublie facilement le bruit répandu la veille.

La nuit du 20 au 21, le roi part accom-

Paris, chez Alexis Eymery, libraire, rue Mazarine, n° 30. — 1821.

[1] Publiciste et historien français, né à Pont-de-Beauvoisin (Dauphiné), en 1738, mort à Paris en 1820. Chanoine de la Sainte-Chapelle, à Paris, rallié à la Révolution.

[2] En deux tomes, à Paris, chez Duponcet, libraire, quai de la Grève, n° 34. An IX. — 1801.

pagné de la reine, du dauphin, de Madame Royale, sa fille, Madame Élisabeth, sa sœur et de Madame de Tourzel, gouvernante de ses enfants. Ils prennent la route de Montmédy. *Monsieur* et *Madame* partent la même nuit et prennent la route de Mons. »

Et plus loin :

M. Bailly et M. de La Fayette paraissent à la barre de l'Assemblée ; ils témoignent une grande consternation et ils jurent, l'un et l'autre, de n'avoir aucune connaissance de l'enlèvement du roi et de sa famille : ils promettent fidélité et soumission aux décrets de l'Assemblée. M. de La Fayette demande que M. de Gouvion, officier général, de service la nuit du départ du roi, soit mandé. Peu de temps après, il paraît, il dit : « Depuis plusieurs jours j'étais prévenu que la reine devait partir avec ses enfants ; j'avais doublé la garde ; j'ai fait chaque nuit des patrouilles et avec plusieurs officiers ; j'ignore absolument par quelle porte le départ s'est effectué. »

Tout ce qui précède démontre bien que le passage secret dont parle Fantin-Désodoards, n'était connu que du roi et de la reine.

Et plus loin encore, quand on apprit à Paris la fuite du Roi :

« Celui-ci veut que le roi et sa famille aient été enlevés ; celui-là ne peut croire qu'on enlève huit personnes du sein de leur palais, si elles n'y ont pas consenti. Les uns croient que ceux qui ont conseillé au roi de fuir sont ceux-même qui l'ont fait arrêter et que ce n'est pas sans motif qu'on a fait prendre une autre route à *Monsieur* : les autres enfin, prétendent que le projet était de sacrifier la personne du roi dans la résistance qu'il pourrait faire lors de son arrestation, afin de mettre *Monsieur* régent du royaume. »

Bref, cette version me paraît de nature à être méditée.

II

De Paris à Varennes, on connaît les péripéties du voyage, tant de fois racontées déjà. J'aime toutefois à en retenir l'étonnante incertitude de Louis XVI, qui a bien aidé aussi à la fatalité des événements, ne signalerais-je que ce seul fait, qui prime tous les autres :

« Le roi était parvenu sans obstacle à Sainte-Ménehould, à dix lieues de Montmédy. Il pouvait atteindre cette place de guerre en moins de cinq heures. Mais plus il approchait du terme de son voyage, plus il lui importait de voir par ses yeux les préparatifs faits pour en assurer la réussite. Le roi n'apercevant point les personnes sur lesquelles il comptait, montrait depuis plusieurs heures un air d'inquiétude ; résolu d'avoir des renseignements positifs, il descend dans une maison appartenant à son valet de chambre et y

passe trois heures entières malgré les observations de la reine et de Madame Élisabeth. La grandeur et la construction particulière de sa voiture, sa station dans une maison qu'on savait appartenir à un homme attaché à la cour et le séjour de quarante hussards du régiment de Lauzun, qui avaient passé dans Sainte-Ménehould, la nuit du 20 au 21 ; toutes ces circonstances attiraient la curiosité publique. »

Emprunté encore à Fantin-Désodoards, qui, né en 1738, fut bien le contemporain de cette époque, ainsi que je le disais tout à l'heure. Cette particularité, je ne sache pas non plus qu'elle ait été citée ailleurs.

C'est ainsi que le maître de poste de Sainte-Ménehould, Drouet, eut le temps de poursuivre ses investigations et de s'assurer que c'était le roi et que, ne se croyant pas en mesure de l'arrêter, il fit seller son meilleur cheval, attendant avec avec anxiété quelle route tiendraient les voyageurs et qu'une fois qu'il fut certain que c'était celle de Varennes, il prit un chemin de traverse, qui lui permit de devancer le cortège. Il eut beau jeu, car la voiture ne courrait pas à une bien vive allure. Aussi eut-il bien le temps de prévenir les officiers municipaux de Varennes.

Toujours d'après Fantin-Désodoards que j'aime à citer, Louis XVI avait constamment devant les yeux la fin tragique de Charles Iᵉʳ ; il en parlait souvent ; il savait que la principale faute de ce monarque fut de s'être mis à la tête de l'armée vaincue par celle du Parlement ; il craignait de se trouver dans la même position. Cette appréhension, qui fut la règle de sa conduite, le 20 juin et le 10 août 1792, dirigea probablement ses démarches pendant la fuite de Varennes. Faut-il voir là la cause de tant d'hésitation chez ce malheureux Monarque ? Il eut du voir pourtant depuis longtemps qu'elle ne lui réussissait guère.

Armand Bourgeois

(A suivre).

LA CRITIQUE

illustrée, internationale,

indépendante,

des Arts et de la Littérature.

Bulletin officiel

de l'Association de la Critique

15ᵉ Année

Nᵒ 269   Septembre 1909.

ART

A PROPOS DE L'EXPOSITION UNIVERSELLE DE BRUXELLES 1910
UN ARTISTE NATIONAL : JORDAENS

N nous annonce, pour l'année qui vient, l'ouverture d'une exposition universelle en Belgique. On peut facilement s'imaginer d'avance ce que sera une telle manifestation, et augurer, sans crainte de se tromper, qu'elle ressemblera sensiblement à toutes les expositions universelles que nous avons eues, en tenant compte, bien entendu, des progrès constants de la science et de l'industrie.

La Belgique, d'ailleurs, sort à peine des fêtes ; il y a cinq ans, elle célébrait ses noces de diamant avec la famille de Saxe-Cobourg, et j'ai eu l'occasion de la parcourir pendant deux mois à cette époque. Je vous fais grâce de tout ce que j'y ai vu et entendu sous le rapport des réjouissances : sans parler des pétards et des lampions, les accents de la *Brabançonne* et du *Lion de Flandre* résonnent encore à mes oreilles, comme feraient aux oreilles des Français ceux de la *Marseillaise*, hurlés par mille bouches, en un 14 juillet qui durerait soixante jours. Passons. Ce qui m'a le plus intéressé, dans ce jubilé de l'indépendance belge, et ce qui, je crois, sera encore le plus intéressant l'année prochaine dans l'exposition universelle, c'est la manifestation d'art local, si intelligemment organisée, à Bruxelles, pour les modernes, à Anvers, par la réunion de l'œuvre d'un des génies les plus flamands, du peintre le plus national, de Jordaens, dont le nom joyeux éclate comme une fanfare et rit comme un scherzo.

Nous le connaissons en France autant qu'il est possible, comme peintre, par les tableaux que nous avons au Louvre, mais l'ensemble que l'on était parvenu à obtenir à Anvers faisait mieux pénétrer encore sa nature intime, son caractère, l'éblouissante richesse de son pinceau, la fougue et l'originalité de sa conception, si simpliste et si naïve, que sans la beauté des formes, la pureté de la lumière et la puissance de la tonalité, elle paraîtrait vulgaire et même grossière. Il faut la voir là, dans son atmosphère propre, au milieu du pays où il est né, qu'il habita jusqu'à sa mort ; son œuvre prend alors une unité frappante, et ce peintre qui nous charmait déjà par sa grâce virile, son ardeur, son coloris, le choix aimable de ses sujets, se révèle à nous comme l'image sincère de toute une époque, comme une véritable étude de mœurs, un document intellectuel de la plus haute valeur. Tous ses contemporains illustres, tous ses compatriotes célèbres, Van Dyck, Rubens, les de Vos, possèdent les mêmes qualités que lui, à un degré différent : c'est bien la vision flamande, la fougue nationale qui étale sur leurs toiles les couleurs chatoyantes, et fait flotter en plis somptueux et fiers les draperies des vêtements, l'or des chevelures dénouées. Mais celui-ci s'est assagi aux froids brouillards de l'Angleterre, celui-là s'assimile les poses classiques et l'érudition de l'Italie, cet autre verse dans le luminarisme hollandais ; et leurs œuvres, tout en gardant la splendeur et l'harmonie qui font de l'école flamande une des premières du monde, prennent un caractère d'universalité, tant par le sujet que par la facture. Jordaens seul, au XVIIᵉ siècle, resté purement et uniquement flamand : il personnifie la vie surabondante des riches contrées du Nord, le rire énorme et communicatif des sujets du roi Cambrinus, la candeur, la bonhomie, le bien-être et la sincérité d'un monde dont il faisait partie, et dont il exprimait l'essence en chaque coup de pinceau.

Nous connaissons sa vie ; nous savons que de simple *Waterschilder* — peintre à la détrempe — élève et plus tard gendre du vieux Van Noort, il se fit recevoir franc-maître dans la corporation de Saint-Luc, et que son existence entière s'écoula fort paisible, fort heureuse, car il était apprécié comme artiste et gagnait beaucoup d'argent ; ses seuls ennuis furent peut-être les querelles de sa femme avec des voisines aussi piaillardes et aussi mal embouchées qu'elle-même, et, dans sa vieillesse, les persécutions, légères du reste, que provoqua sa conversion au protestantisme. — Il ne quitta jamais les Flandres, rarement Anvers, et son horizon esthétique ne dépassa pas les spectacles quotidiens que lui offrait son entourage. Ce n'est pas un ambassadeur comme Rubens, un fin intellectuel comme Van

Dyck, un observateur délicat comme de Vos : il n'est ni lettré, ni documentaire, ni rêveur, ni chercheur. Il est tout simplement peintre, il est vivant et clair, avec cette exubérance de couleur, de mouvement, de lumière, qui semble être le don suprême de la nature flamande, et qu'il possède, lui, au degré le plus haut.

Ses œuvres témoignent d'une science de métier extraordinaire ; si même le dessin en est parfois insuffisant, on s'arrête ému et transporté devant la splendeur des formes, la fulgurance des tons, la lumineuse et transparente atmosphère de l'ensemble. C'est qu'il est surtout et avant tout un peintre, comme je le disais tout à l'heure, et que ses autres qualités, précision du dessin, choix heureux du sujet, beauté de la composition, ne lui viennent que par surcroît, parce qu'elles sont dans sa nature ou exigées par le titre de sa toile, sans que, pour ainsi dire, il s'en doute ou s'en préoccupe. De là, suivant qu'il est plus ou moins bien disposé, la faiblesse locale qu'y trouverait un critique sévère, s'il n'était ébloui par l'harmonie ou la richesse générale, comme on néglige les variations d'un morceau pour ne retenir que l'ampleur du thème.

Mais où Jordaens est bien véritablement et uniquement le peintre des Flandres, c'est par la conception caractéristique de toutes ses toiles, quelles qu'elles soient. Il a traité tous les genres, soit par goût, soit pour obéir aux exigences de la mode, pour satisfaires aux commandes des amateurs et de l'Etat. Son attirance personnelle le portait vers les scènes familiales, les tables bien servies, les paysanneries joyeuses ; cependant, tout autant que ses contemporains, il a interprété la Bible, l'Evangile, la légende mythologique, le portrait, l'allégorie, la décoration... mais il y a mis, lui, sa griffe particulière, il y a imprimé la physionomie de son pays natal. L'exposition d'Anvers nous donnait des specimens de ses travaux en chacun de ces genres, et nous pouvons le juger en toute connaissance de cause.

Il n'y faut pas chercher la distinction, l'élégance, le classicisme, la reconstitution rien de ce qui rappelle de près ou de loin l'homme instruit, délicat, soigneux du trait historique, de l'esthétisme des formes ou des attitudes. Jordaens s'en souciait bien, vraiment ! Il ne trouvait rien de plus beau que la nature humaine, rien de plus touchant que le geste vu, rien de plus émotionnant qu'un jeu de lumière sur une étoffe, sur un visage, sur une chair épanouie. Le drame n'entrait pas dans sa vision, et s'il arrive à des effets surprenants sous ce rapport, c'est uniquement par l'observation profonde, le rendu exact d'un geste simple.

Voyez, par exemple, la *Descente de Croix ;* les bras tendus de la Vierge, le torse affaissé du Christ, les lamentations du disciple ne sont là que de beaux morceaux de peinture ; mais ce vieillard appuyé sur l'échelle, pleurant de grosses larmes vulgaires, abîmé dans sa douleur, fait du tableau une des plus belles œuvres, une des plus poignantes qui soient au monde. Tel est le génie de Jordaens, et ce qui le sacre maître, même en ses œuvres qui ne représentent pas des scènes flamandes de son époque, des *Fêtes des Rois* ou des *Concerts en Famille :* qu'il représente la fuite éperdue de Syrinx à travers les roseaux, le martyre de Sainte Appoline, les prédications de Saint Yves, l'adoration des Mages, le sommeil d'Antiope ou l'Enfance de Bacchus, toujours il reste humain il sait nous prendre au cœur par la vérité, par la simplicité même de sa conception. Ce qu'il savait des mythes, des légendes, de l'histoire sacrée ne le gênait guère ; il ne s'occupait pas beaucoup de la vraisemblance de ses costumes ou de ses décors ; il faisait œuvre de peintre, non d'historien, sans chercher autre chose pour rendre son sujet, que les types qu'il avait sous les yeux. Il était somptueux malgré lui, tendre par nature, vigoureux par tempérament : ses toiles restent en nos âmes, parce qu'elles sont l'expression de la sienne ; il a transporté et identifié à l'humanité même les faits les plus incroyables, comme les plus lointains, de la fable et de l'histoire ; il en fait revivre pour nous le charme inaltérable et l'émotion sacrée.

On l'a quelquefois appelé le Rabelais du pinceau ; je le comparerais plus volontiers à La Fontaine ; car il n'est pas si grossier que le curé de Meudon — pas toujours, du moins — et il a, comme le poète, la religion gracieuse et forte de la joie, cette bonne humeur invétérée qui indique un équilibre parfait ; il est, comme lui, franc, vivant, vibrant, familier, compréhensif ; et de sa lumineuse palette, sort pour nous l'évocation de la grandeur et de la majesté du foyer, de la pureté de la nature, de la saine beauté du sourire.

Je souhaite à ceux de mes lecteurs qui iront en Belgique pour l'exposition universelle de trouver un ensemble analogue ; c'est par la splendeur inouïe de son art national, par les merveilles anciennes et modernes que contiennent ses musées que la Belgique est surtout intéressante. J'y ajoute un conseil d'ami, dont ils me remercieront s'ils le suivent. C'est de pousser leurs excursions dans les Flandres, de visiter ces deux villes qui sont des musées par elles-mêmes : Bruges et Gand. J'y ai fait un séjour assez prolongé, j'en ai gardé quelques notes que je me propose de leur exposer dans un prochain numéro.

Andrée MYRA.

LA LIBERTÉ DU NU

L'*Art Moderne,* de Bruxelles, a publié sur la question du « Nu » à l'Eglise, au Théâtre et dans la Rue, deux études que nous croyons intéressant de rapprocher ici, en donnant de chacune un extrait.

M. Françis de Miomandre écrit :

« Le nu ! C'est un lieu bien commun que

de le défendre, je dirais même de tout repos. Chaque fois qu'un écrivain de dernier ordre et qui en toute autre question se montrerait d'une timidité idéologique absolue veut nous prouver (et peut-être se prouver à lui-même) qu'il est un libre esprit, il y va de sa petite croisade en faveur du nu. Et il développe brillamment quelques pensées de cette valeur : oppression de la pensée par l'Eglise, corruption des peuples à moralité affichée, perversité que suppose la pudeur, fausseté de l'idée de péché, droit au nu intégral, etc., etc...

« Et d'abord, qu'aimons-nous dans le nu ? Toutes réflexions faites, il me semble, deux choses essentielles : la liberté, qu'il représente, et la plus haute émotion d'art, qu'il symbolise.

« L'être nu est libre. Ses mouvements sont *désentravés*, pleins d'aise, naturels. Les vêtements tombés, il reprend contact avec l'instinct primitif. Il est léger, allègre, heureux. Pensez à la sensation unique éprouvée chaque matin, autour du tub, quelques misérables minutes. Comme cela est différent de toutes les autres sensations de la journée ! Comme l'existence de votre propriétaire, de votre percepteur des contributions directes, de votre concierge, de vos créanciers, de vos patrons, des milliers d'êtres sociaux qui vous ont attaché un fil à la patte, comme l'existence de tous ces gens-là vous semble lointaine, inutile, invraisemblable ! Vous êtes nu, et même si votre anatomie n'est pas celle de l'Apollon Saurochtone ou de la Vénus de Milo, vous possédez (à moins de difformité) cette beauté particulière et certaine de tout organisme en mouvement et sans contrainte. Vous allez jusqu'au bout de votre respiration, vous vous sentez édénique et rajeuni et l'idée que vous avez un état-civil vous fait sourire.

« L'être nu est, pour l'artiste, le symbole résumatif, l'abréviation la plus commode, la plus concentrée de toute beauté. C'est pourquoi il n'est pas d'artiste digne de ce nom qui n'ait été, à quelque moment de son évolution, passionné par le nu. Les sensuels s'y arrêtent, les chastes le dépassent, les idéologues s'en servent : tous s'y intéressent, tous en tirent parti...

« Pourtant il faut s'entendre. Que veut dire cette expression : la liberté du nu ?

« Pratiquement, étant donné l'état de notre civilisation, rien du tout. Nous vivons sous un climat féroce, qui ne badine pas avec nous. Il faut se couvrir sous peine de mort. D'ailleurs, soyez certains que (la loi du moindre effort est universelle) si l'état de l'atmosphère le permettait nous ne porterions pas de vêtements. Le fait est que nous en portons, et en face de ce fait tous ceux qu'on a allégués pour expliquer l'existence de la pudeur s'évanouissent comme fumée. La religion est une espèce de morale et la morale n'est que le code justificatif des habitudes. La honte d'être surpris nus vient uniquement de l'habitude que nous avons d'être habillés. Je défie qu'on sorte de là.

« Or, nous ne pouvons pas quitter nos vêtements ; donc il faut nous résigner à ne pas revendiquer la liberté du nu, qui ne rime à rien. Et demandez à la mode si la liberté du vêtement, qui semble plus modeste, et facile à conquérir.

« Ces réflexions me sont suggérées par le livre de M. Normandy : *Le Nu à l'Eglise, au Théâtre et dans la Rue*, dont l'auteur est certainement sincère mais voit ses conclusions faussées par une erreur de raisonnement au commencement de son ouvrage.

« Il rend responsable l'Eglise et après elle la morale bourgeoise d'un état de choses imposé par les seules circonstances climatériques, dont la puissance est d'ailleurs incalculable, puisqu'elles ont après tout déterminé *toute* notre civilisation occidentale. Et il redemande pour l'art et la nudité dans l'art une liberté qui ne peut être qu'artificielle, rapportée pour ainsi dire, puisque la vie sociale ne s'accommode pas du nu. Or, l'art est le reflet de la société, toujours, partout. L'art grec fut nu parce que la vie l'était, ou presque. Le nôtre ne peut l'être que dans certains cas, autant dire jamais, du moins s'il veut s'inspirer aux sources directes de la réalité... »

M. Georges Normandy a répondu :

« Je ne conteste pas l'influence souveraine du climat. Je l'ai dit à plusieurs reprises.

« D'autre part, il serait insensé de traiter la question du Nu sans une très grande précision, secondée par une modération suffisante. Il importe de raisonner avec le plus grand calme, quel que soit *le montant* du sujet. Je n'ai rien à retrancher de ce que j'ai publié sur le rôle néfaste du clergé, inventeur de l'Immoralité, meurtrier de l'innocence naturelle.

« J'estime que si le *Nu à l'Eglise, au Théâtre et dans la Rue* a contribué à redonner à la nudité parfaite le droit de cité qu'elle avait acquis, depuis plusieurs années, sur plusieurs de nos scènes, il aura accompli une utile mission. Nous ne verrions plus de procès aussi stupides et aussi grotesques que celui du *Nu au Théâtre*. Jules Bois a écrit : « Ce n'est pas un substitut qui analyse les vins frelatés, c'est un chimiste du laboratoire municipal. Pourquoi laisser apprécier une question d'art par un monsieur qui n'a fait que du droit ? »

« Croyez-vous que le jour où le Nu triomphera dans notre Académie nationale de Musique l'art n'aura pas remporté une belle victoire ? (Songez au cycle wagnérien et à ce qu'il y gagnerait). Les maillots et les tutus, inventés par des bonnetiers en délire, ne vous choquent-ils point ?

« Pour le Nu dans la rue, je ne fais que défendre *la ligne*. Convenez qu'il sera douloureux de voir disparaître les robes sylphides. (On nous promet pour cet hiver le retour des « paniers » !) Mais là encore, comme au théâtre, il nous faut des juges. On oublie trop que le costume est moins fait pour voiler la beauté que pour cacher la laideur. La robe sylphide abolissait le corset. Elle mériterait de vivre pour ce seul résultat que la *Ligue des mères de famille* (6, rue Olivier-de-Serres, Paris), poursuit avec une louable opiniâtreté. (Oh ! la Vénus de Milo, modifiée par le corset, qui décore l'éloquente brochure de propagande de cette ligue !) La robe sylphide, « cette toilette unique qui moula les formes d'Antigone et de Mme Récamier, qui inspira Praxitèle et Prudhon » selon l'expression d'Anatole France, nous donnait des leçons de beauté. Si mon livre pouvait décider quelques femmes parfaites à demeurer fidèles à cette mode, je n'aurais pas perdu mon temps.

« Enfin, je demande pour régir le *nu intégral au théâtre* et *approximatif dans la rue* un aéropage d'artistes et non une commission de magistrats et de policiers. *Il ne faut permettre qu'à la beauté de se montrer sans voile* et sévir contre la hideur inconsciente ou lubrique. Les juges, en ces sortes de questions, se sont jugés eux-mêmes. Souvenez-vous... Pour un Pacton conscient que de déplorables Sauvajol !... »

THÉATRE

LE THÉATRE SOCIAL

A propos de « Milo de Montparnasse »

IL fut un temps, pas très lointain, où l'on ne parlait que de Théâtre Social, de Théâtre du Peuple... Ce bon peuple, on voulait le moraliser, l'instruire, l'amuser, le débarrasser, du café-concert et de quoi encore ?.. On a commencé par le chasser de quelques-uns de ses théâtres. Le Théâtre des Batignolles se transforma en Théâtre des Arts — à quelles fins ?.. et les Bouffes du Nord devinrent Théâtre Molière — pourquoi ?...

Il eut été si facile, en somme, de surveiller le répertoire des théâtres de quartier qui moyennant une légère subvention se seraient engagés à ne jouer que des pièces littéraires approuvées par une commission. Mais où sont les projets d'antan. Le cinéma a balayé tout cela et l'innocente pornographie continue à fleurir. Je la dis innocente parcequ'imbécile. Tant que la pornographie sera idiote elle sera sans danger, elle ne peut que faire hausser les épaules du véritable voluptueux.

Des efforts osés par le Théâtre Libre, par le Théâtre de l'Œuvre ensuite, il reste peu de chose, sinon la gloire de leurs directeurs : Antoine et Lugné-Poë. Il y aura eu cette période là comme il y a eu celle du romantisme et c'est déjà fini. Déjà !.. On nous dira que les œuvres vraiment belles que nous vîmes étaient toutes d'auteurs étrangers. Hélas, oui !.. Très peu d'auteurs français s'essayèrent au drame social et surtout aucun ne comprit qu'il devait transposer, afin d'être au goût français, les idées universelles que les auteurs nordiques mirent en cours.

Mais comme on aurait pu ouvrir un beau théâtre de drame avec le répertoire suivant, avec des noms comme Tolstoï, Gérard Hauptmann, Ibsen, Bjornson, Octave Mirbeau, Emile Zola, Lucien Descaves et récemment Léopold Kampf. Voyez : *Le Grand Soir, Les Mauvais Bergers, Au delà des Forces Humaines, La Puissance des Ténèbres, L'Assommoir, Germinal, Les Tisserands, La Clairière* et j'en passe. Si le Théâtre Social s'ouvrait demain son répertoire est prêt d'avance.

Il était intéressant de tenter après tant d'exemples illustres un mélodrame conçu selon la forme habituelle afin de ne pas dérouter le public et de le prendre pour ainsi dire en traître et sans qu'il s'en doute. Un vulgaire mélo en cinq actes et six tableaux, genre Ambigu, bien banal d'aspect et surtout bien Français. Car c'était là l'objection des détracteurs du Théâtre Social, le Théâtre Social n'était pas Français. Beaucoup le considéraient comme ennuyeux, lourd, et d'un esprit trop occidental...

Hé bien ! il s'agissait d'envelopper toute cette rhétorique, non pas d'une action claire et amusante, qu'importe l'action ! mais de mots, de scènes, de costumes pittoresques et même de jeux de cirque. Mais oui !.. Souvenons-nous des tragédies antiques. Ne renfermaient-elles pas des intermèdes de danses, de musique et de chants et même des combats de gladiateurs...

Tout cela pour en arriver à mon modeste drame de *Milo de Montparnasse*, tragédie où seule la fatalité joue un rôle, la fatalité des primitives tragédies où les personnages sont tous sous le joug de ce quelque chose qui nous domine et que nous ne connaissons pas, qui obscurci nos consciences et rend nos cœurs aveugles. *Milo* jouet du destin, bateau ivre sur une mer démontée et pour toujours à la dérive, parce qu'un jour il a laissé flotter son âme au hasard d'une rencontre.

Les hommes issus du peuple sont, avant tout, des impulsifs, il est bon que de temps en temps quelqu'un leur crie : casse-cou ! Ils n'ont pas le temps de penser. Que ceux qui en ont le loisir pensent pour eux. Le théâtre peut être une chaire comme l'église. Mais encore une fois, il n'est pas nécessaire pour cela de faire du théâtre ennuyeux... Si ma pièce est amusante — à ce qu'on dit — tant mieux. Je ne veux pas me poser en chef d'école, mais il me semble qu'il y a là une voie à suivre... et je la suivrai.

ALEXANDRE MEUNIER.

HISTOIRE

LOUIS XVI A VARENNES

Tout n'a pas été publié sur l'arrestation de Louis XVI à Varennes

III

Ce qui ne fut ni cité ni relaté dans aucun des ouvrages qui ont paru sur l'arrestation de Louis XVI, à Varennes, c'est une lettre de Verdun, en date du 25 juin 1791, qui fut adressée à la *Chronique de Paris*. Elle contient des détails extrêmement curieux et mérite d'être reproduite en entier, d'autant mieux qu'elle contient certains détails qu'on ne rencontre pas dans d'autres versions ou même qui en diffèrent. Cette lettre est vraiment à connaître dans toute son étendue. La voici. Elle n'est point signée, sans doute parce que son auteur n'a pas voulu se faire connaître :

« Mardi 21, à onze heures du soir, le maître de poste de Clermont vint trouver M. de Villée, autrefois marquis, aujourd'hui président du district de cet endroit ; il lui dit qu'un courrier venait de passer, qui lui avait demandé onze chevaux en lui mettant trois louis dans la main ; que cette générosité l'avait étonné ; un instant après était arrivée une voiture très large et très soigneusement fermée ; pendant qu'il attelait lui-même les chevaux, une voix lui crie : Combien y a-t-il d'ici à Verdun ? Trois postes. Fouette à Varennes. M. de Damas s'était trouvé au passage du courrier en avant et l'avait tiré à l'écart, où il avait eu, à voix basse, une courte conversation avec lui. Cet air mystérieux me fait croire que cette voiture renferme des personnes importantes. Je le crois comme vous, répond le président. Les différents pelotons de troupes légères répandus dans nos environs annoncent quelques projets : sûrement ils favorisent l'évasion de quelques personnages importants, probablement de la reine et de son fils. Vite, avertissons la municipalité. Je cours assembler le Directoire. M. de Damas avait fait monter ses dragons à cheval ; les porte-manteaux avaient été fait de jour, ce qui avait donné de l'inquiétude aux citoyens. Les dragons furent si longs à les attacher sur les chevaux, qu'ils don-

nèrent le temps à la garde nationale de se présenter en armes. Cette circonstance invraisemblable a été confirmée par plusieurs dépositions : ce qui annonce dans les dragons de la disposition à ne pas obéir au colonel. Celui-ci était à leur tête sur la place : la garde s'oppose à leur passage. Monsieur, dit le maire au colonel, votre départ précipité alarme les citoyens ; on dit que vous favorisez l'évasion de la reine : si cela est, nous nous opposons à votre départ ; si cela n'est pas, vous partirez au jour, il sera temps. Puis, s'adressant aux soldats : amis, le salut de la France est entre vos mains : voulez-vous tuer vos frères d'armes ou essuyer leur feu ? Nous sommes environ trois cents très décidés à ne point vous laisser partir. Les dragons témoignent de l'irrésolution. M. de Damas entre en fureur, dit qu'il n'a point d'ordre à recevoir de la municipalité, qu'il obéit à des ordres supérieurs et en montre, en effet, de M. de Bouillé, qui lui ordonne de se transporter à Varennes. Il commande le départ. Le maire le couche en joue. B..., si tu avances, je te tue. Le colonel ordonne pied à terre, feint de retourner à son auberge et par un chemin détourné, court bride abattue vers Varennes, accompagné de deux de ses officiers. Pendant ce colloque, les autres officiers municipaux et administratifs prennent des mesures sûres, font sonner le tocsin, s'emparent des passages, coupent les ponts, etc..., etc...

« Un garde national franchit les trois lieues de Clermont à Varennes en très peu de temps, croit donner l'alarme dans cette ville et est fort surpris d'apprendre que le roi est arrêté. Drouet, maître de poste de Sainte-Ménehould, avait eu des soupçons fondés sur les indiscrètes questions dont je vous ai parlé dans ma dernière ; il était parti en conséquence ventre à terre et arrivé au Bras-d'Or, il fait part à l'aubergiste de ses soupçons ; celui-ci déterminé se charge d'arrêter la voiture ; il l'attend à l'issue d'une voûte qui sépare la ville haute de la ville basse et sous laquelle il fallait nécessairement qu'elle passât : elle paraît ; l'aubergiste ajuste le postillon et crie : arrête. Nous sommes patriotes, laissez passer. Patriotes ou diables ne passent pas. Si vous faites un pas, je tire dans la voiture. En ce cas, dit le roi, détellez. L'aubergiste conduit l'auguste et brave famille chez lui (je vous prie de croire que je n'écris pas un roman). La municipalité est avertie : on fait le moindre bruit possible ; on court au village voisin, à Vaucourt, dont les habitants sont tous braconniers, faiseurs de clous ; ils s'emparent du pont qui n'était point gardé par les hussards de Lauzun, logés en-de là : les gardes nationales se trouvent en un instant sous les armes, bordent les avenues du pont et du quai d'une petite rivière presque à sec. Le nommé Sauce, procureur-syndic dit à sa troupe composée d'une cinquantaine de bourgeois mal armés : je ne suis pas militaire, ni vous non plus ; mais en cas d'attaque, je crois qu'il faut vous mettre quatre de front et faire un feu continuel en tirant par division et les quatre qui auront fait leur décharge passeront derrière pour charger de nouveau et quatre autres successivement avanceceront ; ils avaient deux petites pièces de campagne. Après ces dispositions, Sance va trouver le roi, qui ne se croyait pas connu. Monsieur, lui dit-il, je crois que vous serez quelque temps ici ; acceptez un logement plus commode, permettez que je vous conduise chez moi. Mais pourquoi donc ne pourrais-je pas partir ? voilà bien du tumulte pour un étranger : d'ailleurs, voyez, je suis en règle et il montre un passeport signé Louis de Montmorin, qui ordonne à tous corps, etc., de laisser passer Madame la baronne de Kortz, qui va à Francfort, avec ses deux enfants, son valet et deux femmes de chambre. Monsieur, nous sommes ici sur le qui-vive, nous craignons l'ennemi, vous entendez sonner le tocsin ; il n'y aurait pas de sûreté pour vous, attendez au jour. Le roi, comptant probablement sur les troupes, remercie M. Sauce de ses attentions, sans témoigner aucune inquiétude. La reine et sa belle-sœur prennent cet homme par le bras ; le roi prend les enfants par la main et tous s'acheminent dans la maison du sieur Sauce, marchand chandelier, traversent la boutique odorante et grimpent dans une petite chambre. Le roi, d'un air content, demande à boire un coup : le chandelier apporte une bouteille de vin de Bourgogne et du fromage. Le roi en boit et assure n'en avoir jamais bu d'aussi bon : il exhorte son hôte à lui faire raison et entame avec lui une conversation familière et paisible. Il l'interroge sur son état, sur ses fonctions, sur les prêtres, etc., et lui demande où est le maire de la ville : A l'Assemblée nationale. — A ce mot, le roi fait un mouvement d'indignation, le premier qu'il ait marqué. Avez-vous un Club ? Non, Monsieur. — Ah ! tant mieux, ces malheureux clubs ont perdu la France. Parmi ces discours, le roi marquait une espèce d'attention et d'inquiétude, comme d'une personne qui attend quelque chose. La reine ne disait que quelques mots insignifiants de loin en loin. M. Sauce sortait de temps en temps, sous prétexte d'aller apaiser le tumulte, à la prière du roi et dire que ce n'était qu'un passant ordinaire. Chaque fois qu'il sortait le roi lui disait : hâtez-vous de revenir ; j'ai besoin de vous ; votre conversation me plaît, etc. Ah ! ça, vous avez un pont ici ? — Oui, Monsieur ; mais il est embarassé de charrettes, etc., que vous ne pourrez pas passer. — Eh ! bien répondit le roi, je passerai le gué. — Ah ! le gué, c'est bien pis ; nous craignons les Autrichiens ; je me suis avisé d'y faire mettre des gripeloups, des piquets, de sorte qu'il n'est pas possible aux chevaux d'y passer. — Eh ! bien, faites donc débarrasser le pont ? — J'y vais donner ordre.

« Cependant les hussards s'étaient présentés au pont ; le commandant avait voulu le passer ; mais les paysans faisant bonne contenance, les en ont empêchés. Les hussards se sont retirés sans brûler une amorce. M. Sauce qui avait amusé le roi pour donner le temps aux gardes nationales d'accourir et voyant pleuvoir les hommes (c'est l'expression du procès-verbal), crut qu'il était temps de déclarer au roi qu'il était jour et qu'il fallait qu'il se disposât à reprendre la route de Paris. Il entra dans son appartement pour le lui signifier. Il y avait dans cette chambre un portrait du roi. Sauce fit quelques tours avec l'original ; puis il lui dit : Sire, voilà votre portrait. A ces mots le roi paraît interdit, reste un moment sans rien dire, puis se jette au cou du sieur Sauce. Oui, mon ami, c'est ton roi qui est en ton pouvoir, c'est ton roi qui t'implore ; veux-tu le trahir, le livrer à ses plus cruels ennemis ? Ah ! sauve-moi, je me mets sous ta protection ; sauve ma femme, mes enfants, accompagne-nous, guide-nous, je te promets une fortune immense, à toi et aux tiens ; j'élèverai ta ville au-dessus de toutes les villes du royaume ; tiens, tiens et il fouillait dans toutes ses poches. La reine prend le dauphin entre ses bras, se met presque à genoux, le conjure par ce qu'il a de plus cher, de la sauver, de sauver le dauphin ; elle emploie ce qu'elle croit de plus propre à l'attendrir : Sauce inexorable, non, sire, ce que vous me demandez est impossible ; j'ai deux choses précieuses à conserver, ma vie et l'honneur : disposez de ma vie, elle est à vous ; mais n'espérez pas de me rien faire faire de contraire aux devoirs de l'honneur ; j'ai juré d'être fidèle à la nation, à la loi et à vous ; je vous trahirais également tous trois en cédant à vos demandes ; je trahirais la constitution que vous avez promis de défendre, ainsi que moi ; je manquerais aux décrets que vous avez vous-même sanctionnés ; puis il lui représenta avec chaleur l'état où il allait livrer la France ; il lui parla de la liberté qu'il avait accordée à son peuple. — Voilà bien la f.... liberté. Il parut ensuite indécis sur le parti qu'il avait à prendre.

Sur ces entrefaites, arriva le sieur Chemin, envoyé par le district de Clermont, qui s'avisa de lui faire des remontrances d'un ton aigre et indécent. Le roi ne put l'entendre de sang-froid, il lui dit : vous êtes un impudent ; puis s'adressant à ceux qui étaient présents : Mes amis, conseillez-moi ; que faut-il faire ? — Sire, prendre un parti violent, répondit M. de Damas. Un sieur Vituel, ci-devant intendant de M. de Condé, entra dans le moment pour le haranguer : le roi lui tourna le dos avec humeur ; ensuite il dit qu'il y avait un décret qui lui permettait de voyager dans tout le royaume ; qu'il voulait aller à Montmédy : on lui montre celui qui l'oblige à ne pas s'éloigner à plus de vingt lieues du corps législatif. Il le lut attentivement, puis le rejeta avec indignation. — Je n'ai jamais sanctionné cela. — Vous avez plus fait, vous l'avez accepté, etc. Il était pour lors, près de 7 heures du matin. Arrive un aide de camp de M. de La Fayette, muni d'un décret de l'Assemblée. Le roi le reconnaît, l'appelle par son nom. La reine le traite avec le dernier mépris. C'est toi, scélérat, qui est cause... on n'entendit pas le reste. Le roi voulait être conduit à Fontainebleau ; il disputait, pour gagner du temps probablement : on vit son dessein, on lui fit voir la multitude de gardes nationales ; qu'il s'en réunirait bien plus, s'il tardait davantage. Il partit à 7 heures et demie. Pendant cette contestation, un aide de camp de M. de Bouillé, qu'on croit être son propre fils, se présente, veut parler au roi : on s'y oppose. — Le roi n'est donc pas libre ? — Non. Et en même temps, on lui tire un coup de pistolet qui lui casse une côte ; on s'en saisit. Malgré sa blessure et le cordon de troupes, il s'échappe. (On vient à ce qu'on me dit, dans le moment que j'écris cet article, de le reprendre). Le roi était en marche, escorté d'une troupe effrayante autant qu'imposante, calme cependant ; l'aide de camp sur le siège de la voiture, semblant se donner l'honneur de l'événement, quoiqu'il fut arrivé six heures après l'arrestation. La marche était tranquille. On n'entendait que les cris de : Vive la nation ! les aristocrates à la lanterne ! Un boucher a failli rendre cet événement affreux : il s'approche de la voiture et veut tout égorger ; heureusement le sieur de Villée s'en saisit. A un quart de lieue de Varennes, on rencontre le corps administratif de Clermont, en charette. Que veulent ces messieurs, crie d'un ton arrogant l'aide-de-camp sur le siège ? — Parler au roi, répondit le président. Le roi a écouté sa harangue respectueuse et forte sur les malheurs que son arrestation aurait causés. — Mon peuple est séduit, mon peuple est trompé, voilà ma réponse. — Sire, il est plus facile de tromper un seul homme, que tout un peuple.

La reine, dont le visage exprimait une fureur concentrée, a prononcé quelques paroles qui n'ont point été entendues. MM. de Damas, de Choiseul, et deux officiers de dragons sont dans nos prisons ; ils ont fait un grand éloge de la garde nationale de cette ville, à qui ils sont redevables de la vie. Le 23 au soir, les Suisses de Castella, qu'on ne voulait recevoir nulle part et qui se voyaient réduits à ravager la campagne pour vivre, ont envoyé une députation à Verdun, pour prier la ville de les recevoir dans ses murs, assurant qu'ils ignoraient les projets de M. de Bouillé et protestant de leur patriotisme. On les a reçus hier ; la garde nationale, les dragons et les mineurs les ont escortés sur la place d'Armes, où ils ont juré fidélité. Le soir, ils ont couru la ville, pêle-mêle, suisses, dragons, mineurs, bourgeois, bras-dessus, bras-dessous et n'ont commis aucun désordre. Nous sommes assez tranquilles, toujours sur le qui-vive. Les prêtres montent la garde. Je retourne tout à l'heure à ma campagne où je désire vivre en paix ; mais j'accours prendre le mousquet au premier bruit de guerre ».

Cette version mérite d'être rapprochée de toutes autres, avec lesquelles elle diffère sur quelques points, ne serait-ce qu'avec le rapport de Muguet de Nanthou, député de la Haute-Saône, présenté, le 13 juillet 1791 à l'Assemblée nationale. N'est-elle pas de nature même à faire envisager certaines choses sous d'autres aspects. En tous cas comme je l'ai déjà dit, elle est extrêmement curieuse.

I V

Ce que je vais dire encore, n'est point relaté non plus ailleurs, bien que cela ait une certaine importance.

Je lis dans le *Journal de M. Suleau* (1), feuille pamphlétaire d'infiniment d'esprit, mais d'esprit mordant avant tout, au style incisif et coloré, ces lignes qui concordent avec bien d'autres soupçons par ailleurs, quant à l'énigmatique conduite de La Fayette :

..... « J'en étais là et j'allais me livrer avec quelque force à tous les développements de mon sujet, lorsque du fond d'une campagne bien solitaire, j'appris avec certitude la nouvelle inespérée de l'évasion du Roi : mon premier soin fut d'accourir ici (Paris) et certes ce n'était pas pour y faire des phrases.....

« Et moi aussi je partais !... mais à peine avais-je eu le loisir de me tracer mon itinéraire, que je fus étourdi de l'arrestation de Varennes. Cette honteuse reprise s'est exécutée avec tant de grâce et de facilité, que dans ce beau projet, il m'est bien difficile d'y voir maintenant autre chose qu'une boutade mal concertée, dont le succès a été confié, comme de coutume, à gens également incapables d'intelligence et de résolution ».....

Et dans le n° 5, à la date du 16 juillet 1791 :

..... « Maintenant que résultera-t-il de la faiblesse du roi et de son humble repentance ? Pour lui personnellement, une somme incalculable d'amertumes et de maux ; et pour la nation, une série de malheurs qu'il est impossible d'exagérer. Combien il est déplorable qu'avec les meilleures intentions, il ait toujours été la victime des circonstances et surtout le jouet des suggestions intéressées de quelques traîtres ambitieux !

« Il est des hommes qui, sans être capables de projets hardis, ni susceptibles d'embrasser des conceptions vastes, arrivent néanmoins à tout, parce qu'il est de leur destinée de recueillir le fruit de tous les crimes.

« Qu'ai-je besoin de dire aujourd'hui, que dans ce fatal voyage à Montmédy, je reconnais l'exécution d'un plan concerté par Mirabeau, des vues qu'il est hors de mon sujet de développer ? Mais ce que l'on ne sait pas assez, c'est que M. de La Fayette s'y était tacitement associé et favorisait sourdement cette intrigue, afin de faire tourner au profit de son ambition particulière toutes les suites d'une démarche imprudente, que dans les calculs de son hypocrisie, il se promettait bien de faire avorter ».

---

(1) N° 4, page 25.

Et ici se trouve un renvoi en ces termes :

« Je citerai à ce sujet une petite anecdote qui jette un grand jour sur la loyauté de M. de La Fayette.

« En relayant à Sainte-Menehould, le roi, pour dépister les curieux, se garda bien d'indiquer la route de Varennes : il fit mine de se porter à Verdun, et ce ne fut qu'après s'être acheminé pendant un certain trajet vers la première poste qui conduit à Verdun, qu'il ordonna aux postillons de tourner bride. Mais n'ayez pas peur que le sieur Drouet qui avait la consigne de précéder la berline à Varennes, ait été dupe de cette contre-marche ! Ce misérable alla droit à son poste et ne s'égara pas plus que les aides de camp de M. de La Fayette.

« Voilà les ruses de guerre du général *Gilles-le-Grand* ».

Tout ce qui précède ne nous rend-il pas perplexe, en effet, sur le compte de La Fayette et, grâce à Suleau, plus d'une chose mystérieuse ne nous est-elle pas expliquée, grâce à Suleau, dis-je, qui savait être aux écoutes et voir.

Il s'attend bien, du reste, à plus d'une tracasserie à propos de son franc parler dans cette affaire de Varennes, car il dit : « Cette ignominieuse et déplorable aventure m'a valu personnellement l'honneur d'une multitude de tracasseries bien civiques. Au reste, je suis fier de leurs soupçons, je souris à leurs inquiétudes, et jusqu'à présent leur surveillance n'a rien eu pour moi que de divertissant ; mais je sais qu'on me destine un genre de persécution bien autrement patriotique : impatients *d'avoir raison de mon aristocratie*, tous les maraudeurs de la milice déguenillée se promettent de me visiter avec une émulation de fureur et de brigandage dont il me serait permis de m'enorgueillir.

« Le but de cette fière expédition est d'étouffer l'explosion de mes murmures. Le *peuple-roi* est parfois un souverain un peu féroce ; il ne permet pas même qu'on s'intéresse au sort qu'il prépare à son captif découronné. Quoi qu'il en soit, et pour toute réponse aux mesures de ces forcenés, ainsi qu'aux avis officieux qu'on fait pleuvoir chez moi de toutes parts, je déclare qu'aucune puissance humaine ne saurait m'empêcher d'intervenir dans cet abominable procès.....

« En attendant, il faut apprendre à la nation des jurés-brûleurs, que je viens de mettre mes meubles les plus précieux et tous mes papiers importants à l'abri de leurs gaspillages.....

« Les phalanges de dévastateurs ne seront donc plus attirées chez moi par l'appât du butin et du ravage : les hordes de brigands-assassins y trouveront en tout temps ma chère personne ; mais on me connaît quelque aptitude à défendre mes oreilles et l'on me fait sans doute l'honneur de croire que je saurai les disputer : mais, hélas ! c'est à Varennes qu'il m'eut été bien doux de les prodiguer ; et peut-être

eussent-elles suffi pour la délivrance des augustes captifs ».

Le style de Suleau, on le voit, est bien le fouet qui cingle et marque.

Hélas ! la démagogie devait avoir raison de lui malgré tout, par les mains de la fameuse Théroigne de Méricourt, qui contribua si bien, le 5 octobre 1789 à Versailles, à corrompre le régiment de Flandres, en conduisant dans les rangs d'autres filles dont elle avait la direction et distribuant de l'argent aux soldats [1]. Elle le fit massacrer, le 10 août 1792, dans la cour des Feuillans ; il est vrai qu'il l'avait égratignée passablement avec sa plume.

Entendons maintenant le boniment du montreur de la lanterne-magique républicaine :

« Voyez le bon roi qui, rassasié d'amertumes et de douleurs, s'enfuit secrètement (du moins il le présume) et pendant la nuit, avec la Reine, M. le Dauphin, Madame Royale et Madame Elisabeth ; après avoir laissé au château des Tuileries, une protestation contre la violence avec laquelle on lui a arraché sa sanction pour tous les décrets rendus au nom de la *Liberté* et de l'*Egalité*, qui n'existent pas !... Cette auguste et malheureuse famille n'ira pas même aux frontières. La citoyenne *Campan*, femme de chambre de la Reine, qui se vante actuellement d'avoir toujours été *royaliste*, a donné au marquis de Lafayette, un échantillon de la robe que sa majesté doit porter dans son voyage ; et les brigands *Sauce* et *Drouet*, sont prévenus de la route que cette infortunée et royale famille doit tenir.

« Voyez l'arrestation à Varennes, de nos illustres et innocents prisonniers ; leur suite enchaînée derrière la voiture et *Eux*, passant sous une longue voûte d'épées et de baïonnettes, traduits, comme des criminels, à Paris ; entendant à chaque minute les cris et les imprécations féroces des cannibales qui les ramènent, après les avoir obligés de ranger à leur côté l'ex-pâtissier avocat et député (*Pétion*), le député *Barnave*, ex-avocat et l'ex-marquis de *Latour-Maubourg*, autre légifère ; celui-ci, colonel du régiment du Soissonnais.

« Voyez-vous ce brave gentilhomme qui, malgré la redoutable escorte de la famille royale, lui offrir ses respects et les secours qui dépendent de lui ? C'est le marquis de *Dampierre* : on va l'assassiner.... il tombe, il est percé de coups.

« Voyez-vous ce jeune homme qui commande un détachement de gardes nationales, requises pour s'unir à tous ces satellites du bourreau révolutionnaire, l'infâme *Orléans* ?..... C'est le fils très vertueux d'un homme de lettres et, qui mieux est, d'un honnête qui périra sur l'échafaud ; il se nomme *Cazotte*.

Armand Bourgeois

(*A suivre*).

---

[1] Biographie Moderne, en 3 forts volumes. Paris, chez Alexis Eymery et Delaunay, libraires. — 1816.

LA CRITIQUE

illustrée, internationale,

indépendante,

des Arts et de la Littérature.

Bulletin officiel

de l'Association de la Critique

15ᵉ Année

Nᵒ 270   Octobre 1909.

ART

SALON D'AUTOMNE

UNE rose d'automne est plus qu'une autre exquise, » disait le vieil Agrippa d'Aubigné. Il faut croire que les salons ne sont pas comme les roses, car le Salon d'automne n'est pas plus qu'un autre exquis, il s'en faut de beaucoup. Je dirai même, au risque de passer pour le dernier pilier du *pompiérisme*, qu'il l'est moins qu'un autre, en me hâtant d'ajouter que les autres ne sont guère de mon goût, si classiques ou si libéraux qu'ils aient la prétention de se montrer. C'est en vain que je cherche en chacun d'eux une expression sincère d'art, une force nouvelle, une quête honnête de la vérité, un peu de cet élan et de cette probité qui font pardonner les pires écarts, et enthousiasment les plus difficiles.

C'est dommage : au moment de sa création, il y a de cela sept ans, le Salon d'automne était une tentative intéressante, de laquelle on pouvait attendre quelque chose ; mais il n'aurait pas fallu que les marchands de tableaux s'en mêlassent — ne voyez aucune allusion, je vous prie, dans ce vocable aussi peu distingué que musical. Il n'aurait pas fallu qu'une légion de vendeurs vinssent essayer d'écouler là leurs vieux rossignols, ou les toiles abracadabrantes qu'ils ne comprennent pas plus, d'ailleurs, que le public de la rue Saint-Denis, mais sur lesquelles, les ayant eues à fort bon compte d'artistes besogneux ou légers, ils comptent faire une bonne affaire. Il n'aurait pas fallu qu'un jury bourré de parti-pris et imbu d'une respectueuse obéissance aux lois des susmentionnés et de leurs satellites, les littérateurs et les critiques, écarte obstinément les toiles qui ne rentrent pas dans leur esthétique — si j'ose ainsi parler — ; bref, il aurait fallu ou plus de liberté — et alors

les *Indépendants* suffisaient, le public s'y charge de faire un choix — ou plus de savoir — et alors on aurait pu attendre que le jury ait fini de téter son biberon ou de bégayer des phrases informes, comme font les petits enfants..... ou les gâteux.

Sérieusement, en parcourant les salles du Grand Palais, on a l'impression que si un alchimiste, par une permission spéciale de la loi de transmutation, jetait dans son creuset toutes les folies, les formules, les impuissances, les vices et les fumisteries de notre temps, il obtiendrait cette réunion de peintures, sculptures, gravures, etc., qui constitue le Salon d'automne de cette année.

Je n'insiste pas sur la peinture ; sans doute, dans le nombre des toiles exposées, il y en a bien quelques unes — et encore je serais bien embarrassée de les nommer — qui témoignent d'une certaine intention artistique, d'une tentative vers la beauté ou la sincérité. Mais l'ensemble les écrase, et dans ce déluge de couleurs fausses et criardes, de formes torturées, de sujets discords et grotesques, elles font piteux effet, et paraissent même inférieures à ce qui les entoure. Tel le jeu d'un bon acteur au milieu d'une mauvaise troupe, dont les défauts étouffent son talent.

Quant à la sculpture, dont l'art est tout à fait absent, il y domine une telle rage de contourner les formes, de choisir des sujets malsains, des poses malpropres, des sous-entendus immoraux, que je m'étonne qu'une telle exhibition ait lieu dans un Palais des Beaux-Arts, et non dans un musée Dupuytren de l'esprit — s'il en existait un.

La société du Salon d'automne nous offre cette année une rétrospective des Figures de Corot, fort mauvaises toiles d'ailleurs, que sans nul doute le maître désavouerait, et qui ne présentent qu'un intérêt relatif, à part un *Enfant assis* et un *intérieur de cuisine* qui portent véritablement la griffe du génie, possèdent le charme intime et prenant des plus belles toiles de Millet.

Aussi à signaler la rétrospective du paysagiste Ten Cate. Sans être positivement un maître — du moins à mon avis — Ten Cate a le profond et pur sentiment de la nature, la finesse du coloris, la transparence de l'atmosphère, et cette science de l'impression qui constitue le véritable peintre.

Ceux qui aiment la peinture allemande, les tons lourds, l'atmosphère obscure, bitumineuse, le manque d'air et les sujets classico-romantiques, pourront aller voir l'exposition des œuvres de Hans von Marées, que quelques critiques teutons ne craignent pas de décorer du titre de *plus grand : ab uno disce omnes*.....

L'Art moderne italien figure aussi à ce Salon ; mais cet art là, mes lecteurs me sauront gré de ne pas les en entretenir. Il a le pire des défauts : la médiocrité. Toiles à l'eau de rose, sculptures bonnes à mettre sur des pendules ou dans des jardins de banlieue, etc., etc. Mais, par exemple, dentelles magnifiques, points de Venise et de Burano qui montrent que, sous ce rapport au moins, les descendants des maîtres de la Renaissance n'ont rien perdu de leur goût et de leur puissance créatrice.

Andrée MYRA.

THÉATRE

PAPILLON, DIT LYONNAIS-LE-JUSTE
LE ROI S'ENNUIE (1)

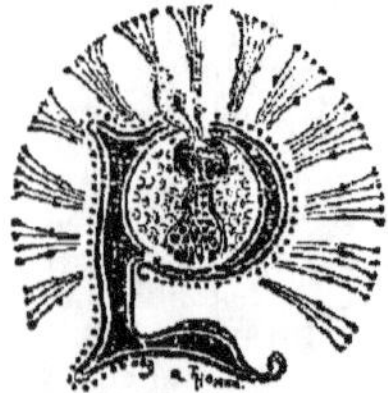

APILLON, dit Lyonnais-le-Juste, taillait la pierre, fier de sa maîtrise et vivait indépendant du produit de son noble métier, quand un richard qui passait en « otto » le reconnut pour son fils tout ce qu'il y a de plus naturel ; la voix du sang parla si net que le père testa en faveur de Papillon, à la veille de trouver le châtiment de sa longue indifférence dans une défaillance du dit « otto ». Voilà Papillon richissime et nanti de collatéraux coupables à son égard, avant même la première rencontre qu'il fait de la famille Vériac, de tentative de détournement d'héritage. Mais Papillon n'est pas qu'un simple compagnon tailleur de pierre ; sa brusque accession à la fortune n'a pas durci son cœur ouvert à la clémence ; il sourit de la déception de la cupide Madame Vériac, et la lui pardonne ; dupe ou volontairement aveugle, il ne s'offusque pas qu'on ait failli le traiter en intrus dans sa propre demeure ; sensible aux charmes de la petite cousine Vériac et de l'imposante sœur du Marquis de Sendray — entre les deux son gros désir d'oisif trop nourri balance, — il ferme les yeux sur le mobile intéressé des agaceries ingénues ou savantes dont ces séduisantes coureuses de maris assaillent la proie sans défense qu'on le suppose, jusqu'au dénouement qui remet chacun où ses mérites le destinaient, noblesse faisandée et bourgeoisie rapace à la mendicité, Papillon et sa « connaissance » au château. Papillon a un cœur d'or, une infinie crédulité, un désintéressement parfait, une humilité charmante. M. Bénière, qui connaît bien les ouvriers, a donc voulu magnifier les tailleurs de pierre au détriment de la classe ennemie où se recrutent leurs employeurs et clients ?

Eh ! bien, je ne sais pas si Papillon possède toutes les vertus que paraît lui prêter M. Bénière — ou leur semblant ; je me demande si M. Bénière eut le dessein d'opposer la rude franchise et la générosité du prolétaire à l'hypocrisie, aux bas calculs du bourgeois, et cette incertitude fait le charme singulier de la joyeuse et par instants poignante comédie par laquelle l'auteur applaudi d'amusantes piécettes a fourni la preuve qu'il savait buriner une figure, développer un caractère et creuser un sujet.

Regardez bien Papillon ; son œil malicieux contredit parfois ses paroles naïves; il s'abaisse volontiers pour que l'interlocuteur s'enhardisse et dévoile ses arrière-pensées vilaines ; son apprentissage de la richesse et du monde sera court, il restera, souhaitons-le, juste et charitable, mais charitable et non plus simplement désintéressé ; la dot dont il rachète un geste osé et récompense une petite oie de sa docilité aux suggestions d'une mère cyniquement avide paie le tribut de son initiation définitive à la vie du capitaliste visé par les intrigantes et les coquins.

Le Papillon du troisième acte n'est déjà plus le balourd qui fit au premier une entrée si comique, ni l'excité du deux ; son bon sens, obscurci, a reparu ; il perce à jour les machinations dont on l'investissait, il fait sagement la part du feu en cédant aux Vériac leur petite part du gâteau, mais il sait que son bonheur est avec Balbine, sa semblable, il a pris conscience de sa valeur propre et ne demande plus qu'on lui pardonne sa chance : comme un vrai fils de famille et tout tailleur de pierre qu'il se vante encore d'être, Papillon saura user et mésuser de la fortune, selon qu'il lui plaira.

Décidément, M. Bénière, dur à son modèle quand il le montre étalant ses goûts crapuleux pour la boisson, les plaisanteries de cantine et les plaisirs charnels immédiats, est plus sévère encore pour ceux que Papillon supplante : la morale de cette pièce si gaie serait-elle qu'un prolétaire moyennement doué qu'un caprice du sort transplante dans le milieu « dirigeant » s'adapte sans peine à sa nouvelle condition, parce que tous les hommes — et toutes les femmes — en haut ou en bas de l'échelle symbolique, ne diffèrent que par des nuances dans le cynisme ou l'hypocrisie ? Je ne sais, mais Papillon fait rire, puis penser, et c'est le but que doit se proposer tout dramaturge « conscient ».

Si les autres pantins dont M. Bénière tire si dextrement les ficelles avaient le relief qu'il a su donner à Papillon, la pièce de réouverture du Théâtre-Antoine serait presque le chef-d'œuvre attendu ; M. Bénière fait mieux parler les humbles que les mondains ; Balbine, la maîtresse de Papillon, puis sa femme, dont l'apparition imprévue au début du trois, est un coup de théâtre réussi, s'exprime avec une savoureuse verdeur, tandis que Madame Vériac, épouse et mère échappée du théâtre-libre d'antan, déclame à faux, s'embourbe et fatigue; son mari n'a pas de vie propre, le marquis manque de consistance, les deux péronnelles n'ont que des rôles, pas d'humanité, mais Papillon suffit, Papillon est un délice, et M. Gémier tient encore un succès.

* *

MM. A. Cahuet et G. Sorbets supposent que *Le Roi s'ennuie* incognito à Paris : l'anarchiste pose une bombe sous son fauteuil ; la Petite Femme qui résistait à l'auguste soupirant se jette dans ses bras pour qu'il éteigne la mèche témérairement enflammée. Le Roi ne s'ennuiera plus, pendant quelques minutes, mais la bombe

---

(1) Théâtre-Antoine, direction Gémier.

s'est éteinte, crépitant à peine, comme les mots de cette pochade qui ne jettent que de pâles lueurs sur un dialogue et une intrigue assez ternes.

LA CORNETTE (1)

M. et Mlle Ferrier ont été séduits par la nouveauté et le piquant de ce sujet : une ancienne religieuse lancée après expulsion du cloître dans le monde, un monde où fleurit l'adultère ; Marthe d'Hertjuzaux, ex-nonne, se substitue à sa belle-sœur coupable pour assurer le bonheur, ou tout au moins la tranquillité, du frère qu'elle chérit. Nous avons déjà vu plus d'une fois sur les planches ce sacrifice touchant ; il nous intéresserait d'en pénétrer le mobile réel, mais M. et Mlle Ferrier ont compté sur le charme attendrissant de leur héroïne pour que nous soient insensibles certaines invraisemblances et pas mal d'obscurités qui refroidissent la situation par elle-même curieuse. Leur pièce a du mouvement, les silhouettes secondaires sont prestement dessinées, et l'ensemble ne manque pas d'attrait, si le motif principal a trop servi pour beaucoup passionner.

LES ÉMIGRANTS — LA BIGOTE (2)

M. Charles-Henry Hirsch a conquis la notoriété par ses nouvelles et deux ou trois romans parus dans un quotidien en tranches hebdomadaires. Il possède l'art du relief, le mouvement, la truculence ; il décrit les milieux les plus pittoresques, les plus abjects surtout ; il fait parler avec un naturel exquis les escarpes, les prostituées, les faux mendiants ; son style manque de limpidité, son observation n'est pas très personnelle, mais l'amalgame de ses qualités et de ses défauts, également perceptibles sans grand effort, donne un produit dont la saveur chatouille les palais blasés. Il n'est pas d'auteur plus amoral ; ses bonshommes agissent selon l'instinct tout pur, leurs mobiles sont invariablement la cupidité ou la sensualité allant jusqu'au sadisme ; il y a du sang à profusion sur les pages de son œuvre. Nous étions curieux des débuts de M. Hirsch au théâtre et nous attendions les *Émigrants* pour décider si l'auteur de tant de nouvelles saisissantes avait l'étoffe d'un vrai dramaturge. Dirai-je que la déception fut heureusement amoindrie et compensée par la mise en scène qui illustre ce fait-divers en trois tableaux ?

On n'a pas toujours retrouvé dans la pièce les qualités par lesquelles se sont imposées les productions de M. Hirsch. Il n'en pouvait être autrement ; les habiletés de récit, les traits de caractères, tout ce qu'un écrivain maître de sa plume ajoute à ses créations se fond au théâtre dans l'ensemble du personnage ; bien ou malheur, les *Émigrants* de l'Odéon sont assez schématiques : le mari, la femme et l'autre ; des simples, des ardents,

qui s'aiment, haïssent, tuent ; évidemment, c'est toute l'histoire de l'humanité en trois mots, mais ce n'est pas la matière d'une bonne pièce, à moins qu'elle ne soit un chef-d'œuvre. M. Antoine continue à se laisser séduire par les recherches de mise en scène compliquée ; il élabore de merveilleux cadres que remplissent incomplètement des scénarios comme *Ramuntcho* ou des drames brusques étirés en trois actes comme ces *Émigrants*. Si grouillant que soit l'entrepont du bateau qui entraîne vers leur destin les voyageurs ennemis rassemblés arbitrairement par M. Hirsch selon la formule la plus conventionnelle, si noire de charbon et rouge de flammes que nous suffoque et nous aveugle la chambre de chauffe où finit, dans un brasier et par une erreur judiciaire amorcée, la pièce de réouverture du second théâtre français, la joie des yeux ne compense guère la déconvenue de l'esprit ; mais M. Charles-Henry Hirsch a tant de souplesse qu'il s'assimilera bientôt, s'il veut, les plus sûres recettes du succès scénique.

M. Jules Renard ne se cache pas d'être en même temps qu'un artiste le maire nettement radical-socialiste d'une petite localité. Il a comme tel des opinions conformes à l'orthodoxie de son parti sur l'impôt du revenu, le monopole de l'enseignement ou la séparation des églises et de l'état. Et il approuve M. Lepic de détester les curés. M. Lepic est bien connu pour avoir enfanté Poil de Carotte et grand-frère Félix ; il eut aussi de Madame Lepic une fille actuellement bonne à marier ; la nouvelle pièce de l'Odéon, deux actes d'inégale longueur, nous montre cet épisode d'une vie où l'anticléricalisme tient une place prépondérante et peut-être exagérée.

Qui est au fond M. Lepic ? Un brave homme, d'intelligence moyenne, que ses boutades, dont les curés font tous les frais, auréolent d'un renom scandaleux ; son village et les spectateurs attendent de lui des actes décisifs, une offensive tout au moins contre son mortel ennemi. Mais non, M. Lepic boude et se tait. Quand le curé entre chez lui, M. Lepic prend le grand parti de lui céder la place, comme il lui a cédé sa femme et, depuis, sa fille. M. Lepic ne chérit plus Mme Lepic, qui, d'ailleurs, ne fut jamais aimable ; je ne suppose pas que sa bigoterie développée avec l'âge ait été la cause originelle de sa dureté injuste pour le pauvre Poil-de-Carotte qui nous a tant apitoyé. Nous comprenons sans effort que M. Lepic abhorre sa femme et le lui fasse sentir ; mais nous nous étonnons qu'il ait renoncé à se faire aimer de sa fille. Et nous nous demandons si ce pauvre homme a pris le bon moyen de témoigner son hostilité au curé de son village en s'effaçant devant lui. Il paraît qu'il a lutté, que le curé fut le plus fort ; plaignons donc M. Lepic. Cet anticlérical reste néanmoins légèrement énigmatique, mais puisqu'il a toute la sympathie de M. Jules Renard, c'est qu'il la mérite. L'auteur de la *Bigote* prête à ses personnages une langue excellente ; M. Lepic à des mots qui font halle, de la subtilité ; une forte concision ; ses axiomes anticlé-

<hr>

(1) Athénée.
(2) Odéon.

ricaux sont plus d'une fois lapidaires ; il y a peu de maires en France qui s'expriment de la sorte, mais aussi peu de pères, je crois, agiraient comme fait M. Lepic envers sa fille et le futur gendre, aimé d'elle, qu'il s'applique à détourner du mariage, en généralisant à l'excès les conséquences de sa propre veulerie. J'avais gardé de la plus récente pièce de M. Jules Renard, prosateur exquis plus que puissant dramaturge, un souvenir charmé : *La Bigote* est loin de *Monsieur Vernet*, que dépasse encore l'illustre *Poil-de-Carotte* : concluez sans vous départir de l'estime que méritent la carrière de M. Renard et ses œuvres antérieures.

G. Roussel.

HISTOIRE

LOUIS XVI A VARENNES

Tout n'a pas été publié sur l'arrestation de Louis XVI à Varennes

« Voyez-le s'approcher de la voiture royale. Ce bon Français parle bon Allemand à la Reine et lui dit, sans crainte d'être entendu par les sans-culottes, que sa troupe et lui sont prêts à verser leur sang pour la sûreté de leurs maîtres »……..

Là encore, Lafayette est particulièrement visé.

En effet, le fils de Cazotte, Scévole, rendit de grands services à la famille royale à Epernay. Sans lui, le Dauphin séparé de sa mère, au moment d'une poussée de la foule, eut été enlevé ; il le ramena à la reine éplorée, tandis que l'enfant, les bras passés autour de son cou, l'embrassait avec reconnaissance.

La garde nationale, à la tête de laquelle se trouvait Scévole, était celle de Pierry. La nouvelle de l'arrivée de Louis XVI à Epernay, s'était répandue partout comme une traînée de poudre et vite Scévole se transporta dans cette ville, avec la pensée qu'il pourrait rendre service aux infortunés captifs, qui furent outragés par une partie de la population.

Quant à Cazotte père, que son grand âge consignait à Pierry, il gémissait profondément sur une pareille situation. Je me suis d'autant mieux arrêté à cet épisode, que plus loin il va être tout particulièrement question de ce qui se passa officiellement alors à Epernay.

Une fois de plus avec la lanterne-magique républicaine, on voit que La Fayette est visé à cause de son rôle énigmatique.

V

Voici une lettre bien suggestive à l'égard de Drouet qui, non plus, n'est signalée ni relatée dans aucun ouvrage. Il n'avait pas tous amis à Varennes, comme on le verra.

Cette lettre fut envoyée au *Messager du Soir*, qui la reproduisit dans son n° 247, du 4 Messidor an IV.

En voici la teneur. Elle offre de particulier qu'elle est adressée par le successeur de Drouet, comme maître de poste de Sainte-Ménehould.

« Aux rédacteurs,

« Citoyens, je viens de lire dans le *Journal de Paris*, que le représentant Drouet, a dirigé contre moi plusieurs inculpations graves. Personne ne respecte plus que moi, la position malheureuse d'un accusé, mais je ne crois pas que ce soit une raison pour ne pas repousser ses calomnies. Il m'accuse d'être son dénonciateur, parce qu'appelé en témoignage par le juge de paix de Sainte-Ménehould, d'après l'ordre de l'accusateur public de Reims, comme l'ont été plus de cent personnes de notre département, j'ai été contraint de rendre hommage à la vérité : il m'accuse d'être *aristocrate*, mais il traite aussi de Chouans presque tous ses collègues. Ne peut-on être patriote sans être le partisan forcené des jacobins de 93 et des panthéonistes de 95 ? Il dit que Bouillé a logé chez moi ; mon père (1), il est vrai, tenait une auberge à Sainte-Ménehould, dans laquelle il aurait été possible que Bouillé vînt loger ; mais le fait est qu'il n'y a point mis les pieds depuis cette époque. Un ordre de la municipalité enjoignit à mon père de loger dans son auberge 50 dragons qui devaient, disait l'ordre, escorter un trésor. Mais, j'ignorais, comme mon père, comme la municipalité, comme toute la commune de Sainte-Ménehould, que ces 50 dragons fussent destinés à protéger la fuite de Louis XVI et Drouet, avec plus de bonne foi, devait se rappeler que je ne fus pas des derniers à me joindre à mes frères de la garde nationale, qui furent requis pour courir à la poursuite du roi. Eh quoi ! Drouet me regardait comme un complice de Bouillé et il n'avait aucune répugnance à se lier d'affaires avec moi et c'est moi avec lequel il préféra de traiter pour vendre tous les droits, prétentions et propriétés qu'il avait sur la poste de Sainte-Ménehould. Il m'accuse d'avoir voulu le rembourser en mandats, d'une somme que j'avais promis de lui payer en numéraire. Comme cette inculpation a été appuyée par Boudin et qu'elle paraît peu conforme aux principes d'honneur et de délicatesse qu'on m'a toujours connus, je dois une explication à mes concitoyens.

« J'ai déjà payé en écus au citoyen Drouet une somme assez considérable sur cinquante mille livres, qui sont le prix de cette propriété qu'il m'a vendue en abusant des circonstances où je me trouvais et qu'il n'a payée lui-même que trente mille livres en assignats avec les gratifications que lui avait values l'arrestation du roi.

---

(1) Il fut, en effet, beaucoup question de lui au moment de l'arrestation de Louis XVI.

« Un collègue du citoyen Drouet, usant des lois sur l'échelle proportionnelle et les mandats, a remboursé à mon beau-frère, qui est mon associé, 65.000 livres en numéraire avec 40.000 livres en mandats ; j'ai cru que je pouvais sans crime user, vis-à-vis d'un représentant, dont la mauvaise foi n'a rien négligé pour dénaturer la propriété qu'il m'avait vendue, d'une loi sollicitée et rendue par lui. Dois-je seul payer de mon patrimoine les vices d'une mauvaise loi ? Pourquoi les représentés seraient-ils seuls victimes des lois désastreuses rendues par leurs représentants ? Je paye Drouet avec la monnaie que son collègue me contraint d'accepter par la loi que Drouet a rendue. Je n'avance rien que je ne puisse démontrer et qui ne soit à sa connaissance. Que m'importe a moi, débiteur de Drouet, qu'il périsse ou non comme conspirateur ? Si la loi qu'il a provoquée et rendue le condamne aujourd'hui, aurai-je plus d'avantage à la faire valoir après sa mort que pendant son vivant ? N'est-il pas évident, au contraire, que sa détention m'est très défavorable par les entraves qu'elle met aux offres réelles que je suis en droit de lui faire ? Quant à mon patriotisme, j'ai servi cinq ans avec distinction contre les despotes coalisés et si je n'ai pas été fait prisonnier par les Autrichiens, je me suis battu contre eux avec courage ; j'ai ruiné ma santé dans les combats : mais c'est pour avoir de bonnes lois et de bons magistrats et non pour servir l'ambition et les fureurs des Jacobins, que j'ai prodigué mon sang.

« *Signé :* Faillette »,

« Maître de poste à Sainte-Ménehould. »

Oui, Drouet était entré dans la fameuse conspiration de Babœuf, qui promettait de faire revenir les beaux jours de 93, ce dont on va pouvoir se rendre compte par la seconde lettre suivante [1], non signée, qui est une dénonciation en règle contre le même Drouet, elle n'est pas plus connue que la première lettre et elle fut adressée de Sainte-Ménehould, le 22 Ventose, an IV⁵, à un représentant :

« Citoyen représentant,

« Je suis de retour. A mon arrivée j'ai trouvé tous nos bons citoyens dans la consternation : 1° A cause de la dénonciation faite contre notre administration municipale, qui vous a été adressée le 21. Veuillez, je vous prie, appuyer sa réponse, qui est la plus exacte vérité : voilà l'effet de la nomination de notre commissaire et ses adhérents ; mais nous comptons sur la justice du gouvernement.

« 2° Les propos indécents du représentant Drouet épouvantent les plus timides. Sans doute il a jeûné en Autriche, car ici il ne quitte pas la table jusqu'à trois heures du matin. Depuis le dîner dont je vous ai entretenu, il en a fait deux chez les citoyens Florion et Chalons. Là, il n'a pu se contenir, il a dit, en présence de

quinze à vingt personnes : « Qu'est-ce que cette Constitution anglaise qu'on nous a donnée ? Ces cinq directeurs, ce sont cinq rois (c'était assez vrai, ajouterai-je et non des meilleurs) : il nous faut la Constitution de 93 ; pour la faire revenir, il faut la terreur et la guillotine et nous réussirons.

« La population est trop grande, il faut noyer les femmes et les filles, garder les hommes pour faire la guerre : encore doit-il être fait du triage. »

Il devait être saoul vraiment, le croquemitaine Drouet, pour dire de telles choses ; il n'y allait pas de main morte. Je sais bien que les bons sentiments ne l'étouffaient pas.

Je reprends la suite de la lettre :

« A quoi bon a-t-il ajouté, un Desblés et sa femme ? C'est le directeur des messageries nationales, homme fort âgé. Il est ensuite tombé sur vous, après avoir dit que vous étiez venu faire la contre-révolution ici, il a ajouté qu'il retournait à Paris, que vous auriez affaire à lui ; qu'il voulait avoir votre fraise, ou que vous auriez la sienne. Je ne vous parle de ce dernier article, qu'afin que vous vous mettiez sur vos gardes ; il faut se défier des méchants : mon amitié pour vous me dicte cet avis.

« Enfin, il a beaucoup menacé les soixante-treize victimes rentrées dans l'assemblée.

« Voilà, citoyen représentant, les propos infâmes de cet homme, qui ont indigné les convives et effraient les bons citoyens, amis de leur patrie.

« Telle est la reconnaissance de cet homme envers un gouvernement qui lui a donné des preuves de sa justice, de son humanité et de son attachement.

« Ce représentant, renommé à l'assemblée, va sans doute s'occuper de ses projets perfides : en veillant à votre sûreté, veuillez vous occuper de la nôtre ; vous trouverez toujours en nous des citoyens reconnaissants, de vrais amis du gouvernement, des lois de leur pays et toujours prêts à les défendre. »

Ce qui précède me fait penser qu'il y aurait peut-être tout un travail à faire sur Drouet conspirateur, tant il a occupé les journaux de son époque, discourant sur ses faits et gestes.

Il m'a paru intéressant, en attendant, et pour terminer, de donner la biographie, due à une plume contemporaine [1], de ce champenois tristement célèbre, auquel les aventures n'ont pas manqué, d'autant mieux que beaucoup, de nos jours, ne l'entrevoient qu'assez vaguement.

« Né le 12 Octobre 1757, ce fils du maître de poste de Sainte-Ménehould dut au hasard seul l'espèce de rôle qu'il joua depuis dans la Révolution. Ayant reconnu Louis XVI, lorsque ce prince traversait Sainte-Ménehould pour se rendre à Montmédy, il le devança par une route de traverse et le fit arrêter à Varennes, le 21 Juin 1791. Nommé en Septembre 1792, député de la Marne à la Convention où il

<hr>

[1] Elle a été reproduite par le n° 69 du *Courrier Universel* du 20 Prairial, an IV.

[1] *Biographie moderne* (1816), déjà citée.

vota la mort du monarque, il s'y fit bientôt remarquer par une ignorance et des expressions populaires qui l'exposèrent à des sarcasmes qui l'irritaient au suprême degré. A défaut de moyens, il déploya constamment dans sa carrière politique beaucoup d'audace, d'exagération et de fanatisme révolutisnnaire. »

Voilà, en suivant, qui correspond bien à la lettre qui précède et qui paraît être un portrait réussi du personnage.

« Ardent *Montagnard*, il prit une part active au 31 Mai 1793, attaqua Lanjuinais à la tribune, poursuivit vivement les *Girondins* et proposa aussi de condamner à mort tous les Anglais qui se trouvaient en France comme autant d'espions. Envoyé à l'Armée du Nord et renfermé dans Meubeuge lorsque cette place fut cernée par le prince de Cobourg, il essaya de s'échapper avec quelques dragons ; mais il fut pris par les Autrichiens et envoyé à Spitzberg, forteresse en Moravie. Echangé en 1795 avec Camus Beurnonville et autres, contre *Madame*, fille de Louis XVI, il reprit alors sa place au Conseil des Cinq-Cents, se lia avec *Babeuf* et devint un des chefs de la conspiration *Jacobine* organisée par celui-ci. Il fut en conséquence arrêté dans la nuit du 10 au 11 Mai 1796, renfermé d'abord à l'abbaye, puis renvoyé devant la haute Cour nationale ; mais il vint à bout de s'évader dans la nuit du 18 août (ce qu'on attribua dans ce temps à la protection du Directoire), se trouva même en septembre à l'attaque du camp de Grenelle et ne dut son salut qu'à une laitière qui, moyennant de l'argent, le cacha sous la paille de sa voiture. Il se retira en Suisse peu de temps après, s'embarqua pour les Indes, fut pris par les Anglais au Pic de Ténériffe où il donna des preuves de courage dans le combat que l'on soutint contre eux, rentra en France après le 18 fructidor et fut employé par le Directoire en qualité de commissaire dans son département. La révolution du 18 brumaire lui valut la place de Sous-Préfet à Sainte-Ménehould et il n'en cessa les fonctions qu'au retour du roi en 1814. L'apparition de Bonaparte en 1815 le fit siéger à la Chambre des représentants. Depuis il a dû quitter la France comme régicide et se réfugier à l'étranger. »

Cette notice biographique apparaît comme très bien faite. Un seul point lui a échappé, c'est ce qu'est devenu Drouet définitivement.

La *Galerie Historique de la Révolution Française (1787-1799)* nous l'apprend.

.... « Compris dans la liste des proscrits dressée par Louis XVIII en 1815, Drouet ne quitta point la France. Il se réfugia à Mâcon, sous le nom de *Merger* et il y vécut plusieurs années dans une obscurité complète. Quand il mourut, le 11 avril 1824, le véritable nom de Merger fut révélé à la police, dont les chefs furent vertement réprimandés, en haut lieu, pour avoir laissé paisiblement mourir sur le sol de la Patrie, ce fougueux révolutionnaire. »

La phrase du commencement de la biographie de Drouet, m'a frappé : ce fils du maître de poste....

On peut dire que généralement on dénomme Drouet, le héros de Varennes, maître de poste de Sainte-Ménehould, notamment les témoignages du duc de Choiseul, et autres qui participèrent à l'évasion. Cependant dans la biographie précitée, dans le mémoire de Bouillé où on lit cette phrase si formelle où le maître de poste de Sainte-Ménehould dépêche son fils, le trop célèbre Drouet à Varenne, et enfin dans l'Histoire de la Révolution française, de l'Empire et de la Restauration, par Th. Burette et Ulysse Ladet (1), c'est bien le fils du maître de poste, qui est mis en jeu, pour avoir arrêté Louis XVI.

Mais qu'on tourne ou qu'on retourne la question, on n'en avait pas moins été mis en présence de l'inévitable : *Sic fata voluerant.*

Ce fut tout un vieux passé qui s'écroula, passé qui plus d'une fois se montra glorieux, passé enfin d'où, qu'on le veuille ou qu'on ne le veuille pas, sortit la grande France. Qu'on le demande à Jeanne d'Arc !

VI

Je terminerai cette étude par ces documents inédits que je relevai aux archives municipales d'Epernay et qui sont une très intéressante répercussion officielle du retour de Varennes :

21 Juin 1791.

Cejourdhuy vingt-un juin mil sept cent quatre-vingt-onze, neuf heures du soir, le Conseil municipal convoqué extraordinairement, présents : MM. Parchappe, maire ; Thirion ; Martin ; Bernard ; Le Prest ; Gillet ; Godefroy ; De la Chapelle et Fournay, officiers municipaux, Gigaux de Grandpré, procureur de la Commune.

Départ du Roy pour Paris
Mesures de police

Est entré M. Lugé, maître de la poste aux chevaux de cette ville, lequel a dit qu'il venait de passer des aydes de camp de la garde nationale parisienne courant la poste, lesquels lui ont déclaré que le Roy était parti de Paris et l'on prié pour ne pas retarder leur course de faire part de cette fatale nouvelle à la municipalité et de la prier de donner des ordres pour arrêter toutes les voitures, bagages et toutes personnes quelconques venant de Paris qui ne seroient pas munies de bons passeports, et d'arrêter également toutes les voitures chargées d'argent et effets précieux, lesquels ordres venant de Paris lui ont été lus par les dits aydes de camp.

Il a été arrêté, ouï M. Gigaux de Grandpré, qu'il sera commandé sur le champ une garde de dix-huit hommes qui occupera deux postes l'un à l'Hôtel-de-Ville et l'autre chez M. Lugé, que l'ordre sera

---

(1) Paris. Librairie de Charles Gosselin. Rue Jacob, 30. 1863.

donné à ces postes d'arrêter indistincte-
ment toute espèce de voitures venant de
Paris à moins que les personnes qui seront
dedans ne soient munies de bons passeports ; et de ne pas laisser passer, malgré
des passeports, des voitures chargées d'argent. MM. les Officiers de la Garde nationale qui de leur propre mouvement se sont
trouvés à la présente délibération ont reçu
l'ordre cy-dessus et ont promis l'exécuter
et M. Lugé a signé sa déclaration.

M. Le Prieur, brigadier de la maré-
chaussée est entré et a reçu l'ordre de
faire tenir des cavaliers tous prêts à monter à cheval à la première alerte.

Il a encore été arrêté que deux officiers
municipaux tiendront le Conseil toute la
nuit.

(Suivent signatures).

A l'instant sont entrés MM. les Adminis-
trateurs composant le Directoire du district.

Lesquels ont dit que la chose publique
paroissant en danger d'après la nouvelle
qui vient d'arriver, leur premier devoir
est de se réunir à la Municipalité pour
concerter avec elle d'après un péril si
imminent, et ont signé.

(Suivent signatures).

Messieurs les amis de la constitution
sont entrés. M. Gobert portant la parole
a dit que la chose publique paroissant en
danger, ils venoient à la municipalité pour
lui offrir tous les services qui pourront
dépendre d'eux et a signé.

Du 22 Juin 1791.

Cejourd'hui vingt-deux Juin mil sept
cent quatre vingt onze.

. . . .

Arrestation du Roy à Varennes

Dans le moment où MM. les Membres
du Directoire du District faisoient lecture
d'une adresse qu'ils présentent à l'Assemblée nationale, dans laquelle ils renou-
vellent le serment d'être fidèles à la nation
et à la Loi et de ne point abandonner leur
poste au péril de leur vie, à laquelle
adresse ont adhéré les communes d'Epernay, Ay, Saint-Martin, Mareuil et Avenay
par l'organe des officiers municipaux de
ces trois lieux présents à la séance, l'on a
appris l'arrestation du Roy à Varennes.
Il a été arrêté à l'unanimité qu'il seroit
envoyé le plus promptement possible un
détachement de gardes nationales de toutes municipalités du district pour aller au
devant du Roy et protéger son retour, à
cet effet, tous les citoyens qui peuvent
entreprendre le voyage ont été invités de
venir se faire inscrire.
Les officiers municipaux d'Ay, Saint-
Martin, Mareuil et Avenay ont écrit à
l'instant à leurs municipalités pour les

prévenir de cette délibération et les enga-
ger à suivre la même marche et le Conseil
a vu avec plaisir le zèle des citoyens de
cette ville à venir remplir cet acte de ci-
visme.
Les corps toujours tenants, il a été reçu
par un exprès, une lettre du département
dont la teneur suit :
Les Corps administratifs réunis ont
l'honneur de prévenir Messieurs les Officiers municipaux d'Epernay que le Roy
vient d'être arrêté à Varennes et qu'on
nous demande des secours à Clermont,
déjà deux détachements de nos concitoyens sont partis.
Veillez et tenez-vous prêts à partir au
premier ordre.
Avertissez les villes et villages de vos
environs d'affluer.

(Suivent signatures).

En conséquence de la lettre cy dessus, il
a été écrit à tous les chefs-lieux de canton
pour leur faire part de la lettre du Département, de s'y conformer et d'en prévenir
les villages de leur canton.
Il a été écrit aux mêmes fins aux communes du canton d'Epernay.
La Municipalité a ensuite envoyé une
lettre au Département pour leur annoncer
qu'on avoit reçu leur lettre et les prier de
garder le courrier pour porter les ordres
qu'ils auroient à donner à la municipalité.

Offre de 140 livres par le club des amis de la Constitution.

MM. les Membres composant le club des
amis de la Constitution ayant à leur tête
M. Godefroy sont entrés et ont dit qu'ils
avoient fait entre eux une somme de cent
quarante livres dix sols pour subvenir
aux frais qu'occasionneroit la marche
d'un détachement de la garde nationale
qui devoit aller au devant du Roy pour
protéger son retour, et qu'aussitôt les
ordres donnés pour son départ, il se
feroit un devoir de remettre ladite somme
entre les mains de la Municipalité.
La Municipalité a donné les plus grands
applaudissements au zèle et au patriotisme qu'animent les amis de la Constitution et a arrêté qu'il lui seroit fait demain
une députation séance tenante pour la
remercier et lui témoigner la plus vive
satisfaction de cet acte de patriotisme.

Du 23 Juin 1791.

Du vingt-trois Juin mil sept cent quatre-
vingt-onze, la Municipalité toujours tenante et réunie au Directoire du District.
Il a été reçu par un exprès une lettre du
Département . . . .
. . . .

Passage du Roy à Epernay.

Une seconde lettre a été reçue du Département à midi, qui annonce que le Roy et
la famille royale doivent venir coucher à
Epernay. En conséquence la générale a
été battue sur le champ pour rassembler
toutes les gardes nationales qui étoient
affluées non seulement de toute l'étendue
du district, mais encore de Château-

Thierry, Reims, Fismes, Braine, Sézanne, Soissons et de différents endroits du district de Reims et ce au nombre de plus de dix mille.

Pendant que l'on battoit la générale et que les corps réunis donnoient les ordres à l'effet de faire placer les gardes nationales par peloton jusqu'aux confins du district, un courrier vint annoncer que des ennemis du Bien public s'étoient déjà emparés de Varennes, que cette petite ville étoit à feu et à sang et que les ennemis se portoient en avant et menaçaient Sainte-Menehould.

Cette nouvelle, toute alarmante qu'elle est, ne ralentit en rien le zèle des corps administratifs unis, l'on députe des courriers à toutes les municipalités pour demander des nouveaux secours, l'on sonne le tocsin et les gardes nationales ne consultant que leur bravoure et leur patriotisme volent à la rencontre du Roy pour protéger sa marche, sous le commandement de M. de Murassé, commandant la garde nationale d'Epernay et qui est nommé à l'instant commandant général des gardes nationales réunies.

Ce fut alors que l'on vit le zèle et le patriotisme de tous les citoyens du district qui sur les nouvelles alarmantes que leurs Municipalités leurs avoient transmises, accoururent en foule rejoindre leurs frères d'armes : les une armés de faux, haches, croissants, lances, d'autres de pieux aiguisés, fourches, bâtons ferrés, enfin de tous les instruments qui tombèrent sous leurs mains, des femmes même armées se mêloient dans les rangs et tous jurèrent de vivre libres ou plutôt mourir.

Les corps administratifs réunis expédièrent deux courriers à Reims et à Château-Thierry, pour demander de nouveaux secours, armes, munitions et provisions de bouche.

Comme depuis une heure, aucun courrier n'étoit arrivé, MM. Gobert et Martin volèrent en poste à la rencontre du Roy, rejoignent à Chouilly le premier Syndic du département qui confirme les nouvelles alarmantes répandues et reviennent avec lui à Epernay.

Les corps réunis arrêtent qu'il seroit du plus grand intérêt que le Roy repartit le même jour pour accélérer sa marche, de nouveaux courriers sont expédiés à toutes les municipalités de se porter entre Epernay et Dormans à l'effet de border la route et l'ordre est exécuté avec la plus grande précision et le plus grand zèle.

Arrivée du Roy à Epernay.

Sur la nouvelle que le Roy étoit aux portes de la ville, les corps réunis vont le recevoir, il descend vers les six heures avec sa famille à l'hôtel de Rohan où il a dîné et resta une heure ; dans cet intervalle le peuple qui remplissoit toutes les cours demanda à grands cris à voir la famille royale, curiosité qui fut satisfaite à l'instant en montant au premier vers les sept heures du soir. Le Roy monta dans sa voiture et partit d'Epernay environné d'un peuple immense armé et au milieu des cris redoublés de Vive la Nation.

Le Procureur général syndic du Département et le Procureur syndic du District accompagnèrent le Roy jusqu'aux confins du Département et dépêchèrent aux corps administratifs toujours réunis un courrier pour leur annoncer que la famille régnante avait été rencontrée près Boursault par quatre Députés de l'Assemblée nationale, MM. Petion, Barnave, La Tour Maubourg et Damard, pour donner les ordres nécessaires à l'effet d'assurer la tranquilité du monarque.

Dans le même instant il fut reçu des provisions de bouche qui avoient été demandées aux villages circonvoisins et qui furent distribuées aux gardes nationales par étapes.

Vers les deux heures du matin, il arriva en cette ville sept voitures chargées de vivres qu'envoyoient nos frères de Reims et qui furent reçues avec la plus vive reconnoissance de tous les citoyens réunis.

Vers les sept heures du matin, tous les commandants des gardes nationales vinrent prendre les ordres des corps réunis et ne partirent qu'après avoir été assurés que la marche du Roy se continuoit avec tranquilité et que les bruits alarmants paroissoient dissipés.

Quelques lignes encore.

On peut remarquer que ces documents sont volontairement, sans doute, sobres de détails sur l'attitude malveillante d'une tourbe de la population, qui pouvait faire un mauvais parti au Roi et à la Reine. Cette dernière fut insultée ignoblement : « Allez, ma petite belle, on vous en fera voir bien d'autres » s'était écriée une horrible mégère. (1)

Armand Bourgeois.

(1) *Témoignage d'un royaliste*, par J. S. Cazotte. Paris. Librairie d'Adrien Le Clerc et Cⁱᵉ, Rue Cassette, Nᵒ 29, 1839.

LA CRITIQUE

illustrée, internationale,

indépendante,

des Arts et de la Littérature.

Bulletin officiel

de l'Association de la Critique

15e Année

N° 271　　　　*Novembre 1909.*

ART

BRUGES-LA-GRANDE

Bruges ! lorsqu'on voyage aux pays du Nord, dans ces douces Flandres si riches et si paisibles, qui n'est frappé par la résonnance de ce mot, jeté sous sous la voûte de la gare avec ce bon accent flamand qui emprunte à l'allemand ses rauques intonnations, à l'espagnol le roulement des *r* et la caresse des accents rythmiques ? « Bruges ! Brugge !... » et l'on voit descendre du train, s'éparpiller sur le quai, courir à la recherche des garçons d'hôtels, des Anglais aux longues dents jaunes, des Anglaises aux tournures apocalyptiques, leur Baedecker dans une main, leur parapluie dans l'autre, commençant dès la gare une série d'*investigations* se communiquant l'un à l'autre les remarques qu'ils font. Ils resteront deux ou trois jours dans les quelques hôtels « à l'instar de Paris » qui bordent la place de la gare, prendront les voitures, arpenteront la ville dans tous les sens, visiteront les musées — le nez fourré dans leur Baedecker, bien entendu — puis s'envoleront vers d'autres contrées ; et rentrés en leurs foyers, s'imagineront de bonne foi qu'ils ont vu Bruges.

Bruges ! ville exquise et charmante, bijou d'art ancien serti dans la fraîche et verdoyante campagne, tu mérites mieux que cela. Pour te voir, te connaître, comprendre les merveilles que tu contiens, il faut des semaines et des mois. Il faut vivre de ta vie, se mêler à tes coutumes, respirer le parfum vieillot de tes rues aux maisons peintes, se pénétrer de ta fière et riante majesté, errer le long de tes canaux dormants, que la pâleur des cygnes éclaire ! Il faut se loger à l'ombre de ton beffroi, dans une maison du XVe siècle, et, penché sous les meneaux de la fenêtre,

écoutant le carillon des heures, chercher dans les notes égrenées par le vent l'écho des luttes et des allégresses d'autrefois. Il faut connaître ton histoire, écrite encore en chaque pierre de tes habitations, et jusque dans les ailes soyeuses de tes cygnes favoris ! Trois jours à Bruges ! mais c'est juste assez pour se donner un regret, ou même pour ne voir de la ville que son mauvais côté.

En France on ne connaît guère Bruges que par la description, — très imparfaite d'ailleurs — de ses musées ; ou par le célèbre livre de Rodenbach, *Bruges-la-Morte*, remarquable morceau de littérature, mais d'une vérité relative et d'une impression toute personnelle. Rodembach a fait une généralité de ce qui n'est qu'*un* des caractères de la ville ; se plaçant dans l'état d'âme nécessaire au drame sombre qu'il raconte, il a vu Bruges comme un cadavre, et non comme l'œuvre d'art résistant aux siècles et faisant, au contraire, triompher la vie d'autrefois sur celle d'aujourd'hui. Il n'en a pas compris la richesse ni la force. Bruges-la-Morte existe bien, si je puis me permettre cette antithèse de mots ; mais Bruges a tant d'autres aspects qu'il me semble injuste de les méconnaître.

Si mes lecteurs veulent bien m'accompagner, je vais essayer de les promener tour à tour dans le passé de Bruges et dans son présent. Quand à son avenir — que l'on nous prédit superbe, depuis l'ouverture du canal menant jusqu'à la mer — je ne puis en parler encore, d'abord parce qu'il est trop tôt, ensuite parce que je crains qu'il n'enlève à la ville ce charme et cette pureté flamande que j'apprécie tant.

Commençons par le commencement ; et puisque j'ai dit qu'il fallait connaître l'histoire de Bruges, jetons-y un coup d'œil ; elle est noble et glorieuse. Bruges a été, depuis le XIe siècle jusqu'au XVe, le boulevard de cette Flandre indépendante, impatiente du joug, berceau des libertés communales et des franchises civiques. Et comme la liberté bien comprise, bien appliquée, bien défendue, amène à sa suite prospérité et fortune. Bruges fut véritablement, pendant la période du moyen-âge, Bruges-la-Grande. Par son commerce, son industrie, ses beaux-arts, elle pouvait lutter avec Venise, reine de l'Adriatique. Son luxe était célèbre : on se rappelle l'amère exclamation de la Reine de France, Jeanne de Navarre, entrant à Bruges en 1302, devant les Brugeoises en toilette : « Je croyais être seule reine, mais j'en vois des centaines autour de moi ! » Ses monuments excitaient l'admiration du monde entier. Les comtes de Flandre filaient doux devant les Francs-Bourgeois de Bruges, sachant qu'à vouloir toucher à leurs libertés ou privilèges, il y allait pour eux de la liberté et de la vie. Aussi les Brugeois pouvaient-ils fièrement arborer au-dessus de leurs écussons de franchise, d'argent barré d'azur, le chardon symbolique avec la devise : « Qui s'y frotte s'y pique. » Lorsque la Flandre tomba aux mains de la maison d'Autriche, par le mariage de Marie de Bourgogne avec Maximilien, ce dernier, brutal et cruel, voulut rétablir dans Bruges et dans les villes de Flandre le régime féodal : mais les Brugeois s'emparèrent de sa noble personne ; un des leurs, Graenenbergh, dont la maison, désormais célèbre, existe encore sur la place du Beffroi, le retint prisonnier, et le comte de Flandre, archiduc d'Autriche et roi des Romains, gardé à vue pendant quatre mois par une milice de Brugeois, de Gantois et d'Yprois, put méditer à son aise sur le néant des grandeurs ; il n'obtint sa liberté que contre la promesse formelle de respecter les droits des communes et la libre administration bourgeoise des villes.

A cet évènement se rattache la légende des cygnes de la ville, assez gracieuse pour nous intéresser.

Pendant que les échevins retenaient prisonnier Maximilien d'Autriche, le peuple de Bruges massacrait l'écoutète Lanchals, que l'on accusait d'avoir poussé le prince à la rigueur. C'était injuste : Lanchals était un homme loyal et franc qui remplissait sa charge et ne se mêlait pas des querelles communales. Les échevins et le bourgmestre, une fois la paix faite avec Maximilien, lui présentèrent leurs excuses de ce meurtre inutile, lui offrant telle réparation qu'il désirerait. Maximilien demanda qu'en mémoire du malheureux Lanchals, dont le nom, en Flamand, signifie *long col*, la ville de Bruges entretînt à perpétuité des cygnes dans ses eaux publiques. C'est ainsi que nous voyons aujourd'hui, sur tous les canaux de cette Venise du Nord, de grands cygnes au plumage neigeux glisser en liberté, familiers, indolents et fiers comme les princes d'autrefois.....

BRUGES-LA-VIEILLE

Si la prospérité de Bruges avait duré, si cette ville, la première des Flandre par la richesse, le commerce, la plus grande par le courage et l'énergie, eût continué à tenir le rang que sa position géographique et le caractère de ses habitants lui avaient fait au moyen-âge, elle ne nous intéresserait plus maintenant. Elle serait un port comme Londres, un centre intellectuel comme Paris, un entrepôt commercial comme Lyon : voilà tout. Ses monuments, ses habitants, ses coutumes, auraient suivi la marche ordinaire des cités heureuses, se transformant selon les besoins nouveaux, s'améliorant au point de vue du confortable, se gâtant pour le caractère et le pittoresque, perdant leur rude et forte personnalité dans le va-et-vient fréquent du cosmopolitisme que la richesse eût attiré ; comme Londres, comme Paris, comme Lyon, comme Rome, elle eût conservé peut-être quelques beaux monuments des constructions grandioses ou curieuses détonant au milieu de la banalité de ses rues, et que l'on visiterait comme souvenirs ou témoignages de l'orgueil ou de la puissance de telle ou telle époque ; elle ne fût pas restée ce qu'elle est, un monument par elle-même, et d'une tenue d'ensemble unique au monde, si l'on en excepte Venise, déjà même trop envahie par le moder-

nisme ; un coin du moyen-âge et de la renaissance immobilisé tout à coup, sortant d'un sommeil de cinq siècles.

Faisons un peu d'histoire : ce qui causa en grande partie la prospérité de Bruges, c'est qu'elle était, jusqu'au XVe siècle, le port de mer le plus important des Flandres. Un bras de mer, le Zwyn, le reliait à Damme, et par la mer du Nord s'écoulaient tous les produits de ces fertiles contrées, le Brabant, la Wallonnie, le Luxembourg, la Bourgogne, l'Autriche même, lorsque des mariages eurent mis la Flandre au pouvoir des archiducs. Au point de vue politique, nous l'avons déjà vu, les bourgeois avaient depuis longtemps conquis leurs franchises, et mis au pas les comtes de Flandre. Dans cette ville libre, heureuse, riche, sagement et libéralement administrée, les étrangers affluaient, certains de trouver là, mieux encore qu'à Venise, la sécurité nécessaire aux transactions commerciales — car les Flamands, de tout temps, ont été renommés pour leur scrupuleuse probité, et n'ont connu ni finesse ni mensonge. — Malheureusement, en dépit des efforts tentés pour le combattre, l'ensablement des côtes, à partir du XIVe siècle, ne fit qu'augmenter : le port de Damme fut bouché ; un canal, percé jusqu'à Sluys, eut le même sort au XVe siècle, et Bruges, séparée de la mer par treize kilomètres, se vit obligée de céder à Anvers la suprématie du commerce naval. Ce que les discordes politiques et la découverte du Cap de Bonne-Espérance avaient fait pour Venise, la nature, aidée, au XVIe siècle, par le grand coup de vent de la Réforme, le fit pour Bruges, et ces deux villes vécurent désormais, fières et silencieuses, oubliées du monde, sur leurs canaux et leurs lagunes que ne sillonnaient plus la foule bruyante des navires.

Là, d'ailleurs, gît leur unique ressemblance : toutes deux, villes de marchands et de boursiers ont eu un passé glorieux, toutes deux sont des bijoux d'art ancien, admirablement conservés, toutes deux ont leur histoire écrite sur les briques ou le marbre de leurs monuments. Mais tandis que Venise, tout en restant état indépendant jusqu'à la Révolution française, était morte et bien morte dès le XVIe siècle, en tant que puissance politique et commerciale, Bruges, ville franche sous la suzeraineté de l'Espagne, de l'Autriche et de la France, a continué à vivre comme elle vit encore, d'une vie moins intense, moins active, que lorsqu'elle était maîtresse des mers du Nord, mais bien réelle et bien profonde cependant. Au point de vue de l'art, une dissemblance plus nette encore les sépare : Venise fut une ville d'orgueil, de luxe et de bruit, une ville de patriciens tyranniques, insolents et cruels ; elle nous reste comme une merveilleuse folie de richesse, un enchantement des yeux. Chacune de ses maisons est un palais, où rien n'est épargné, marbre, or, pierreries fines ; chacun de ses palais est un tour de force d'architecture où s'accumulent des merveilles de fantaisie, des trésors d'ornementation, ses églises sont des châsses où la vanité de l'homme fait oublier la majesté de Dieu. Lorsque l'on va voir ce joyau de l'Adriatique, on sent fort bien que là il n'y avait de place que pour les puissants et les riches, et qu'à côté de ces splendides palais la foule des misérables grouillait sans toit, sans pain, sans vêtements, regardant passer les doges, les sénateurs et les marchands chargés d'or et de velours.

Tout autre est l'impression que fait éprouver Bruges. Ici, pas de luxe, même dans les églises, pas de palais particuliers ni d'habitations princières. Des rues claires et propres, de larges façades aux murs peints, une architecture sobre, confortable, utilitaire, pourrais-je dire ; ni misère lamentable, ni fortune insolente. Certes, toutes les maisons ne sont pas pareilles ; quelques-unes dénotent des habitants mieux partagés, et les baies des fenêtres, si soigneusement tenues par les ménagères, laissent parfois deviner un faste intérieur inouï ; mais les plus humbles comme les plus vastes ont une apparence générale de propreté, de simplicité, et de bien-être qui éveille, quoi qu'on en ait, l'idée d'égalité.

Cette ville que l'on retrouve au XXe siècle intacte en sa forme, en ses coutumes, en ses mœurs, peuplée, pourrait-on croire, des mêmes individus qui l'habitaient au XVIe, raconte son histoire comme l'antique Venise, couchée parmi ses bijoux et ses lourds oripeaux dans les lagunes de l'Adriatique. C'était une ville de bourgeois que le bonheur n'avait pas gâtés, et qui faisaient servir leur fortune au bien public, à la grandeur de leur patrie, plutôt qu'à leur satisfaction personnelle ou à la vaine gloire d'une splendeur passagère. Ici se révèle d'une manière frappante le caractère si différent de la race latine et de la race saxonne. Chez celle-là, l'instinct de la jouissance immédiate, absolue, passionnée, l'insouciance de la chose publique, le besoin de domination mis en œuvre par toutes voies, imposé par tous moyens, la la soif d'éblouir et de terrifier : les palais des doges et les plombs de Venise ; chez celle-ci, la volonté ferme de ne supporter qu'un joug nécessaire, l'énergie calme et tenace qui l'amènera à la conquête des garanties et des franchises indispensables à son bonheur, le courage qui les lui fera maintenir malgré les tentatives de violence ou de ruse des souverains ; l'instinct de jouissances calmes et prolongées, l'insouciance d'éblouir, le besoin de netteté et de tranquillité ; enfin, le sentiment que seul un état politique libéral et équitable développe et assure la prospérité d'un pays : le Franc de Bruges, les Maisons-Dieu, les corporations et métiers.

Que l'on y réfléchisse, on verra là la cause morale de la mort de Venise et de la survivance de Bruges, la raison psychologique et sociale de la différence de leurs arts. Si les merveilles qui subsistent à Venise sont toutes de dehors, d'éclat, sortant de l'Adriatique comme le flamboiement d'une grandeur et d'une civilisation admirable, celles de Bruges, quoique plus discrètes, plus cachées, n'en sont ni moins pures, ni moins complètes. Tout en se

montrant pratiques et sages, les Flamands ont été de grands, de profonds artistes ; ils ont marqué leurs œuvres d'une pureté, d'une vraie noblesse, d'un goût parfait et sûr dont ne font pas toujours preuve les Italiens, qui ont le génie de la splendeur et l'ampleur fougueuse de l'imagination.

BRUGES-L'ÉTERNELLE

Il suffit de se promener une demi-heure dans les rues de Bruges pour se rendre compte de la vérité de cette épithète : l'Éternelle. Bruges ne semble pas avoir changé d'une ligne depuis l'époque de sa prospérité. Les maisons anciennes ont l'air d'avoir été faites hier, les neuves semblent dater du XVIIe siècle. Bien fin est celui qui peut les reconnaître, faire la distinction entre une bâtisse antique et une restauration. Sur toutes s'étend uniformément un vernis de propreté, de riante fraîcheur, d'austère simplicité qui produit l'impression d'un objet très ancien, soigné avec amour dans la suite des siècles, surveillé en ses plus petits détails, frotté, astiqué, nettoyé, offert à l'admiration du public comme un chef-d'œuvre de conservation.

La vérité, c'est qu'une édilité intelligente s'efforce de garder à Bruges son caractère de ville du moyen-âge et de la Renaissance, et que, même dans les plus pauvres quartiers, pas un mur ne se lézarde, pas un pignon ne tombe, pas une cheminée ne menace ruine, sans qu'aussitôt l'architecte de la ville ne vienne remédier au mal, réparer le dégât sans détruire la physionomie de l'édifice. S'il s'agit de toute une maison qui tremble sur sa base, et dont la reconstruction totale s'impose pour la sûreté et le bien-être des habitants, l'édilité intervient encore d'une manière active. Une prime assez importante est offerte au propriétaire pour faire rééditier son immeuble sur les plans primitifs. Lorsque, pour des raisons d'économie, ou par insouciance d'art, le dit propriétaire refuse, la municipalité, au prix parfois d'un lourd sacrifice, achète l'immeuble et se charge de le conserver en sa forme première. C'est ainsi que nous pouvons encore nous figurer, en nous promenant dans Bruges, faire une incursion aux siècles passés, comme nous pouvons croire, en regardant la physionomie de ses habitants, rencontrer dans la rue des modèles de Memling, de Van Eyck et de Gérard David descendus de leurs cadres et prenant l'air le long des canaux. La race comme l'architecture a conservé ici toute sa pureté ; les hommes surtout gardent ce type fortement accentué, austère et naïf, qui fait de tout tableau flamand une étude de mœurs ; on se les imagine très bien vêtus de la souquenille, du pourpoint, et des chausses collantes d'autrefois ; et les enfants, avec leurs yeux clairs, les plans si simples de leurs joues et de leur menton, les bouts retroussés de leurs petits nez carrés, leurs cheveux légers qui bouclent au-dessus d'un front haut, semblent la copie textuelle de ces fils de donateurs, agenouillés sur les volets des tryptiques de Pourbus, ou de ces anges aux chapes brillantes qui jouent du théorbe sur les toiles des maîtres flamands.

Les jolies maisons se dressent, gracieuses et sveltes, le long des canaux, sur les places, dans les rues, non de marbre et de métaux comme les palais de Venise, mais de briques ou de meulière admirablement travaillées, creusées et ornées avec un soin, une patience, une finesse de minutie qui décèlent tout à fait le caractère flamand.

Il y a peu de choses à dire de l'architecture religieuse, sinon qu'à l'extérieur elle offre ce curieux cachet de simplicité qui, appliqué au style gothique ogival, n'appartient, je crois, qu'aux Flandres. De grands murs nus qui s'élancent vers le ciel, et dont tout l'ornement est formé par les contreforts ou les fausses baies des verrières et seulement là-haut, tout là-haut, près du clocher, la surcharge de quatre petits clochetons. Pas de statues, ni de bas-reliefs, ni de porches fouillés d'acanthes, ni de rosaces aux mille contours. C'est d'une tenue et d'une grandeur rares, sous le ciel à la fois riant et tourmenté du Brabant. Quant à l'intérieur, nous éprouvons une désillusion. Outre la fâcheuse habitude de polychromer ces grands arceaux de pierre ou de brique, ces forêts ogivales qui perdent ainsi de leur mystérieuse profondeur, les Belges, comme les Italiens du reste, couvrent les murs de tableaux dont quelques-uns sont des chefs-d'œuvre, à la vérité, mais dont les cadres disparates interrompent l'harmonie et ôtent à l'édifice tout caractère de recueillement et de prière. Enfin, au XVIIᵉ siècle, l'invasion des Jésuites, outre la création de quelques églises qui brillent plus par la richesse que par le bon goût, a doté toutes les nefs gothiques de ces affreux jubés de style rococo, en marbre blanc et noir, lourds, disgracieux, vulgaires, détonant sur la sévère ordonnance de l'ensemble.

Au point de vue de l'architecture civile, au contraire, Bruges est l'une des villes les plus remarquables qui existent, non seulement à cause de la pureté des différents styles employés par les constructeurs, mais encore par l'harmonie et la grâce qu'ils conservent en leur voisinage, sans se choquer l'un l'autre, sans que le XVIIIᵉ siècle fasse paraître terne et froid le XVᵉ, ou que le XIVᵉ écrase de sa lourde majesté les pimpantes fantaisies du XVIIᵉ. C'est que partout, de l'hôpital Saint-Jean au Franc-de-Bruges, du Belfroy à l'Hôtel de Ville, de la Bibliothèque aux vieilles maisons de bois de Memling ou de Werhægen, on retrouve la même cadence dans les proportions, le même goût parfait dans le choix des détails, le même charme dans l'exécution. Dans l'architecture civile se développent tout le caractère du gothique pur, toute la richesse du flamboyant, toute la grâce de la Renaissance et si l'œuvre des XVIIᵉ et XVIIIᵉ siècles pêche un peu par la lourdeur des formes, le manque de distinction, ce défaut est racheté par une certaine majesté qui a aussi

sa beauté et qui varie ce que pourrait avoir de monotone la répétition du même style. Rien ne peut dire le charme de ces maisons particulières, toutes de même matière, en briques, et en briques travaillées de main de maître, taillées et assouplies comme la pierre, pliées aux fantaisies exquises du sculpteur, domptées pour ainsi dire suivant les besoins architecturaux. Je n'ai vu dans aucun pays la science de l'ornementation arriver à un tel degré de pureté et de couleur, même dans les Vosges et la superbe Alsace, où le grès rouge donne parfois des arêtes trop vives et des tons trop froids. Ici, sur la façade toute unie, se détachent les moulures sobres, les arabesques gracieuses entourant les fenêtres dont elles font l'unique motif ornemental, souvent admirable, toujours délicat, en tous cas d'une conception architecturale supérieure parce que, pour une façade ainsi comprise, il y a toujours un sens dominant, la hauteur, comme dans tout mode de tiers point. Et c'est si vrai que ces maisons peu élevées, car la plupart n'ont qu'un étage et un grenier au-dessus du rez-de-chaussée, donnent l'impression de la grandeur ; que ces humbles façades, habitées par de pauvres gens ou de modestes employés, laissent, malgré leur modestie, la sensation de la majesté.

Ajoutez à cela la gaieté de la coloration, qui va du rouge sombre de la brique au blanc le plus éclatant, en passant par le rose, l'orangé, le vert tendre, le bleu vif — et vous comprendrez le charme de cette ville si peu transformée encore, qui porte son histoire politique ou intime gravée sur chacun de ses logis, humble maison de la dentellière, palais des riches marchands du Franc ; histoire que vous pouvez lire et revivre en vous promenant, soit devant les orgueilleuses baies fermées des maisons du Vieux-Bourg, soit en errant le soir aux rues des quartiers pauvres, lorsque devant les portes les dentellières assises bavardent en agitant sur les coussins leurs fuseaux innombrables. Là surtout vient à l'âme la vision d'autrefois ; l'oreille perçoit de tous côtés la rauque et chantante modulation de l'antique patois flamand, les femmes ont des poses hiératiques sur leurs escabelles moyen âge, et tout autour du promeneur, sur les pavés inégaux et pointus, jouent, courent, se roulent, piaillent, pleurent et rient ces beaux enfants des Flandres, aux yeux profonds et graves, aux joues pleines, au nez retroussé, aux cheveux en boucles légères, qui semblent descendus des tryptiques de Pourbus, des *Kermesses* de Téniers, des *Assomptions* de Van Oost.....

BRUGES-LA-MORTE

Avez-vous quelquefois remarqué la magie qu'exerce sur l'imagination le titre d'une œuvre littéraire ou artistique ? C'est une chose curieuse à étudier et, si j'avais le temps, je m'amuserais à faire défiler devant vous tous les ouvrages dont le simple titre a provoqué la vente à des milliers d'exemplaires, les tableaux, les statues, les groupes dont le souvenir reste à jamais, parce qu'ils représentent — ou sont censés représenter — une idée noble, une inspiration poétique, une vérité profonde. Certes, quelques-uns, et même beaucoup, sont à la hauteur du programme ; mais que de vides et de désillusions se cachent parfois sous l'harmonie ronflante du titre, et comme on se sent loin, devant la réalité, du rêve qu'on avait formé !... Je me souviens que dans ma jeunesse, ayant vu sur un catalogue de librairie les *Ames Mortes* de Gogol, je me sentis prise d'un désir immodéré de lire cet ouvrage tout de poésie, de psychologie, de philosophie, et d'une hauteur de lyrisme à laquelle, pensais-je, rien ne pouvait mieux prédisposer que la nature rêveuse du Russe. Telle était, du moins, ma conviction : n'eussiez-vous pas éprouvé la même, en présence de ce doux titre ? Plusieurs années se passèrent sans que je pusse me procurer l'ouvrage en question, et je restai ferme en ma croyance ; enfin, un ami m'apporte les *Ames Mortes* ; j'ouvre le volume avec recueillement, je m'absorbe en sa lecture, et je trouve... quoi ? un roman des plus positifs, long, ennuyeux, compliqué, une histoire de canaille trompant des fripouilles, une suite de tripotages malpropres, où les *âmes mortes* n'apparaissent que sous l'aspect de chiffres fictifs, de fausse monnaie. Peinture saisissante, je le veux bien, d'un état social très mauvais, mais œuvre lourde, indigeste, maladroite, l'antipode de ce que faisait présager le titre. Combien cependant ont dû s'y prendre comme moi ! Les *Ames Mortes* ont fait plus pour la réputation de Gogol que le *Revizor* ou *Tarass Boulba*, à mon avis bien supérieurs.

Peu d'écrivains ont eu le génie du titre comme Victor Hugo ou encore Balzac ; les catalogues de leurs œuvres sont alléchants comme le parfum d'une excellente cuisine, où mijotent des morceaux de roi, des sauces savantes, et toutes les épices propres à ranimer l'appétit. Cette comparaison, j'en conviens, manque d'élégance ; mais je suis dans les Flandres, pays de la saine et friande gastronomie, et il faut me pardonner si elle vient si naturellement sous ma plume. Revenons à Victor Hugo et à Balzac : avec eux l'apparence n'est pas trompeuse, les magnifiques paroles qui annoncent leurs œuvres sont suivies de plus belles encore, toujours justes, adaptées au sujet, symphonies complètes dignes du thème initial.

Je me garderai bien de comparer Rodenbach à Victor Hugo ou même à *Gogol* : il est aussi loin de l'un que de l'autre. Mais si cet écrivain d'un talent délicat a eu dans son existence un éclair de génie, c'est le jour où il écrivit en tête de son volume : *Bruges-la-Morte*. De quelques jolies pages, d'un roman un peu forcé, d'une étude trop idéaliste pour être saine, il a fait une œuvre célèbre — en ce moment encore, il faut retenir d'avance son exemplaire ; on se les arrache chez tous les libraires de Bruges — il a marqué Bruges d'une estampille à laquelle personne n'aurait songé,

mais qui lui restera, car tout exagérée, toute fausse même qu'elle soit, elle constitue, aux yeux des touristes et des rêveurs, le plus grand charme de cette ville exquise.

Bruges-la-*Morte* ! Sans doute la morbidesse peut-être *un* des caractères de Bruges, dans certains quartiers, comme le Béguinage, le Quai du Miroir ; et dans certaines saisons aussi, la fin de l'automne ou le cœur de l'hiver. La solitude des rues s'accentue dans l'obscurité, et le silence des canaux augmente l'impression de tristesse et d'abandon que Rodenbach prétend être générale à Bruges. En de pareilles circonstances, toute ville peut sembler morte, même Paris et Marseille. Mais l'allégation de Rodenbach ne peut se soutenir, si l'on regarde Bruges avec un esprit sain, dégagé de toute idée préconçue.

J'ai déjà expliqué comment, au point de vue artistique, cette ville offre un des cas les plus curieux de *survie* qu'il m'ait été donné d'étudier, et que ne présente aucune cité analogue, même Venise, à laquelle on l'a si souvent comparée. Passons à des considérations d'ordre moins élevé, il suffit de la parcourir pendant une huitaine de jours seulement pour se rendre compte de l'intensité de son existence ; d'abord elle compte 55.000 habitants, pour un espace relativement restreint ; l'industrie, le commerce, y sont très développés ; quelques familles possèdent d'immenses fortunes, décuplées encore, en valeur relative, dans ce pays où la vie est pour rien. C'est même, par parenthèse, un problème des plus intéressants à étudier, qu'une ville où plusieurs régiments tiennent garnison, dont les citoyens sont à leur aise, et quelquefois très riches, dont la gare est toujours pleine de voyageurs et qui se trouve si voisine de centres mondains et ruineux, conserve ce caractère de tranquilité, de calme archaïque, de mœurs antiques, et n'ait rien perdu de la simplicité de sa vie, de la modicité de prix de ses denrées, de son langage, de son costume, de sa physionomie.

Enfin, ô Rodenbach ! comment, Belge de naissance, presque Brugeois, puisque tu vis le jour à une demi-heure de Bruges, comment as-tu pu qualifier de ville morte une ville où la population croît d'une façon si effrayante, où les petites familles comptent huit ou dix enfants, les grandes de dix-huit à vingt-cinq ? Même les gens riches, à ce que j'ai entendu dire, se permettent le luxe d'avoir une nombreuse lignée !... Quant aux petites fortunes, aux rentes modestes, quant aux pauvres, voire aux misérables, c'est par douzaines qu'ils augmentent l'effectif des sujets du bon roi Léopold. ! Ah ! certes, Bruges, tu n'es pas morte, la fin du monde n'est pas proche pour toi. Il fallait que Rodembach fût bien absorbé par une idée fixe, bien malade, sourd ou aveugle, pour oublier ce caractère prédominant de la cité flamande : les enfants.

Oh ! les gamins flamands ! Ces innombrables petits êtres, si beaux, si bouclés, si vigoureux et si malpropres, vêtus de loques multicolores qui les couvrent à peine ; cette population lilliputienne qui grouille du matin au soir dans les rues, se roule au milieu du ruisseau, se griffe, se chamaille, s'embrasse, se tire les cheveux, et s'accroche aux passants pour les poursuivre des trois seuls mots de français qu'elle connaisse : « M'sieu ! dix centimes ! »... Je vous la recommande, ô touristes, si jamais vous passez par l'ancienne capitale des comtes de Flandre. Admirez-là de loin, elle en vaut la peine : ces enfants sont superbes de formes, de couleur, d'allure artistique ; mais recevez tous mes compliments de condoléance, si par malheur ils s'approchent de vous. Ni douceur, ni violence, ni force ni ruse ne pourront vous en délivrer, et votre seule consolation, si vous ne savez pas le flamand, sera de ne pas comprendre les ironiques plaisanteries dont vous accablent ces descendants des d'Artevelde et des Craeuenburgh. Je vous plains surtout, si vous êtes peintre, et vous établissez en un point quelconque de la ville, pour en reproduire l'aspect. Le roulement lointain des sabots de bois vous annonce l'arrivée d'une armée de marmots de tout âge et de tout sexe, qui tiennent concile tout le jour près de vous, piaillant, chantant, crachant, fumant — car il n'en est pas un au-dessus de trois ans, qui n'ait la pipe ou le cigare au bec — piétinant, jetant de la poussière sur votre toile, se grattant la tête d'une façon inquiétante, et perpétrant mille incongruités qui témoignent d'une éducation plutôt négligée. Si vous avez l'inspiration de crier : « kik d'loki » (voyez le sergent de ville !) — la frayeur s'empare de la troupe, elle s'éloigne au galop, et vous en êtes débarrassé pour deux minutes au moins, cinq minutes au plus. Mais il ne faut pas abuser de la plaisanterie ; elle ne prend pas toujours, et l'on s'expose si le « loki » n'apparaît pas à point nommé, à de terribles représailles...

O Bruges-la-Jeune !!!...

Andrée MYRA.

THÉÂTRE

SIRE [1]

E Théâtre contemporain doit à M. Henri Lavedan plusieurs de ses meilleures comédies ; ce n'est pas du cycle du *Nouveau Jeu* que j'entends parler. *Sire* est une œuvre assez forte sous des apparences frêles. Je n'en aime pas beaucoup l'affabulation et l'imposture charitable

dont ses amis trompent la croyance tenace de Mlle de Saint-Salbi me paraît un jeu plus cruel que ne serait la plus brutale franchise « opératoire » ; mais ce subterfuge est toute la pièce.

La figure de la crédule vieille demoiselle est modelée d'une main respectueuse et tendre ; le personnage du faux sire, Roulette, aventurier, baladin, conspirateur falot, héroïque par hasard, a tout le détail inventif, tout le relief grâce auxquels M. Lavedan sait rendre divertissantes et vraisemblables ses créations de tous sexes et de tous rangs ; la « lectrice » Léonie — quels romans grivois doit-elle lire à sa maîtresse, plus volontiers que des ouvrages édifiants, cette demoiselle de compagnie si légère et si « facile », exquise toutefois, — d'autres silhouettes, spirituellement crayonnées, animent d'une vie un peu irréelle, mais agréable, les cinq actes de *Sire*. Peut-être M. Lavedan n'a-t-il pas suivi dans le développement de sa pièce un plan très rigoureusement étudié ; sa verve s'épanche en fantaisie ; son action s'alourdit de scènes attendrissantes ou joyeuses, repart grand train, et aboutit à un dénouement inattendu, cherché. Il est certain que *Sire* n'a que des parties d'œuvre mûrie et qu'en plus d'une péripétie l'auteur paraît s'être laissé conduire par son sujet dans une direction qu'il n'avait pas entrevue. Est-il utile d'ajouter que l'ensemble est chatoyant et de haut goût et que M. Lavedan, mieux inspiré que lorsqu'il s'abaissa jusqu'aux « vieux marcheurs », reste l'auteur préféré d'une certaine catégorie sociale, qui n'est pas tout-à-fait l'élite intellectuelle, bien qu'elle ait le sens et l'amour du style et des sentiments délicats, le dramaturge brillant et par instants puissant d'une époque.

COMME LES FEUILLES [1]

La moralité nouvelle d'un Empereur

Le vent d'automne qui soulève en tourbillon les feuilles mortes et les entraîne au gouffre, souffle d'un bout à l'autre de la belle pièce de Giacosa, que vient de représenter l'Odéon. La débâcle d'une famille, par la faiblesse du père et la ruine qui la surprend désarmée et déjà désunie, en fait la trame toute unie et belle de simplicité ; la figure de Nénelle, fille aimante, droite nature, faible à ses heures, mais toujours loyale, les remords du père et du mari foncièrement bon, pourtant coupable, la veulerie consciente de Tommy, la rude franchise du cousin Max, la frivolité si nettement observée de la jeune belle-mère, font le plus grand honneur à la psychologie de l'auteur italien, comme le développement de son beau sujet atteste des qualités supérieures de dramaturge. L'intérêt, qui se dégage d'un premier acte magistral d'exposition par l'action, grandit et s'amplifie aux actes suivants jusqu'au dénouement où le tragique latent dans

---

[1] Comédie Française.

[1] Odéon.

les scènes précédentes éclate et nous secoue jusqu'aux fibres les plus intimes. Aucune déclamation, aucune recherche d'effets scéniques, soit d'attendrissement facile, soit d'équivoque polissonnerie, ne gâte le sens du drame de famille où sont aux prises femme et mari, frère et sœur, père et fille ; rarement le théâtre nous donna pareille illusion de vérité et de vie ; jamais acclamations plus vibrantes ne saluèrent une œuvre plus digne d'estime et du succès qui fuit encore l'Odéon. Souhaitons que cette pièce vigoureuse, chaste, passionnée, au sens le meilleur, y ramène un public que l'augmentation du prix des places irrite plus que ne croient les intéressés.

Le spectacle commençait par une intéressante adaptation du XVᵉ siècle, de langue et de sentiments très purs, une curieuse fresque, une rapide tragédie, où s'expriment en vers de sonorité classique et agissent en belles « brutes » du passé des personnages sortis de tapisseries de haute lice : M. Rial-Faber exécuta ce travail de lettré.

JARNAC (1)

La diversité est depuis la direction de M. Antoine l'attrait de l'Odéon transformé, sinon rajeuni. Après les *Émigrants*, tableaux vivants, rut et meurtre, après la *Boscotte*, eau-forte un peu terne, voici un grand drame historique, honnêtement composé. La cour de François Iᵉʳ fournit au décorateur le motif de tableaux somptueux, au metteur en scène d'intelligents arrangements. La matière de MM. Hennique et Johannès Gravier ne laisse aucune place à l'invention : les auteurs montrent le plus louable souci d'exactitude ; de l'ensemble de leur œuvre estimable et forte se dégage un peu de monotonie. Elle commence à l'heure où François Iᵉʳ va mourir, au milieu d'une cour que divise la rivalité de la maîtresse du roi et de celle du dauphin. L'amitié de Jarnac et de La Châtaigneraie, frères d'armes et compagnons d'enfance, est brisée par l'intrigue ; une fausse accusation portée contre Jarnac fait de La Châtaigneraie son mortel ennemi ; à peine François Iᵉʳ dans la tombe, qui interdit leur duel, la rencontre devient fatale pour soumettre au jugement de Dieu le différend envenimé par deux femmes haineuses. Le combat se termine, comme l'histoire nous le rapporte, par la surprenante défaite de l'invincible La Châtaigneraie et rideau tombe sur l'horreur de ce meurtre d'un ami par son ami. Caractères, attitudes, langage, sont de tous points conformes à la vérité ; on reconnaît à chaque scène la main du patient et consciencieux artiste qu'est M. Léon Hennique, de l'homme de théâtre expérimenté Johannès Gravier. Et la collaboration de M. Antoine fut précieuse à ce *Jarnac*, au titre prestigieux, qui continue à n'avoir pas de bonheur.

G. Roussel.

(1) Odéon.

PAGE BLANCHE (1)

C'est une opérette sans musique que cette comédie de M. Gaston Devore qui eut pu s'appeler *Plus que Vierge* et qui, par certaines scènes, rappelle le *Jour et la Nuit* et la *Petite Mariée*.

Le vétérinaire de campagne — qui veut marier sa fille au pharmacien d'en face et qui y arrive le soir même des épousailles avec le comte, seigneur du pays — est peut-être le type le plus osé que nous ayons vu au théâtre. Le rôle était excessivement difficile à tenir. C'est M. Henri Krauss qui s'en est chargé et il y a parfaitement réussi.

La petite oie blanche trop ignorante de la vie, aimée du petit pharmacien deviendra une brave bourgeoise, une excellente mère de famille, tandis que, mariée à un vieillard, elle serait restée Comtesse sans rien connaître des joies de la vie, sans amour, mais aussi sans risquer la maternité.

Page blanche est une page gaie, très gaie. Quel est le critique morose qui, après la répétition générale, déclarait qu'il ne savait s'il fallait rire ou pleurer ?

Nous avons bien ri et nous n'étions pas les seuls.

LYSISTRATA (2)

Toute une génération nouvelle ne connaissait de *Lysistrata* que les récits élogieux que ses aînés en ont faits lors d'une fameuse série de représentations à l'Eden-Théâtre.

L'Eden était, — ceci dit pour les jeunes, — une sorte de vaste music-hall, comme l'Empire de Londres, situé rue Boudreau, dans le pâté de maisons aujourd'hui occupé par l'Athénée et par Maple.

On y jouait des fééries, des revues, des ballets, comme *Excelsior*, c'était en plus grand les Folies-Bergère d'aujourd'hui. Les frais étaient trop considérables.

Lysistrata fut, avec le *Petit Duc*, croyons-nous, l'une des dernières pièces jouées à l'Eden. L'interprétation était de premier ordre et les « mots » de Maurice Donnay pétaradaient joyeusement comme un feu d'artifice. Pour l'époque, quelques expressions furent trouvées osées, on se les répétait tout bas, comme les meilleures pages d'*Aphrodite* de Pierre Louys ; les dames se pamaient d'aise.

Aux Bouffes, Cora Laparcerie a repris *Lysistrata* avec sa plus humeur, son sympathique accent bordelais qui a paru tout naturel. On était venu pour s'amuser et l'on ne s'est pas ennuyé un seul instant.

Seules les saillies, les fusées de Donnay étaient un peu éventées. Les auteurs de revues se les étaient trop souvent appropriées.

Mais *Lysistrata* était encore cette fois

(1) Athénée Comique.
(2) Bouffes Parisiens.

entourée d'un essaim de jolies femmes dont les gracieuses attitudes suffisaient amplement pour assurer une belle et bonne soirée.

GEORGES BANS.

MUSIC-HALLS

Les programmes des Music-halls parisiens sont particulièrement attrayants cet hiver.

Aux Folies-Bergères, la revue est magnifiquement montée par le directeur C. Bannel.

A l'Olympia, la revue est aussi somptueuse. M. de Cottens veille à le tenir au courant de l'actualité.

A Parisiana, *Volons-y* est excessivement gai, interprété par de fort jolies personnes, agréablement costumées.

Au Cirque de Paris, l'affiche comporte une joyeuse pantomime qui fera la joie des enfants.

CHOCOLAT AVIATEUR [1]

Au *Nouveau Cirque*, l'aventure imaginée par M. Henri Moreau est la cocasse histoire d'un voyage en aéroplane de Footit et Chocolat.

Cette amusante fantaisie se déroule en quatre tableaux, tous plus drôles les uns que les autres. On assiste, tour à tour, à une leçon burlesque d'aviation, aux lamentations des délégués des théâtres de Paris, désolés du départ de Footit et Chocolat, à l'ascension des deux clowns en aéroplane, à leur stupéfaction de se trouver en Afrique, alors qu'ils croyaient être au pôle nord ; à la surprise de Chocolat retrouvant sa famille ; aux discussions de Peary, Cook et Footit, chacun d'eux prétendant être seul à revenir des régions arctiques ; aux mésaventures d'un inventeur, dont les nouveaux appareils tombent dans l'eau. Mais rien de mélodramatique, la catastrophe est pour rire.

MUSIQUE

CONCERTS COLONNE

M. Raoul Pugno fût le grand triomphateur du 4e concert de la saison 1909-1910, et avec lui l'admirable orchestre que dirige avec tant de brio et de savante autorité M. G. Pierné.

Dans la *Symphonie* sur un *Chant Montagnard* de V. d'Indy. Pugno, si j'ose dire d'un tel artiste, s'est surpassé, et les ovations qui lui furent faites étaient amplement justifiées. Dans le *Messie*, de Haëndel, l'air de : " O Juda " valut à M. Coulomb de chaleureux applaudissements ; et M. Jean Bedetti, dans l'ouverture du *Roi d'Ys*, fût acclamé. La 2e symphonie de Beethoven, *Shylock*, de G. Fauré, et le prélude du 3e acte de *Lohengrin* complétaient un programme particulièrement attrayant.

G. DUJARDIN.

LIVRES

NOTES D'UN ANCIEN MARSOUIN [1]

Dans son journal de route, M. Fred Abaly évoque, en écrivain qui a su voir, observer et retenir, les villes et la brousse d'Extrême-Orient. Puis, après avoir étudié les mœurs, les coutumes et les religions des indigènes, après une peinture de la vie française aux colonies, l'auteur nous conduit chez les fumeurs d'opium, nous fait assister à leurs rêves mirifiques et nous entraîne à sa suite chez les petites épouses annamites ou japonaises.

M. Fred Abaly s'attaque ensuite aux questions d'économie politique ; l'administration française ne lui semble pas toujours appropriée aux besoins, aux aspirations de ceux que nous voulons coloniser. L'examen des situations intérieure et extérieure de l'Indo-Chine amène l'écrivain à se demander si nos possessions n'ont rien à craindre.

Le marsouin reparaît alors pour passer en revue les moyens de défense de notre belle colonie et exprimer l'espoir que, mieux avertie, la France fera le nécessaire pour conserver son merveilleux empire colonial d'Extrême-Asie.

G. B.

---

(1) A. LECLERC, éditeur, 19, rue Monsieur-le-Prince. Paris.

LA CRITIQUE

illustrée, internationale,

indépendante,

des Arts et de la Littérature.

Bulletin officiel

de l'Association de la Critique

15ᵉ Année

Nᵒ 272   *Décembre 1909.*

PARIS

Mˡᵉʳ Bob Harris, correspondant du « Fancy News » à Miss Dolly Walter, artiste lyrique au « Royal Theater » de Londres.

Paris, Décembre 1909.

UF, ma poupée, c'est fini ! Finis, les embuscades aux coins des rues, les bonds de fauve dans les autos en marche, les stations interminables au « Great Theater Tribunal », les courses vertigineuses — *urbi* et *orbi* — de Paris à « Vésinet-home », les interviews en fraude, les déguisements, les ruses d'apache pour arriver bon premier aux cabines téléphoniques, et servir ainsi la primeur au mondial « *Fancy News* » !

Ah ! mon tout petit, quelle vie de chien ! J'attends un beau geste de mon directeur... pour mieux dire, une augmentation sensible de mes appointements ! — Ma copie a doublé le tirage ! — As-tu bien lu toutes mes dépêches ? était-ce tapé hein ! — rien n'y manquait : de la cotelette crème d'asperge du déjeuner, au dernier mot bien senti de la victime de cette fastidieuse procédure, à l'heure du couvre-feu — j'étais devenu son ombre !

Ah !... ça m'a coûté chaud ! Mais j'avais carte blanche du royal « *Fancy News* ».

Que tout cela était bien mené ! et quel chic vous a ce Paris pour la préparation d'une belle salle :

Au Palais, on avait trouvé le seul moyen d'obtenir un public « grata » soigneusement gratté et regratté : les entrées de faveur supprimées !

Ce fut passionnant — immense. Et le dernier acte, joué à l'aube : l'apothéose de ces ténèbres, où la justice plonge — de gré ou de force — depuis le commencement de cette prestigieuse affaire.

Comme vous avez été cruelle en l'accablant, ma Dolly — ! Avouez que vous avez voulu faire voire petite « Séverine ». Mais vous n'y comprenez rien de rien ; peste, ma chère, vous avez des mots amers : « justice !... expiation !... » pourquoi pas hard-labour ?... tu n'as donc pas le sens des grandes beautés insondables et troublantes de l'Inconnu ?

Je vous l'ai dit : ce fut immense ! simplement !

Je ne crois pas qu'il fût jamais réellement question de décider... coupable ou non ! — On avait bien autre chose à faire ! C'était le désarroi d'une grande bataille dans le brouillard, avec le souci très naturel, que chaque combattant éprouve, de ne pas se faire du mal tout d'abord.... c'était le vertige de tous les abîmes de la vérité, cotoyés par un président honnête et imprudent ; les virages savants d'un ministère publié en mal de rhumatisme dans ces courants d'air contraires, du mensonge à la vérité ; et enfin, dans cet assaut d'éloquence, dans cette course à la vérité toujours fuyante, la superbe randonnée du défenseur, course plate peut-être, tout de même record du bluff... ; mais je vous demande un peu, mon amie, s'il est utile de chercher le « fin du fin », même en une page, alors que Thémis s'en est envoyé quinze mille sans en être plus avancée pour cela !

Mettons un peu d'ordre dans nos idées : résumons.

C'est le procès élégant de cette élégante société parisienne, grande dame un peu bohème, un peu cynique à ses heures... grande dame quand même. Mais oui, un coin de ce léger voile de veuve s'est soulevé sur des intimités aussi troubles que troublantes, scabreuses, dramatiques, si tu veux... mais si tu dis... criminelles... ah ! non, comme certain juré froussard... je me fais porter malade.

Au fait, à part ce brave brigadier qui déposait avec une autorité touchante..., le côté hommes fut peu brillant... J'attendais du dernier « Elu » le mot qui porte... ample... chaleureux, ému de souvenirs ! — ce gentilhomme farmer parla nègre !... je passe sous silence, ce chevalier de l'ordre du Métro qui fut au-dessous de tout, car vous avez lu tout ça, petite masque, — c'est à seule fin de me narguer que vous me sommez de conter, tout au long, ma mission d'envoyé spécial. Enfin, ici cela a été et reste le « great event de la season », — le plus populaire, le plus snob.

La Presse était sur les dents. Les paris montaient montaient — : d'mandez Daisy... ! d'mandez l'organe du Ministère public... ! mais Daisy, — dix contre un, naturellement... meilleure performance !

Tu me demandes comment je « la » trouve, ... adroite, fine... très scénique quoique exquisement bourgeoise — et bourgeoisement exquise : le secret de son charme est là.

Vois-tu, c'est tout-à-fait l'âme sœur du mondain resté sentimental, un peu fleur bleue, las des cocottes, des grandes artistes — qui la font à la pose — (vous fâchez pas, little star) ...et qui ont un peu besoin de... comment dire ?... pôt-au-feu moral dans le fruit défendu... et j'imagine bien la grâce prenante de cette petite bonne femme, qui entre deux fugues au Blanc Logis, arrange ses fleurs, époussette ses meubles, coud ses robes, et reçoit encore, très grande dame, le dessus du panier de ce bon Paris... ! vous n'auriez pas de ces souplesses, vous autres Anglaises : vos passions sont tout d'une pièce... Quel piment pour un mondain blasé du monde, neuf en de telles sensations... tout ce charme simple... si bien machiné de séductions !

Ma petite Dolly, c'est donc cette grande affaire, le triomphe du charme ! Ce charme serait-il encore un mensonge ? Voilà la femme déclarée infaillible... divinisée... puisqu'on lui permet tout... hum... arrêtons-nous... j'aime mieux poétiser la chose. Quel est celui, prophète, qui a dit ou à peu près : « Sur ses lèvres le mensonge fleurit comme un lys calme et blanc ! » Et puis quoi ? Avant, pendant et après, on pataugeait en plein mystère : l'hydre farouche gardait la porte de l'inconnu. Ah !... celle-là par exemple, la figure la plus tragique, la plus empoignante de l'affaire.

Et quel contraste entre ces deux femmes ! Clair-obscur du génial tableau. Quel relief, Dolly dear !... J'ai regardé les mains sèches, noueuses, puissantes de l'une ; les doigts fuselés, la peau nacrée, transparente, des mains frêles de l'autre !... Brrr... un léger frisson m'a passé... autour du cou... et, pour moi qui n'avais pas les mêmes devoirs de reconnaissance que la phalange des Elus... je t'assure, ce n'était pas un frisson de plaisir !...

Petite Poupée, je serai à Londres, fin la semaine.

Je n'en sais pas beaucoup plus qu'il y a un mois ; je rapporte plus d'impressions que de documents.

Décidément, la France est un admirable pays d'émotions et de fantaisie !

Mais, l'âme des foules, dans tous les pays, est la même, croyez-moi, petite poupée philosophe !

Le soir du dernier acte, ceux qui accusaient, qui défendaient, qui hésitaient, ont vécu les mêmes sensations, ont eu, au tombé du rideau, le même délire joyeux : histoire d'entraînement : inconscient... moutonnage !

Alors que ce brave concierge de juré, en toute bonne foi, tirait le cordon de la liberté sur petite Daisy, un immense cri de triomphe sortait de toutes nos poitrines — je dis « nos », Dolly, car j'en étais — je l'avoue sincèrement. Ce fut une explosion d'enthousiasme, unanime, indescriptible ! Ah ! l'âme des foules !... Mystère. L'âme des foules... frêle esquif sur les vagues ondoyantes des foules ! petite âme ballotée au gré des passions humaines et de leurs imprévus ! Maintenant, tout est apaisé. La Presse a des douceurs de Nurse attentive, pour la frêle héroïne... la... rescapée... qui eût une volonté de fer dans le chaos de ses dires.

Et c'est déjà du Passé !

Paris se lasse vite. On s'applique à redevenir grave.... le Maroc..... la répartition (!) proportionnelle, etc... Il faut secouer le charme !... Jaurès y va de sa fougueuse éloquence ; notre Shackelton est ovationné en Sorbonne ; et le Conseil Municipal songe sérieusement à débarricader son beau Paris ; on fait bel accueil au jeune Manuel ; la scène est libre maintenant, et il bénéficie d'une salle choisie ; la France adore les rois... les rois des autres, s'entend !

Les théâtres regorgent de monde. On joue des choses jolies... un peu fuyantes d'idées, mais l'esprit est toujours sur le pont ; et puis, tout est délicieusement chapeauté, habillé, déshabillé surtout ! Ça ne fatigue pas les méninges et c'est charmant, si si parisien ! Vous allez me dire encore que je suis intoxiqué du beau Paris... que je deviens français, trop français. Ecoutez ma chère. Rosarès, cet excellent camarade que vous déclariez un « esprit supra-fin » retourne en Argentine le mois prochain. Hier soir, nous revenions du Vaudeville, un peu troublés... Polaire y joue de la croupe, des yeux, des jambes, avec une perfection... démoniaque... Notre ami parlait, parlait... avec sa voix chantante, il disait son admiration de la France, son regret de partir — brusquement, le regard au-delà de la ligne brillante des boulevards... il finit « Voyez-vous, Bobbie, j'aime la France... comme une fiancée !... »

Joli, joli, n'est-ce pas darling ? Et cela est vrai, très vrai, pour nous les étrangers... Nous passons ici dans la beauté, dans de la beauté... en surface, peut-être ; mais nous nous imaginons mieux encore, pour ce que nous ne savons pas.. Ce doit être un peu semblable pour la fiancée qu'on trouve belle, sans la toute connaître, dont on soupçonne, on espère le charme inconnu : et cette ignorance est assez précieuse pour créer de l'amour ! Je suis moins emballé que Rosarès, mais je le comprends.

Paris est plein de petites choses merveilleuses et l'on passe la-dedans éblouis. Paris est une brûlure délicieuse, excitante !

Est-ce pour cela, qu'à cette minute même, je donnerai toutes les guinées qui m'attendent dans la caisse du *Fancy News*, pour serrer dans mes bras la chère petite chose, inutile et précieuse que vous êtes, ma Dolly...

Vous me demandez ce que je vous apporte de Paris ? « avec mon cœur qui ne bat que pour vous », un manchon tout d'abord, un manchon de taille respectueuse : une bonne douzaine de mains comme les vôtres y joueraient tous nos cœurs au furet. Puis un chapeau, un tout petit chapeau ! J'ai eu cette idée saugrenue rue de la Paix, l'autre jour. La vendeuse avait de beaux yeux étroits et longs comme ceux de Dolly, elle était bien jolie. J'ai suivi aveuglément son conseil — un peu dispendieux le conseil !

Bref, vous aurez un chapeau de Paris : une moitié d'autruche, en tant que plumage l'orne à l'arrière ; mais la jolie modiste avait des mains soyeuses qui s'attardaient dans ces plumes légères ! elle m'a

juré. sans vous connaître, la fine mouche !
que vous seriez exquise sous ce trophée !
Avec ta tête d'Infante, c'est tout à fait
possible ! A cette heure, sur ma malle de
cabine, ce chef-d'œuvre de haut goût repose, dans une vraie boîte à pneu ! et je
songe avec mélancolie que je ne veux pas
me marier pour éviter l'encombrement !...
Mais, en le déballant, vous me sourirez
aussi, avec vos yeux étroits et longs ; et
je baiserai vos petites mains, bien plus
soyeuses encore... et je resterai alors aujourd'hui et toujours, votre débiteur reconnaissant, et votre ami le plus tendre.

BOBBIE.

Pour copie conforme :

Claude WICK.

ART

JEAN BAFFIER

MONSIEUR Jean Baffier, qui s'intitule
modestement « artisan » alors qu'il
est véritablement un artiste, dans
le beau sens du mot, vient d'ouvrir
dans son atelier, à Plaisance, une
sorte de petit musée permanent où
chacun peut venir admirer ses œuvres. Je
me suis donné ce plaisir, et j'engage vivement mes lecteurs à en faire autant.

Les ouvrages de M. Baffier sont assez
connus des fidèles des Salons pour que je
ne les dénombre pas ici, et que je me borne
à en rappeler les caractères fondamen-
taux : sûreté et netteté du dessin, science
de la ligne initiale, instinct du mouvement
juste et volonté très stricte d'être vrai
avant tout, fût-ce même au dépens de
l'originalité et de l'envolée artistique.
Cela, tout le monde a pu le voir et le
constater aux différentes expositions. Mais
ce qui forme l'intérêt tout spécial du nouveau petit musée permanent de la rue
Lebouis, c'est la tenue d'ensemble, la ligne
de conduite, si je puis ainsi parler, qu'indique la réunion des ouvrages quelconques
de M. Jean Baffier.

Qu'il traite en effet la figure, l'ornementation, l'ameublement, l'art floral, les
branches si complexes et si différentes de
la statuaire ou de la ciselure, qu'il emploie
telle ou telle matière appropriée à son
sujet, M. Baffier reste constant dans son
idéal, qui est, si je l'ai bien compris, de
glorifier par tous les moyens possibles le
travail humain et la vie intense de la
nature. Belle pensée, but aussi grand que
noble, et que l'artiste atteint d'aussi près
qu'on peut le souhaiter.

Voilà par exemple un immense projet de
décoration pour une salle à manger. Les
panneaux, d'un dessin délicat et sévère,
montrent entre leurs colonnettes des
bas-reliefs représentant les travaux des
champs, les plaisirs de l'été, la vendange

joyeuse, les veillées de l'hiver au coin de
l'âtre, etc., etc... Tout le reste à l'avenant.
Les ustensiles de ménage, soupière, hui-
lier, surtout de table, rappellent par leurs
formes, par leur ornementation, par les
figures dont ils sont accompagnés ou sou-
tenus, la flore, la faune, la population
rurale dont le travail fournit l'aliment
qu'ils doivent supporter. Aux angles de la
pièce sont placés des groupes, des vases,
des statuettes de style large et pur, conçus
dans le même esprit.

Indépendamment de cette grande composition décorative, qui ne peut guère
trouver place que dans un musée ou une
maison construite exprès, les autres œuvres exposées par M. Baffier témoignent
presque toutes de la même préoccupation :
rendre la vie humaine non dans ses pensées ou ses rêves, mais dans ce qu'elle a
de vrai, presque de brutal ; en tous cas
d'utile et d'applicable immédiatement aux
besoins sociaux. C'est là qu'apparaît la
nature de l'artiste ; car il ne faudrait pas
inférer de ce que je viens de dire que cette
sincérité, cette recherche constante du
vrai et de l'utile, ne soient pas de l'art. L'interprétation des formes, des mouvements,
de la ligne générale des choses, donne
justement aux œuvres de M. Baffier ce
caractère d'idéal sans lequel elles nous pa-
raîtraient ouvrages d'artisan, reproduc-
tion exacte et banale des objets ou des
types. Je n'en veux pour preuve que ces
buires, coupes, vases et crédences, inspirés des fleurs, des plantes ou des animaux,
qui sont, dans l'ensemble toujours agréable à voir et parfois remarquable, les plus
exquises et les plus fortes expressions
d'art que je connaisse.

Ajoutons, à titre de renseignement, que
non seulement M. Baffier se spécialise
dans cette étude de la nature en toutes
ses manifestations, mais encore qu'il s'y
fédéralise, si j'ose ainsi parler. Car il choisit pour les immortaliser les types, les
fleurs, les animaux, les coutumes du coin
de France où il est né, le Berry. Plus sage
en cela que bien des artistes que je ne
nommerai pas — j'aurais trop à faire ! —
et qui essayent de nous intéresser avec
des scènes qu'ils n'ont jamais vues, et
pour cause. Lui au moins raconte ce qu'il
connaît, nous montre les objets qui ont
frappé ses yeux de tout temps, les êtres
au milieu desquels il a vécu, dont il a pu
étudier les moindres gestes, les plus fami-
lières attitudes, la nature dans laquelle
s'est développé son génie particulier, et
où il peut aller se retremper lorsqu'il se
se sent trop éloigné des impressions premières.

EXPOSITIONS

Chez Georges Petit

On y voit en entrant, dans la salle du
bas, une exposition de M. E. Hammann,
dont je ne dirai que quelques mots en
passant, parce que je suis consciencieuse ;
paysages d'un joli aspect, mais lourds et
totalement dépourvus d'atmosphère, va-
ches pies, rouges, et blanches, broutant
mélancoliquement de l'herbe dure, et ne

rappelant que de fort loin celles de Troyon ou de Paul Potter. Je préfère infiniment certaines petites impressions de bord de mer, dans lesquelles M. Hamman se montre plus vraiment artiste, sinon plus *peintre*. Passons.

Au premier, à gauche, la *Comédie humaine*, avec une rétrospective des œuvres de Toulouse-Lautrec. Ce petit salon, dont c'est la troisième exposition, est un des plus intéressants, une des plus remarquables, tant par le talent des artistes qui lui prêtent leur concours que par les sujets des œuvres exposées, un des plus poignants que je connaisse. Et le nom de Toulouse-Lautrec, cette année, vient là comme un drapeau, comme une déclaration de principes, qui le sacre définitivement et lui donne le sens vrai qu'il doit avoir : la *Comédie humaine*, le drame de la vie sociale, la terrible étude de passions, aussi intense, aussi innombrable, aussi vaste que cette *Divina Comoedia* de Dante, conçue dans la colère, écrite avec des larmes......

Nous connaissons tous Toulouse-Lautrec ; on peut apprécier différemment son talent, regretter surtout que ce talent, si franc et si primesautier, ne se soit pas affirmé davantage, n'ait eu le temps ni de s'élargir ni de se perfectionner. Mais nul ne peut nier la profondeur de son observation, la sincérité presque cruelle avec laquelle il a su voir et reproduire les scènes qui frappaient son œil et provoquaient sa verve de véritable humoriste, faisant vibrer en lui cet instinct d'humanité douloureuse, cette gaieté amère dont parle Milton ! Quelques réserves que l'on fasse sur sa technique et sa facture, on est forcé d'admirer l'art avec lequel il saisit et fixe à jamais la caractéristique de chaque chose, et cette netteté, cette justesse d'impression qui demeure, même dans ses œuvres les plus incomplètes. C'est bien lui le maître de la Comédie humaine, et l'idée est heureuse d'avoir organisé cette exposition posthume de ses toiles.

Je ne vous détaillerai pas les trois cent cinquante tableaux d'artistes vivants qui ornent les deux salles du premier, chez Georges Petit. La plupart sont fort intéressants, bien conçus, largement exécutés, et répondent bien au programme que je viens d'esquisser en parlant de Toulouse-Lautrec et de sa vision humoristique de l'humanité. Il me suffira d'ailleurs de citer les noms de Veber, de Steinlein, de Forain, de Minartz, de Perelmagne, d'Abel Faivre, pour donner une idée de la chambrée. Sans doute se trouvent bien des mauvaises choses à côté de ces beautés...... Mais il ne faut pas être trop exigeant ; quel est le flot qui n'a pas son écume ?

*_**

A droite, la Société internationale de Peinture et Sculpture. Pas grand chose à dire, hélas ! pas beaucoup d'œuvres, je ne dirai pas maîtresses — je ne vais pas jusque-là — mais simplement originales ou sincères. Toujours la même chose : des tableaux qu'on a vus dix fois, vingt fois, cent fois, ou du moins qui en ont l'air ; pas d'effort, de la facture, le petit succès d'autrefois qu'on réédite, les petits pâtés toujours semblables, préparés selon la formule, servis tout chauds au public...... Par ci par là, quelques toiles excellentes, cependant : je citerais les études de M. Hubell, le *Jour de Fête*, de M. Mac Cameron, les animaux (sculpture) de M. Waldmann..... C'est pas *gras*, comme disait Thomas Vireloque.

CHEZ CHAINE ET SIMONSON

Deuxième exposition de *l'éclectique*. Peinture, sculpture, arts décoratifs, ameublement, etc. Cette jeune et robuste société ne dément pas son programme et nous donne un ensemble vraiment éclectique, intéressant à tous les points de vue. Nous y retrouvons avec intérêt les œuvres de M. Pierre Calmettes, d'une si jolie lumière, d'une transparence et d'une vigueur que l'on trouve bien rarement réunies. M. Calmettes convertit à l'amour des choses mortes, à l'étude des intérieurs sans personnages, des fleurs, des bibelots, les plus enragés partisans de la peinture historique, anecdotique, et même les fervents du paysage. D'ailleurs, ceux qui aiment les autres genres, trouvent là de quoi assouvir leur passion, ne serait-ce qu'avec les toiles de M. Désiré Lucas, et les délicates études de M. Grosjean. Voici des eaux fortes très puissantes, de coloration chaude, de dessin hardi, de M. Le Meilleur, dont la femme Mᵐᵉ Marie Le Meilleur, est une véritable fée de l'art décoratif. Et, puisque nous sommes dans cette partie de l'exposition, citons aussi les bijoux de M. Rivaud, les objets d'art de M. Scheidecker, les grès de M. Bigot, les meubles de M. Brachet.

Dans la sculpture, M. Constantin Ganesco, qui rappelle beaucoup, par certains côtés de sa nature humoristique, par son observation aiguë et profonde, la largeur et en même temps la netteté minutieuse de son dessin, les plus belles œuvres de Daumier et de Gavarni. Ces petites statuettes bronze et cire, non pas caricatures, non pas singeries grandiloquentes de sentiments, mais études d'humanité vue par le cœur et la pensée, sont de très belle sculpture, de l'art haut et noble, et de la grande philosophie.

Très gracieuse, la *jeune fille à la gazelle*, de M. Henri Bouchard ; et je ne saurais dire tout le bien que je pense de sa *Maternité*, de son *Piocheur*, et surtout de son *Défrichement*, dont nous avons admiré le modèle, de dimensions héroïques, au dernier Salon des Artistes français.

Répétons-le, l'ensemble de ce petit salon est très bon ; je ne fais donc tort à personne en citant ce qui m'a le plus frappé, car c'est là une affaire d'appréciation tout à fait personnelle, et, au point de vue de l'art absolu, de la science technique, je serais bien embarrassée de faire un choix.

Andrée MYRA.

SOCIÉTÉ COLONIALE DES ARTISTES FRANÇAIS

C'est chez Berheim jeune que, cette année, la Société Coloniale des Artistes Français a organisé son exposition. Dans ce petit cadre les plus petits cadres paraissent grands et toutes ces notations, impressions et souvenirs y sont plus en valeur que dans les salles du Grand Palais.

Nous avons revu là des toiles d'un Besnard jeune, d'une couleur ardente et d'un dessin qui fait penser à Delacroix. Rochegrosse, encore, nous a éblouis avec ses jardins fous peuplés d'étoiles. Il semble parfois que ce peintre peigne directement avec le prisme solaire. Et puis, il y a des tableaux de Ruffe, notamment *Le Cimetière Musulman*, avec un effet de soleil à travers les branches. Et les dessins de Jean Hess, toute la Juiverie Algérienne dévoilée, mise à vue et si cordiale pourtant, toujours si candide, si primitive... Etonnant, *Le Coucher de la Mariée* et *La Danse Andalouse !* Ah ! les coloniaux ne s'embêtent pas toujours ! *Le Sabbat à Tanger* est extraordinaire. M. Jean Hess est terrible. Non moins terrible Ernest La Jeunesse, dont le dessin colorié nous lancine ensuite comme une vision de cauchemar avec ses trois têtes plus grandes que nature, si simplement traitées qu'on dirait peintes en fresque. Il y a notamment un profil d'une pureté froide à donner le frisson. Ah ! M. La Jeunesse n'est guère un voluptueux !

Pourtant on sort de cette exposition, les yeux pleins de rêve et l'on pense qu'il y a des pays merveilleux de soleil et de beauté. Comme il doit y faire bon quand on ne pense à rien !...

Alexandre MEUNIER.

THÉÂTRE

LE DANSEUR INCONNU [1]

TRISTAN Bernard avait écrit un chef-d'œuvre en deux actes, l'*Anglais tel qu'on le parle* ; il vient d'en faire un autre qui cette fois est un régal de toute une soirée, c'est le *Danseur inconnu*.

Vous connaissez l'aventure souvent contée du Monsieur en habit qui, l'hiver, passe devant un immeuble où se donne une soirée. S'il daigne monter un étage, manger correctement des sandwichs, bostonner un peu, on s'accordera à le trouver garçon charmant et à lui présenter des jeunes filles, sans s'inquiéter de la parenté plutôt lointaine qu'il pourrait avoir avec l'une ou l'autre famille.

Tristan Bernard a tiré d'un tel épisode toute la quintessence ; il a montré de fines susceptibilités du danseur inconnu à qui l'on offre une grosse situation et aussi une charmante jeune fille ; il a montré encore les situations infiniment comiques qui en peuvent résulter.

L'aventure d'un soir finit dans la boutique d'un marchand de meubles, comme elle eut pu finir dans une épicerie ; mais le côté sentimental y gagne de n'être pas violé, puisqu'être dessinateur d'ameublement, c'est être un peu artiste, et M. Brulé l'a bien prouvé.

Sa création est exquise d'un bout à l'autre.

G. B.

UN CŒUR D'HOMME [1]

Madame Sarah Bernhardt qui écrivit une *Adrienne Lecouvreur* plus qu'intéressante, vient de faire représenter au théâtre des Arts, *Un Cœur d'Homme*, une comédie de psychologie profonde et ténébreuse. Mme Bernhardt va jusqu'au fond des âmes, elle va même plus loin que les âmes, ou plus près, la question sexuelle joue surtout un grand rôle dans les mobiles de ses personnages et c'est surtout le coucher ou pas coucher qui revient tout au long de ses quatre actes comme un *ananke* inéluctable. Et de fait, Sabine Sarnois resterait bien au lit jour et nuit avec le poète de son rêve qui, lui, préfère écrire des comédies qui seront ensuite interprétées par une troupe jacassante d'oiselles et de mufles piailleurs. Comment cet auteur peut-il écrire ou même penser au milieu de tout ce bruit ? Mais il en aime une autre, la troublante Jeanne de Valréal, l'oiseau blessé, la fleur penchée, la femme fatale. Inutile de dire qu'aussitôt son désir assouvi il revient à sa petite femme, sans rancune. Malheureusement si les hommes cessent d'aimer après, les femmes commencent, paraît-il, seulement alors. De là l'éternel conflit. Jeanne de Valréal aime à son tour, souffre et finalement se jette par la fenêtre. Bah ! les deux petits mufles ne s'en aimeront que mieux. Une passade, une passade, tant de cris et de pleurs pour une passade !

La pièce est entourée ai-je dit d'une foule de comparses inutiles où nous avons aperçu M. et M. Lebargy. Que diable venaient-ils faire ?.. Tous ces gens interrompent l'action qui gagnerait à être précipitée. Le dernier acte touche à la beauté avec la scène entre les deux femmes. Malheureusement c'est la scène finale. En résumé une pièce qui fait penser, étrange dans sa forme mais forte au fond et qu'un peu plus de simplicité aurait rendu vraiment belle. Elle est montée à ravir par Eugène Berny le très actif directeur des Arts. Le décor du un est tout un poème et le trois, un bal masqué dans un parc, est romantique à souhait, c'est du Watteau revu par Musset. Mais Sarah n'est-elle pas toute la poésie et toute la beauté ; quoiqu'elle fasse ou quoi qu'elle dise, elle ressemble toujours à la princesse qui ne pouvait ouvrir la bouche sans que les perles et les diamants et toutes les gem-

---

[1] Théâtre de l'Athénée.

[1] Théâtre des Arts.

mes les plus précieuses ne jaillissent comme un torrent de lumière.

ALEXANDRE MEUNIER.

PULCINELLA [1]

Pulcinella de Mlle J. d'Orliac, que donne le théâtre des Arts, est une pièce foraine et symbolique : il y a une vieille sorcière, Mittra, qui fut belle, jeune et riche, et qui, du fonds d'une roulotte, fonce sur ses pensionnaires, Pulcinella, Scaramouche et Colombine, qu'elle exploite et fouaille à tour de bras ; il y a un vieux berger, ancien prince, ermite et philosophe, à la fois schopenhauériste et nietzschéen, qui enseigne le consolant et suffisant et immense mépris, et hausse l'âme de cette saltimbanque de Pulcinella aux pires sommets védiques ; il y a le petit Scaramouche, séduisant, tremblant, pathétique et roué sous ses oripeaux ; il y a surtout cette noire et rouge et pâle Pulcinella, qui se débat entre la haine et l'amour, entre l'esclavage et la liberté, entre le crime et la vertu, et qui vient à la bonté par le plus long, après le crime.

L'anecdote est la suivante : Pulcinella tue peu ou prou la vieille Mittra, pour pouvoir fuir avec Scaramouche, qu'elle aime, quoiqu'elle sache, depuis quelque temps, que ledit Scaramouche est aimé aussi par la dolente et douce Colombine. Mais dès qu'elle a entre les mains les clefs de la liberté et le nerf de la guerre, l'argent de la sorcière, elle est touchée de la grâce, fait un sacrifice innouï, donne l'homme qu'elle aime à sa rivale, chasse son amour conseillée, le pâtre-mage Zetti, s'immole sur l'autel de la Tendresse et de l'Abnégation et ira à l'aventure, désespérée et fervente, prêcher la religion de la charité.

Pulcinella c'est Mlle Vera Sergine. Elle s'est révélée entière et presque unique : nerfs et luth, corps et âme, harpe éolienne, douloureuse et comme involontaire de toutes les passions, elle a frappé, ému, étonné, et a été payée d'une juste et unanime acclamation.

MELITTA [2]

Le programme du Théâtre des Arts comporte *Mélitta*, un acte dramatique de notre collaborateur Alexandre Meunier, qui est un artiste infatigable et probe et qui, entre deux peintures, nous a donné *la Bagatelle, la Plus laide femme de Paris, Milo de Montparnasse*, etc.

Sa pièce athénienne est touchante et traitée avec le plus grand mépris des traditions et des snobismes. La petite joueuse de flûte qui aime le riche jeune homme devant lequel elle a dansé, s'exprime avec ses compagnes en images toutes naïves qui ont un peu étonné. Elle peut cependant avouer son chaste amour à l'aimé et mourir à ses pieds le plus gentiment du monde, avec un soupçon de réalisme grec. C'est Mlle Géo Dielly qui remplissait ce rôle et qui y a été très courageuse.

(1) Théâtre des Arts.
(2) Théâtre des Arts.

MUSIQUE

L'OR DU RHIN [1]

'EST avec une très belle représentation de *l'Or du Rhin* et de *la Walkyrie* que s'est terminée, à l'Opéra, l'année musicale. Un prologue mythologique d'une variété et d'une richesse de tons saisissantes ; un drame passionné, sur le fond un peu sombre duquel se détachent trois points lumineux, le duo de Siegmund et de Sieglinde, la Chevauchée et l'Incantation du feu ; une sorte d'odyssée héroïque que couronne un admirable hymne d'amour ; une tragédie psychologique, enfin, ténébreuse, symbolique, dont la vaste envergure dépasse par moments la mesure humaine, telle est cette « Tétralogie » dont, par un singulier concours de circonstances, le prologue était la seule pièce qu'on n'eût pas encore montée à l'Opéra, grâce à MM. Messager et Broussan il sera maintenant possible de l'y faire entendre tout entier, dans son enchaînement régulier.

« Il n'est pas question de la représenter à Paris », écrivions-nous, il y a vingt-neuf ans ; « mais qui sait ? le jour où un impresario sera assez hardi pour tenter l'aventure, avec des interprètes tels que nous avons applaudis en Allemagne, M. et Madame Vogt, Madame Materna, MM. Scaria et Liebau, tous grands artistes, à la fois acteurs et chanteurs, ce jour-là peut-être, le public français séduit par la grandeur du sujet, par l'originalité saisissante de la musique, par la nouveauté du spectacle, se montrera moins récalcitrant qu'on ne le suppose. »

Quel chemin parcouru depuis ! Non seulement le public n'est plus récalcitrant, mais il est aussi familier avec ces ouvrages jugés à l'origine injouables en dehors de Beyreuth, qu'on l'était jadis avec *Les Huguenots* et *Guillaume Tell*. Pour certains amateurs les lézardes ne manquaient pas au colossal monument artistique élevé par Wagner ; le musicien de « l'avenir » serait presque un rétrograde ; ne s'est-il pas trouvé un compositeur pour déclarer que le « Crépuscule des Dieux » était le « Crépuscule » de l'art classique ? Ce qui n'est pas douteux, c'est que l'extraordinaire puissance d'action de Wagner lui a survécu, et qu'il n'est peut-être pas un compositeur actuel, qui, tout en essayant d'échapper à son influence, ne procède de lui par certains points. La preuve en serait trop aisée à donner.

Sans doute l'effet produit à l'Opéra par *l'Or du Rhin* aurait été plus grand encore

(1) Académie Nationale de Musique.

si l'œuvre n'avait, à maintes reprises, figurée partiellement, ou même dans son intégrité, au programme de nos grands concerts. C'est des quatre parties de l'*Anneau du Nibelung* la plus difficile à mettre en scène. Le premier tableau, surtout, présente des difficultés presque insurmontables, il nous semble que la direction de l'Opéra les a résolues d'une façon satisfaisante. Nous pouvons en tout cas l'affirmer : ce qu'on nous avait présenté à Berlin, en 1881, était inférieur à ce que nous avons vu ici. Quant à l'interprétation elle est de tout premier ordre. M. Van Dyck que l'on applaudissait il y a six mois à la salle Gaveau dans le rôle de Loge y a retrouvé son grand succès artistique ; M. Delmas est toujours un superbe Vovan et M. Duclos un remarquable Alberich dont l'excellente diction ne laisse pas perdre un mot du texte : MM. Journet, Gresse, Noté, Nansen et Fabert ne méritent que éloges dans des rôles peu développés mais d'une importance musicale considérable ; félicitons enfin Mmes Demougeot (Fricka), Campredon (Freia), Charbonnel (Erda), Gall, Lante-Brun et Lapeyrette (les trois filles du Rhin).

Albert SOUBIES.

CONCERT ÉDOUARD BERNARD

Très beau concert donné le 3 décembre par M. Edouard Bernard, à la salle Gaveau, avec le concours de MM. Charles Bischoff et Marcel Baillon. Au programme, sonate de Gabriel Pierné, magistralement interprétée par MM. Edouard Bernard et Baillon ; du Bach, du Liszt, du Beethoven, du Wagner, du Couperin, etc... Les trois artistes y ont fait admirer leur talent, et il

ne nous reste plus qu'à souhaiter une seconde séance de ce plaisir tout délicat et charmant que procure la bonne musique, faite par de bons musiciens.

A. M.

LAURA [1]

L'Opéra-comique de M. Ch. Pons, que le théâtre de Trianon-lyrique a représenté pour la première fois serait une œuvre fort belle, si elle n'était accompagnée d'un livret.

Nous savons bien que dans la plupart des textes d'opéras, même des meilleurs auteurs, il se glisse des phrases banales que l'orchestration a quelquefois exigées ; dans *Laura*, elles sont trop nombreuses vraiment, elles nuisent souvent à la poésie d'une œuvre assez belle en elle-même.

M. Ch. Pons n'étant pas l'auteur du livret, il ne faut pas l'accabler outre mesure, et il convient de dire que sa musique est de la bonne école, celle de Massenet.

Il en est de *Laura*, comme de *Paillasse*, de Puccini, et du *Clown*, de M. Camondo, les héros sont gens de foire. C'est le drame dans la baraque : la chanson d'amour, mêlée aux éclats de la grosse caisse, au rire de la foule de Saint-Cloud, la tristesse des fêtes !

Laura emmènera sa victime mourir doucement tout là-bas sur la Côte d'Azur et M. Pons fera une dernière fois pleurer ses violons quand Laura, son héroïne, commencera seulement d'aimer sincèrement.

G. B.

---

[1] Trianon-lyrique.

1909

TABLE DES MATIÈRES

de la Quinzième Année

Art

Théâtre

Musique

Livres

Sociologie

Histoire

Paris

15ᵉ ANNÉE. — N° 264. — FÉVRIER 1909

GEORGES BANS, DIRECTEUR, BOULEVARD LATOUR-MAUBOURG, 50, PARIS (7ᵉ A.)

Numéro : 50 centimes | **Abonnement : 5 fr. par an**
les timbres-poste français sont acceptés | Etranger : **6 fr.** — Édition sur Japon : **10 fr.**

IMPRIMERIE GIRARD, SAINT-NAZAIRE-S/-LOIRE

REVUE ADHÉRENTE AU SYNDICAT DES JOURNAUX ET PUBLICATIONS PÉRIODIQUES

SPECTACLES

Opéra. — *Le Crépuscule des Dieux.*
Français. — *La Furie.*
Opéra Comique. — *Aphrodyte, La Tosca, Louise.*
Odéon. — *Les Grands.*
Vaudeville. — *La Route d'Emeraude.*
Nouveautés. — *Une grosse Affaire.*
Variétés. — *Le Roi.*
Palais Royal. — *Monsieur Zéro.*
Gaité. — *Théâtre lyrique populaire.*
Gymnase. — *L'Ane de Buridan.*
Renaissance. — *L'Oiseau blessé.*
Porte Saint Martin. — *La Femme X.*
Chatelet. — *Aventures de Gavroche.*
Théâtre Sarah Bernhardt. — *L'Aiglon.*
Ambigu. — *Courrier de Lyon*
Folies Dramatiques. — *Véronique.*
Athénée. — *Arsène Lupin.*
Théâtre Antoine. — *Les Vainqueurs.*
Théâtre Réjane — *Trains de luxe.*
Trianon — *Répertoires lyriques.*
Bouffes Parisiens. — *4 fois 7 : 28.*
Déjazet. — *L'Enfant de ma sœur.*
Cluny. — *Cochon d'Enfant.*
Théâtre des Arts. — *La Marquesita.*
Théâtre des Ternes. — *Répertoire dramatique.*
Les Capucines. — *Spectacle varié.* — *Revue.*
Théâtre d'Art International. — *(La Bodinière).*
Tréteau Royal. — *Théâtre Concert.*
Folies-Bergère. — *Revue.* — *Sports.*
Casino de Paris. — *Spectacle varié.*
Olympia. — *Spectacle varié.* — *Revue.*
Apollo — *Spectacle-Bal.* — *Revue.*
Moulin Rouge. — *En l'air, Messieurs.*
Alhambra (Château d'Eau). *Attractions.*
Moulin de la Galette. — *Bal,* mardi, jeudi, samedi, dimanche et fêtes.
Marigny Théâtre. —
Jardin de Paris. —
Ambassadeurs —
Alcazar d'été. —
Scala. — *Concert Spectacle.* — *Revue.*
Eldorado. — *Concert Spectacle.* — *Revue.*
Palais de Glace. — *Patinage sur vraie glace.*
Parisiana. — *Veuve soyeuse.*
Cigale. — *Spectacle varié.* — *Revue*
Wagram Concert. — *Spectacle varié.* — *Bal.*
Printania. —
Concert de la Pépinière. — *Concert et opérette.*
Théâtre Molière. — *Comédies et drames.*
Th. Moncey. — *Concert varié.*
Tréteau de Tabarin. — *Revue.* — *Chansons.*
Le Grand Guignol. — *Comédies et Drames.*
Théâtre Mévisto. — *Comédies.*
Robert Houdin. — Jeudis et dimanches, *Matinées.*
Nouveau-Cirque — *Le plus veau Hussard.*
Hippodrome. — *Cinéma-Footit.*
Cirque de Paris. — *Ménagerie Hagenbeck.*
Cirque d'Hiver. — *Cinématographe Pathé.*
Cirque Medrano — *Spectacle équestre.*
Bullier. — *Bal.* Jeudi, Samedi, Dimanche. *Jardin.*
Eden Palace. — *Bal tous les soirs.* — *Concert*
Elysée Montmartre. — *Bal.*
Musée Grévin. — *Fête d'Artistes.* — *Théâtre.*
Tour Eiffel. — 10 h. mat. à la nuit. Déjeuners.
Grande Roue. — *Ascension, Concert le dimanche.*
Jardin d'Acclimatation. *Concert jeudi, dimanche.*
Le Touriste. — *Paris à Saint-Germain en bateau.* — *Q. d'Orsay.*
Casino Municipal d'Enghien. A 12 min. de Paris-N.
Kursaal d'Enghien Les Bains. — *Concert varié.*

LES FAUVES

de la Ménagerie HAGENBECK
sont au CIRQUE DE PARIS
Avenue Lamotte-Piquet

ENTRE NOUS

A NOS LECTEURS

La Critique qui est dans sa 15e année, met en garde ses lecteurs contre des publications nouvelles, de titres similaires, qui cherchent à établir une confusion.

Au moment du renouvellement des abonnements, *La Critique* prie ses amis, ses lecteurs et ses abonnés d'envoyer directement, sans autre avis, le montant de l'abonnement, soit 5 francs pour la France et 6 francs pour l'étranger.

Nous ne faisons pas présenter les quittances par la poste, pour éviter les frais de recouvrement.

Le mieux est d'envoyer directement à notre bureau, 50, boulevard Latour-Maubourg, Paris, le montant en mandat ou timbres-poste.

MUSIQUE

PAUL PIERNÉ

Il semble, à Paris, qu'on accumule à plaisir les obstacles susceptibles de retarder l'éclosion de talents avérés et dignes d'encouragements plus sérieux et plus effectifs.

Nous n'en voulons pour preuve que le fractionnement de la IIe symphonie de M. Paul Pierné au Concert Colonne du 28 février dernier.

Ce jeune compositeur, premier second grand prix de Rome de 1904, qui eut déjà sa Ire symphonie (en mi bémol) récompensée par la Société des Auteurs, et fit applaudir dans nombre de nos concerts, de délicates et savantes mélodies, ne méritait-il pas que l'on jouât intégralement sa IIe symphonie, au lieu d'en détacher, comme on l'a fait, l'Adagio, baptisé pour la circonstance «Andante symphonique»?

La Presse tout entière s'est plue à louer cette page d'un excellent sentiment, dont le thème expressif, exposé d'abord par le cor anglais, se développe ensuite avec clarté, soutenu par une orchestration sobre, adroite, solide qui justifie pleinement les espérances fondées depuis quatre ans sur ce talent plein de promesses, et fit regretter d'autant plus au public qui l'applaudit si chaleureusement de n'en point entendre davantage.

On chuchote que M. Paul Pierné garde dans ses cartons, pour l'Opéra-Comique, un *Diable Galant* dont disent merveille les rares privilégiés qui eurent l'heur de l'entendre...

L. FORTOLIS.

LA CRITIQUE

15ᵉ ANNÉE. — Nᵒ 265. — MARS 1909

THÉATRE

Georges Roussel..... « *Beethoven* » ;

   »   « *La Clairière* » ; « *Le Greluchon* » ;

   »   « *L'Inédit* ».

ART

Andrée Myra... ... *Petits Salons.*

Armand Bourgeois... *M*ˡˡᵉ *Georges et la Critique.*

LIVRES

Emile Straus........ *Poètes et Romanciers.*

SOCIOLOGIE

Valory Le Ricolais... *L'Individualisme économique.*

GEORGES BANS, DIRECTEUR, BOULEVARD LATOUR-MAUBOURG, 50, PARIS (7ᵉ A.)

Numéro : 50 centimes | **Abonnement : 5 fr. par an**

les timbres-poste français sont acceptés | Etranger : **6 fr.** — Édition sur Japon : **10 fr.**

IMPRIMERIE GIRARD, SAINT-NAZAIRE-S/-LOIRE

REVUE ADHÉRENTE AU SYNDICAT DES JOURNAUX ET PUBLICATIONS PÉRIODIQUES

SPECTACLES

Opéra. — *Le Crépuscule des Dieux.*
Français. — *La Furie.*
Opéra Comique. — *Aphrodyte, La Tosca, Louise.*
Odéon. — *Les Grands.*
Vaudeville. — *La Route d'Emeraude.*
Nouveautés. — *Une grosse Affaire.*
Variétés. — *Le Roi.*
Palais-Royal. — *Monsieur Zéro.*
Gaîté. — *Théâtre lyrique populaire.*
Gymnase. — *L'Ane de Buridan.*
Renaissance. — *L'Oiseau blessé.*
Porte Saint Martin. — *La Femme X.*
Chatelet. — *Aventures de Gavroche.*
Théâtre Sarah Bernhardt. — *L'Aiglon.*
Ambigu. — *Courrier de Lyon.*
Folies Dramatiques. — *Véronique.*
Athénée. — *Arsène Lupin.*
Théâtre. Antoine. — *Les Vainqueurs.*
Théâtre Réjane — *Trains de luxe.*
Trianon. — Répertoires lyriques.
Bouffes Parisiéns. — *4 fois 7 : 28.*
Déjazet. — *L'Enfant de ma sœur.*
Cluny. — *Cochon d'Enfant.*
Théâtre des Arts. — *La Marquesita.*
Théâtre des Ternes. — *Répertoire dramatique.*
Les Capucines. — *Spectacle varié. — Revue.*
Théâtre d'Art International. — (La Bodinière).
Tréteau Royal. — *Théâtre Concert.*
Folies-Bergère — *Revue. - Sports.*
Casino de Paris. — *Spectacle varié.*
Olympia. — *Spectacle varié. — Revue.*
Apollo. — *Spectacle-Bal. — Revue.*
Moulin-Rouge. — *En l'air, Messieurs.*
Alhambra (Château d'Eau). *Attractions.*
Moulin de la Galette. — *Bal,* mardi. jeudi, samedi, dimanche et fêtes.
Marigny Théâtre. —
Jardin de Paris. —
Ambassadeurs —
Alcazar d'Été. —
Scala. — *Concert Spectacle. — Revue.*
Eldorado. — *Concert Spectacle. — Revue.*
Palais de Glace. — *Patinage sur vraie glace.*
Parisiana. — *Veuve soyeuse.*
Cigale. — *Spectacle varié. — Revue*
Wagram Concert. — *Spectacle varié. — Bal.*
Printania. —
Concert de la Pépinière — *Concert et opérette.*
Théâtre Molière. — *Comédies et drames.*
Th. Moncey. — *Concert varié*
Tréteau de Tabarin. — *Revue. - Chansons.*
Le Grand-Guignol. — *Comédies et Drames.*
Théâtre Mévisto. — *Comédies.*
Robert Houdin. — Jeudis et dimanches, *Matinées.*
Nouveau-Cirque. — *Le plus veau Hussard.*
Hippodrome. — *Cinéma-Footit.*
Cirque de Paris. — *Ménagerie Hagenbeck.*
Cirque d'Hiver. — *Cinématographe Pathé.*
Cirque Medrano — *Spectacle équestre.*
Bullier. - *Bal.* Jeudi, Samedi, Dimanche. *Jardin.*
Eden Palace. — *Bal tous les soirs. — Concert*
Elysée Montmartre. — *Bal.*
Musée Grévin. — *Fête d'Artistes. — Théâtre.*
Tour Eiffel. — 10 h. mat. à la nuit. Déjeuners.
Grande Roue — *Ascension, Concert le dimanche.*
Jardin d'Acclimatation. *Concert* jeudi, dimanche.
Le Touriste. — *Paris à Saint-Germain en bateau.* — Q. d'Orsay
Casino Municipal d'Enghien. A 12min *de Paris* N.
Kursaal d'Enghien Les Bains. — *Concert varié.*

LES FAUVES
de la Ménagerie HAGENBECK
sont au CIRQUE DE PARIS
Avenue Lamotte-Piquet

ENTRE NOUS

A NOS LECTEURS

La Critique qui est dans sa 15e année, met en garde ses lecteurs contre des publications nouvelles, de titres similaires, qui cherchent à établir une confusion.

Au moment du renouvellement des abonnements, *La Critique* prie ses amis, ses lecteurs et ses abonnés d'envoyer directement, sans autre avis, le montant de l'abonnement, soit 5 francs pour la France et 6 francs pour l'étranger.

Nous ne faisons pas présenter les quittances par la poste, pour éviter les frais de recouvrement.

Le mieux est d'envoyer directement à notre bureau, 50, boulevard Latour-Maubourg, Paris, le montant en mandat ou timbres-poste.

LE SALON DES HUMORISTES

Le troisième salon des Artistes humoristes, organisé par le *Rire*, se tiendra comme les années précédentes, dans le vaste local du Palais de Glace des Champs-Elysées, du 25 avril au 15 juin (vernissage le 24 avril).

Tous les artistes contemporains y ont adhéré. En outre trois expositions respectives : *L'Œuvre de l'Humoriste allemand Willehm-Busel. Le Portrait. Charge au XVIIIe siècle. L'Œuvre de Caran d'Ache,* constitueront un rare et merveilleux ensemble dont le succès d'ores et déjà assuré.

Notre confrère J. Valmy-Baysse, le secrétaire général, 14, boulevard Poissonnière, renseignera tous les intéressés.

PARIS-GALANT [1]

L'Almanach littéraire et artistique *Paris-Galant* est illustré de soixante-dix clichés dûs à Joannon, Corboin, Commere. J. Desprez, Juillerat, Neumont, Roubille, etc. Le texte est puisé aux sources historiques ; il traite de Mlle de Charolais, de la Raucourt, de Mlle de La Vallière, de Phryné, de l'Orgie Romaine de M. de Valois, du Culte d'Isis, de Ninon de Lenclos. La partie moderne s'occupe de la Mode et du Nu au Théâtre. Ce recueil bien parisien et très littéraire n'a pas d'égal.

---

(1) Daragon, éditeur.

LA CRITIQUE

15ᵉ ANNÉE. — N° 266. — AVRIL 1909

GEORGES BANS, DIRECTEUR, BOULEVARD Latour-Maubourg, 50, PARIS (7ᵉ A.)

Numéro : 50 centimes | **Abonnement : 5 fr. par an**
les timbres-poste français sont acceptés | Etranger : **6 fr.** — Édition sur Japon : **10 fr.**

IMPRIMERIE GIRARD, SAINT-NAZAIRE-S/-LOIRE

REVUE ADHÉRENTE AU SYNDICAT DES JOURNAUX ET PUBLICATIONS PÉRIODIQUES

SPECTACLES

OPÉRA. — *Le Crépuscule des Dieux.*
FRANÇAIS. — *Connais toi.*
OPÉRA COMIQUE. — *Aphrodyte, La Tosca, Louise.*
ODÉON. — *Beethoven.*
VAUDEVILLE. — *La Route d'Emeraude.*
NOUVEAUTÉS. — *Une grosse Affaire.*
VARIÉTÉS. — *Le Roi.*
PALAIS-ROYAL. — *Monsieur Zéro.*
GAITÉ. — *Théâtre lyrique populaire.*
GYMNASE. -- *L'Ane de Buridan.*
RENAISSANCE. — *L'Oiseau blessé.*
PORTE SAINT MARTIN. - *La Femme X.*
CHATELET. — *Aventures de Gavroche.*
THÉÂTRE SARAH BERNHARDT. — *L'Aiglon.*
AMBIGU. — *Courrier de Lyon*
APOLLO - *La Veuve joyeuse.*
FOLIES DRAMATIQUES. -- *Véronique.*
ATHÉNÉE. — *Le Greluchon.*
THÉATRE ANTOINE. — *Master Bob.*
THÉATRE RÉJANE — *Trains de luxe.*
TRIANON- — Répertoires lyriques.
BOUFFES PARISIENS. — *4 fois 7 : 28.*
DÉJAZET. — *L'Enfant de ma sœur.*
CLUNY. — *Cochon d'Enfant.*
THÉÂTRE DES ARTS. — *La Marquesita.*
THÉATRE DES TERNES. — *Répertoire dramatique.*
LES CAPUCINES. — *Spectacle varié.* — *Revue*
THÉATRE D'ART INTERNATIONAL. — (La Bodinière).
TRÉTEAU ROYAL. — *Théâtre Concert.*
FOLIES-BERGÈRE — *Revue.* - *Sports.*
CASINO DE PARIS. — *Spectacle varié.*
OLYMPIA. — *Spectacle varié.* — *Revue.*
MOULIN ROUGE. -- *En l'air, Messieurs.*
ALHAMBRA (Château d'Eau). *Attractions.*
MOULIN DE LA GALETTE. — *Bal,* mardi, jeudi, samedi, dimanche et fêtes.
MARIGNY THÉÂTRE. — *Revue*
JARDIN DE PARIS. — *Concert Promenade.*
AMBASSADEURS — *Concert varié.*
ALCAZAR D'ÉTÉ — *Concert-Spectacle.*
SCALA. — *Concert Spectacle.* — *Revue.*
ELDORADO. — *Concert Spectacle* — *Revue.*
PALAIS DE GLACE. — *Salon des Humoristes.*
PARISIANA. — *Veuve soyeuse.*
CIGALE. — *Spectacle varié.* — *Revue*
WAGRAM CONCERT. — *Spectacle varié.* — *Bal.*
PRINTANIA. -- *Luna Park.*
CONCERT DE LA PÉPINIÈRE — *Concert et opérette.*
THÉATRE MOLIÈRE — *Comédies et drames.*
TH. MONCEY. — *Concert varié*
TRÉTEAU DE TABARIN. — *Revue.* - *Chansons.*
LE GRAND-GUIGNOL. — *Comédies et Drames.*
THÉÂTRE MÉVISTO. — *Comédies.*
ROBERT HOUDIN. — Jeudis et dimanches, *Matinées.*
NOUVEAU-CIRQUE. — *Le plus veau Hussard.*
HIPPODROME. — *Cinéma-Foolit.*
CIRQUE DE PARIS. —
CIRQUE D'HIVER. — *Cinématographe Pathé.*
CIRQUE MEDRANO — *Spectacle équestre.*
BULLIER. - *Bal.* Jeudi, Samedi, Dimanche *Jardin.*
EDEN PALACE. — *Bal tous les soirs.* — *Concert*
ELYSÉE MONTMARTRE. — *Bal.*
MUSÉE GRÉVIN. — *Fête d'Artistes.* — *Théâtre.*
TOUR EIFFEL. — 10 h. mat. à la nuit. Déjeuners.
GRANDE ROUE — *Ascension, Concert le dimanche.*
JARDIN D'ACCLIMATATION. *Concert* jeudi, dimanche.
LE TOURISTE. — *Paris à Saint-Germain en bateau.* — Q. d'Orsay
CASINO MUNICIPAL D'ENGHIEN. A 12 min de Paris N.
KURSAAL D'ENGHIEN LES BAINS. — *Concert varié.*

La Ville de LILLIPUT
ET SES NAINS
sont au JARDIN D'ACCLIMATATION
au Bois de Boulogne

ENTRE NOUS

A NOS LECTEURS

La Critique qui est dans sa 15e année, met en garde ses lecteurs contre des publications nouvelles, de titres similaires, qui cherchent à établir une confusion.

Au moment du renouvellement des abonnements, *La Critique* prie ses amis, ses lecteurs et ses abonnés d'envoyer directement, sans autre avis, le montant de l'abonnement, soit 5 francs pour la France et 6 francs pour l'étranger.

Nous ne faisons pas présenter les quittances par la poste, pour éviter les frais de recouvrement.

Le mieux est d'envoyer directement à notre bureau, 50, boulevard Latour-Maubourg, Paris, le montant en mandat ou timbres-poste.

RABELAIS A CHINON

La Société *La Renaissance artistique* qui depuis 1906, mène le bon combat en Touraine, prépare à Chinon pour le lundi de la Pentecôte, 31 mai 1909, une magnifique journée d'art régional.

Comme à Courçay l'an dernier, tous les poètes du *Jardin de la France* seront à Chinon le 31 mai 1909 pour fêter la mémoire de Maître Alcofribas.

On jouera *Pantagruel*, une farce en trois actes en prose, adaptée de Rabelais par notre confrère Hubert-Fillay.

L'ART FLORAL

L'Exposition de printemps de la Société Nationale d'Horticulture de France se tiendra cette année, à Paris, au Jardin des Tuileries, au lieu du Cours la Reine.

Elle ouvrira le Lundi 17 Mai, pour clôturer le Dimanche 23 Mai.

LA CRITIQUE

15ᵉ ANNÉE. — Nº 267. — MAI 1909

ART

THÉATRE

MUSIQUE

GEORGES BANS, DIRECTEUR, BOULEVARD Latour-Maubourg, 50, PARIS (7ᵉ A.)

Numéro : 50 centimes | **Abonnement : 5 fr. par an**

les timbres-poste français sont acceptés | Étranger : **6 fr.** — Édition sur Japon : **10 fr.**

IMPRIMERIE GIRARD, SAINT-NAZAIRE-S/-LOIRE

REVUE ADHÉRENTE AU SYNDICAT DES JOURNAUX ET PUBLICATIONS PÉRIODIQUES

SPECTACLES

Opéra. — *Le Crépuscule des Dieux.*
Français. — *Connais toi.*
Opéra-Comique. — *Aphrodyte, La Tosca, Louise.*
Odéon. — *Beethoven.*
Vaudeville. — *La Route d'Emeraude.*
Nouveautés. — *Une grosse Affaire.*
Variétés. — *Le Roi.*
Palais-Royal. — *Monsieur Zéro.*
Gaité. — *Théâtre lyrique populaire.*
Gymnase. — *L'Ane de Buridan.*
Renaissance. — *L'Oiseau blessé.*
Porte Saint Martin. — *La Femme X.*
Chatelet. — *Aventures de Gavroche.*
Théâtre Sarah Bernhardt. — *L'Aiglon.*
Ambigu. — *Courrier de Lyon*
Apollo. — *La Veuve joyeuse.*
Folies Dramatiques. — *Véronique.*
Athénée. — *Le Greluchon.*
Théâtre Antoine. — *Master Bob.*
Théâtre Réjane — *Trains de luxe.*
Trianon. — Répertoires lyriques.
Bouffes Parisiens. — *4 fois 7 : 28.*
Déjazet. — *L'Enfant de ma sœur.*
Cluny. — *Cochon d'Enfant.*
Théâtre des Arts. — *La Marquesita.*
Théâtre des Ternes. — *Répertoire dramatique.*
Les Capucines. — *Spectacle varié. — Revue.*
Théâtre d'Art International. — (La Bodinière).
Tréteau Royal. — *Théâtre Concert.*
Folies-Bergère. — *Revue. - Sports.*
Casino de Paris. — *Spectacle varié.*
Olympia. — *Spectacle varié. — Revue.*
Moulin-Rouge. — *En l'air, Messieurs.*
Alhambra (Château d'Eau). *Attractions.*
Moulin de la Galette. — *Bal*, mardi, jeudi, samedi, dimanche et fêtes.
Marigny Théâtre. — *Revue.*
Jardin de Paris. — *Concert Promenade.*
Ambassadeurs. — *Concert varié.*
Alcazar d'Été. — *Concert-Spectacle.*
Scala. — *Concert-Spectacle. — Revue.*
Eldorado. — *Concert-Spectacle. — Revue.*
Palais de Glace. — *Salon des Humoristes.*
Parisiana. — *Veuve soyeuse.*
Cigale. — *Spectacle varié. — Revue.*
Wagram Concert. — *Spectacle varié. — Bal.*
Printania. — *Luna Park.*
Concert de la Pépinière. — *Concert et opérette.*
Théâtre Molière. — *Comédies et drames.*
Th. Moncey. — *Concert varié.*
Tréteau de Tabarin. — *Revue. - Chansons.*
Le Grand-Guignol. — *Comédies et Drames.*
Théâtre Mevisto. — *Comédies.*
Robert Houdin. — Jeudis et dimanches, *Matinées.*
Nouveau-Cirque. — *Le plus veau Hussard.*
Hippodrome. — *Cinéma-Footil.*
Cirque de Paris. —
Cirque d'Hiver. — *Cinématographe Pathé.*
Cirque Medrano — *Spectacle équestre.*
Bullier. — *Bal.* Jeudi, Samedi, Dimanche. *Jardin.*
Eden Palace. — *Bal tous les soirs. — Concert*
Elysée Montmartre. — *Bal.*
Musée Grévin. — *Fête d'Artistes. — Théâtre.*
Tour Eiffel. — 10 h., mat. à la nuit. Déjeuners.
Grande Roue. — *Ascension, Concert le dimanche.*
Jardin d'Acclimatation. *Concert jeudi, dimanche.*
Le Touriste. — *Paris à Saint-Germain en bateau. — Q. d'Orsay.*
Casino Municipal d'Enghien. *A 12 min. de Paris-N.*
Kursaal d'Enghien Les Bains. — *Concert varié.*

LUNA-PARK

Attractions variées

Porte-Maillot, PARIS

ENTRE NOUS

L'ART FLORAL

Au Jardin des Tuileries s'est tenue l'Exposition horticole de Printemps organisée par la Société Nationale d'Horticulture de France, exposition consacrée aux roses, azalées, rhododendrons, orchidées et autres fleurs de saison, ainsi qu'aux légumes, aux Industries horticoles et aux Beaux-Arts horticoles.

Cette fête florale a eu, comme de coutume, le plus grand succès et le goût parfait qui y a présidé fait le plus grand honneur à la Société Nationale d'Horticulture.

BALCONS FLEURIS

Le sixième concours de fenêtres et balcons fleuris, organisé par le Nouveau-Paris, va s'ouvrir et durera tout le mois de juin.

Cette année, les inscriptions (reçues sans frais, comme de coutume) doivent être envoyées directement à M. Hector Guimard, vice-président du Nouveau-Paris, 16, rue Lafontaine. Paris-Auteuil.

RABELAIS A CHINON

Les fêtes que la *Renaissance artistique tourangelle* organise le lundi 31 mai 1909, en l'honneur de Rabelais, promettent d'obtenir le plus vif succès.

Au milieu des ruines du vieux Château, non loin de cette salle historique où Jeanne d'Arc vint chercher le roi de France pour l'entraîner à la conquête de son royaume, au milieu des feuillages, des lierres et des mousses qui parent les murailles écroulées en face d'un panorama unique au monde, des artistes des grands théâtres de Paris donneront une représentation en plein air d'une farce en trois actes : *Pantagruel*, adaptée de *Rabelais* par *Hubert-Fillay.*

A NOS LECTEURS

La Critique qui est dans sa 15e année, met en garde ses lecteurs contre des publications nouvelles, de titres similaires, qui cherchent à établir une confusion.

Au moment du renouvellement des abonnements, *La Critique* prie ses amis, ses lecteurs et ses abonnés d'envoyer directement, sans autre avis, le montant de l'abonnement, soit 5 francs pour la France et 6 francs pour l'étranger.

Nous ne faisons pas présenter les quittances par la poste, pour éviter les frais de recouvrement.

Le mieux est d'envoyer directement à notre bureau, 50, boulevard Latour-Maubourg, Paris, le montant en mandat ou timbres-poste.

LA CRITIQUE

15ᵉ ANNÉE. — Nº 268. — JUILLET 1909

GEORGES BANS, DIRECTEUR, BOULEVARD LATOUR-MAUBOURG, 50. PARIS (7ᵉ A.)

Numéro : 50 centimes | **Abonnement : 5 fr. par an**

les timbres-poste français sont acceptés | Etranger : 6 fr. — Édition sur Japon : 10 fr.

IMPRIMERIE GIRARD, SAINT-NAZAIRE-S/-LOIRE

REVUE ADHÉRENTE AU SYNDICAT DES JOURNAUX ET PUBLICATIONS PÉRIODIQUES

SPECTACLES

OPÉRA. — *Le Crépuscule des Dieux.*
FRANÇAIS. — *Connais toi.*
OPÉRA COMIQUE. — *Aphrodyte, La Tosca, Louise.*
ODÉON. — *Beethoven.*
VAUDEVILLE. — *La Route d'Emeraude.*
NOUVEAUTÉS. — *Une grosse Affaire.*
VARIÉTÉS. — *Le Roi.*
PALAIS-ROYAL. — *Monsieur Zéro.*
GAITÉ. — *Théâtre lyrique populaire.*
GYMNASE. — *L'Ane de Buridan.*
RENAISSANCE. — *L'Oiseau blessé.*
PORTE SAINT MARTIN. — *La Femme X.*
CHATELET. — *Aventures de Gavroche.*
THÉÂTRE SARAH BERNHARDT. — *L'Aiglon.*
AMBIGU. — *Courrier de Lyon*
APOLLO. — *La Veuve joyeuse.*
FOLIES DRAMATIQUES. — *La Femme de Feu.*
ATHÉNÉE. — *Arsène Lupin.*
TH. ATRE ANTOINE. — *Master Bob.*
THÉÂTRE RÉJANE — *Trains de luxe.*
TRIANON. — *Répertoires lyriques.*
BOUFFES PARISIENS. — *4 fois 7 : 28.*
DÉJAZET. — *L'Enfant de ma sœur.*
CLUNY. — *Cochon d'Enfant.*
THÉÂTRE DES ARTS. — *La Marquesita.*
THÉÂTRE DES TERNES. — *Répertoire dramatique.*
LES CAPUCINES. — *Spectacle varié.* — *Revue.*
THÉÂTRE D'ART INTERNATIONAL. — (La Bodinière).
TRÉTEAU ROYAL. — *Théâtre-Concert.*
FOLIES-BERGÈRE. — *Clôture.*
CASINO DE PARIS. — *Clôture.*
OLYMPIA. — *Spectacle varié.* — *Revue.*
MOULIN-ROUGE. — *Revue.*
ALHAMBRA (Château d'Eau). *Attractions.*
MOULIN DE LA GALETTE. — *Bal*, mardi, jeudi, samedi, dimanche et fêtes.
MARIGNY THÉÂTRE. — *Revue.*
JARDIN DE PARIS. — *Concert Promenade.*
AMBASSADEURS — *Concert varié.*
ALCAZAR D'ÉTÉ. — *Concert-Spectacle.*
SCALA. — *Concert-Spectacle* — *Revue.*
ELDORADO. — *Concert-Spectacle.* — *Revue.*
PALAIS DE GLACE. —
PARISIANA. —
CIGALE. — *Spectacle varié.* — *Revue.*
WAGRAM CONCERT. — *Spectacle varié.* — *Bal.*
PRINTANIA. — *Luna Park.*
CONCERT DE LA PÉPINIÈRE. — *Concert et opérette.*
THÉÂTRE MOLIÈRE. — *Comédies et drames.*
TH. MONCEY. — *Concert varié.*
TRÉTEAU DE TABARIN. — *Revue.* — *Chansons.*
LE GRAND-GUIGNOL. — *Comédies et Drames.*
THÉÂTRE MEVISTO. — *Comédies.*
ROBERT HOUDIN. — Jeudis et dimanches, *Matinées.*
NOUVEAU-CIRQUE. — *Footit.*
HIPPODROME. — *Cinéma.*
CIRQUE DE PARIS. —
CIRQUE D'HIVER. — *Cinématographe Pathé.*
CIRQUE MEDRANO — *Spectacle équestre.*
BULLIER. — *Bal*, Jeudi, Samedi, Dimanche. *Jardin.*
EDEN PALACE. — *Bal tous les soirs.* — *Concert*
ELYSÉE MONTMARTRE. — *Bal.*
MUSÉE GRÉVIN. — *Fête d'Artistes.* — *Théâtre.*
TOUR EIFFEL. — 10 h. mat. à la nuit. Déjeuners.
GRANDE ROUE. — *Ascension, Concert le dimanche.*
JARDIN D'ACCLIMATATION. *Concert jeudi, dimanche.*
LE TOURISTE. — *Paris à Saint-Germain en bateau.* — Q. d'Orsay.
CASINO MUNICIPAL D'ENGHIEN. A 12 min. de Paris-N.
KURSAAL D'ENGHIEN LES BAINS. — *Concert varié.*

LUNA-PARK

Attractions variées

Tous les jours   Porte-Maillot, **PARIS**

ENTRE NOUS

VILLÉGIATURES ET DÉPLACEMENTS

Les Jeunes-Turcs, pleins de sollicitude pour leur ancien souverain, ont acheté la villa Allatina, à Salonique, afin que rien ne vienne interrompre la villégiature perpétuelle de S. M. Abdul-Hamid.

Malheureusement un fait nouveau peut être révélé, qui nécessitera le transfert du prisonnier à Constantinople et sera suivi d'un jugement... définitif.

LES PETITS MÉTIERS

MM. les académiciens aiment les affaires. Ils sont recherchés dans les conseils d'administration.

Le marquis de Vogüé est président du conseil de Saint-Gobain ; M. Thureau-Dangin n'est qu'administrateur à la même compagnie ; le marquis de Ségur était aux chemins de fer de feu l'Ouest, il se console en siégeant aux Messageries maritimes, à la Banque du Nord, à la Banque des Pays Autrichiens, à la Société Générale, à l'Est asiatique ; M. le comte d'Haussonville est dans les assurances (*La Nationale*) ; M. Melchior de Vogüé (cadet) est administrateur du Suez ; M. Mézières préside l'Urbaine-assurances et administre le Crédit foncier.

A NOS LECTEURS

La Critique qui est dans sa 15e année, met en garde ses lecteurs contre des publications nouvelles, de titres similaires, qui cherchent à établir une confusion et que nous poursuivrons s'il y a préjudice.

Au moment du renouvellement des abonnements, *La Critique* prie ses amis, ses lecteurs et ses abonnés d'envoyer directement, sans autre avis, le montant de l'abonnement, soit 5 francs pour la France et 6 francs pour l'étranger.

Nous ne faisons pas présenter les quittances par la poste, pour éviter les frais de recouvrement.

Le mieux est d'envoyer directement à notre bureau, 50, boulevard Latour-Maubourg, Paris, le montant en mandat ou timbres-poste.

BIBLIOTHÈQUE DE " LA CRITIQUE "

EN SÉRIE ET SOUSCRIPTIONS DES BIBLIOTHÈQUES MUNICIPALES

Les Commandes sont directement transmises aux auteurs, certains ouvrages étant épuisés.

ALCANTER DE BRAHM
L'Ostensoir des Ironies. en trois volumes.
Critiques d'Ibsen. études. 1 vol. Japon. . 5 »
Deux logis de qualité (hors commerce).
Telle que toujours, étude d'âme. . . . 3 »
Eros chante. poésies : 1 vol. in-16, elz. . 3 »

ÉMILE SEDEYN
Rencontres, 250 pages illustrées. . . . 3 50

JOSSOT
Les Rats. album. Texte de Papyrus. d'après Henrich Heine. Musique de Baudot. (*Épuisé*).

MANUEL DEVALDES
L'Education et la Liberté, 1 vol. . . . . 1 »

ROY LEAR
Les Talentiers. ballades libres, avec soixante portraits d'Ernest La Jeunesse. . . . 3 50

EDMOND RIMÉ et HENRI BASSÈRES
Les Yeux, étude dramatique. Préf. d'Emile Straus. 5 fr. — Hollande, 10 fr. — Japon, 20 fr.
La Chair triomphe, poèmes, à 2 fr.

CH FUINEL
Art et Critique. un fort volume. . . . 3 50

JACQUES DUSONCHET
Pages pour l'Isolée, etude psychol. . . 3 50

VICTOR TERNISIEN
Chants candides, poésies. vélin. à 2 fr.

PAPYRUS-MARTINE
L'incendie du château de Versailles. . . 1 »
Almanach Georges Bans, 1899 (rare). . . 3 »
Almanachs Georges Bans, 1896, 1897 et 1898. Très rares exemplaires. à 20 fr. et. . 5 »

ANDRÉ IBELS
James Vibert, sculpteur (épuisé).

ARMAND BOURGEOIS
Sauvons Versailles !. 0 50
Théroigne de Méricourt. 2 50
Varennes 1 50
Sarah Bernhardt, conférence.
Adolphe Willette, dessinateur.
Deux salons Parisiens. illus. par de Caldain.
Le roman de Robert Nanteuil.
Le vin de Champagne sous Louis XIV.
Voltaire et Adrienne Le Couvreur, Préface d'Emile Strans ; introduction de G. Monval, archiviste de la Comédie Française. 2 50
Un roman de Madame Tallien,
Préface de Gustave Toudouze, avec une eau-forte de Marie Hécart. 2 50
L'Ame de la Forêt,
Préface d'Alexandre Piédagnel ; couverture de Marie Hécart ; vignettes de Léonide Bourges et Maurice Aubryet. 2 50

ALICE CANOVA
En regardant la vie, Préface de Manuel Devaldès, 1 vol. . . . . 2 »

RENÉ PONTHIÈRE
Nini Pompadour, stances. p. tirage . . . 1 »

L. FORTOLIS
L'Echanson du roi d'Yvetot, opérette en un acte.
Chansons chagrines, recueil de chansons.
De la rue à la lune, plaquette illustrée. . 2 50
Hantise, poésies illustrées par A. Kaub. . 3 50

ALFRED BACELLI
Victimes et rebelles. Prix. . . . . . 2 »

EDGARD DENANCY
Philosophie de la colonisation. 3 50

ÉMILE STRAUS
Le Théâtre Alsacien. . . . . 1 »
La nouvelle Alsace . . . . 2 »
L'Aurore du XXe siècle. . . . . . . 1 »
Das lied von der Glocke (trad Schiller). . 5 »
Notes d'art : E. Couturier, dessinateur. Une plaquette contenant deux gr. lithographies, exempl., 5 fr. — Rare Japon, 20 fr.
Notes d'art : Marc Mouclier peintre.

EUGÈNE DE SOLENIERE
Massenet, un volume (épuisé).
Rose Caron (épuisé).
La Femme-Compositeur, avec quatre portraits.

PAUL ROBIN
Population et prudence procréatrice, plaquette populaire . . . . » 10
Technique du suicide . . . . » 10

HENRI FRANTZ
Peintres Suisses contemporains. . . . 1 »
Notes sur les salons de 1899 (épuisé).

GEORGES DELAMARRE
Fleurissez-vous, Mesdames !. . . . . 2 »

ÉMILE LANE
Autour d'un cochonnet. Un volume . . . 3 »

ALEXANDRE MEUNIER
La plus laide fille du monde. 2 50

CARTES POSTALES

LES MAITRES DE LA CARTE POSTALE

Douze cartes d'artistes différents. sous enveloppe. Chaque série franco. 1 50
Quatre séries sont en vente actuellement. — Il ne reste qu'un petit nombre.
La 1re et la 5e séries sont absolument épuisées. En raison du prix modique, il n'est pas répondu aux demandes de spécimens gratuits. Les timbres français sont acceptés.
En vente seulement : 50, Bd Latour-Maubourg.

COLLECTION DE LA CRITIQUE

TOME I. — ANNÉE 1895.
Une collection de 200 pages, avec hors texte.
Quelques rares exemplaires papier vélin. 20 »
Très rares exemplaires Japon edit. de luxe 50 »

TOME II. — ANNÉE 1896
Une collection de 200 pages. avec hors texte.
Quelques rares exemplaires papier vélin. 10 »
Japon, édit. de luxe, estampes spéciales. 30 »

TOME III. — ANNÉE 1897
Quelques collections papier vélin. . . 10 »
Très rares exempl. Japon. estampes spéc. 30 »

TOME IV. — ANNÉE 1898
TOME V. — ANNÉE 1899
TOME VI. — ANNÉE 1900
TOME VII. — ANNÉE 1901
TOME VIII. — ANNÉE 1902
TOME IX. — ANNÉE 1903

Chaque collection contient une double suite de planches hors texte, en noir et en couleurs. L'édition de luxe, Japon, sous couverture rose, est enrichie d'une série d'estampes tirées spécialement. encartée dans chaque fascicule, 8 fr. ; luxe, 25 fr.

TOME X. — ANNÉE 1904
TOME XI. — ANNÉE 1905
TOME XII. — ANNÉE 1906
TOME XIII. — ANNÉE 1907
TOME XIV. — ANNÉE 1908

La collection, 5 fr. — Japon. 10 fr.

Il ne reste qu'un petit nombre de collections complètes que nous réserverons à nos souscripteurs de l'année 1908, aux prix nets ci-dessus.

ASSOCIATION ARTISTIQUE
ET LITTÉRAIRE DE LA CRITIQUE

STATUTS

ARTICLE PREMIER. — Il est fondé une Société de personnes s'intéressant à la critique des arts et des lettres, sous le titre « Association Artistique et Littéraire de la Critique ».

Le siège est à Paris chez le président.

ART. 2. — L'Association se compose de membres actifs habitant la France, payant une cotisation annuelle de 5 francs, et de membres honoraires à l'étranger, payant une cotisation annuelle de 6 francs.

ART. 3. — Les membres actifs se réunissent tous les ans en Assemblée générale et élisent un Conseil. se composant d'un président, d'un vice-président, un secrétaire et un trésorier; le Conseil est nommé pour cinq ans et rééligible.

Le Conseil se réunit une fois par mois.

ART. 4. — Le président est spécialement chargé de la direction du bulletin de l'Association.

ART. 5. — Le bulletin, intitulé *La Critique*, est envoyé gratuitement à tous les membres de l'Association. Une édition de luxe pourra être tirée.

ART. 6. — L'Association de la Critique s'interdit toute opération commerciale et toute discussion politique et religieuse.

Le Conseil s'efforce en toutes circonstances de donner à ses adhérents des avantages professionnels ressortissant du domaine de la Critique.

Les fonds de l'Association sont consacrés à la constitution d'une caisse de secours pour venir en aide aux critiques et aux journalistes et aussi à la publication régulière du bulletin *La Critique*.

ART. 7. — En cas de dissolution de l'Association le reliquat des fonds devra être versé à une œuvre philanthropique littéraire, d'un but analogue.

Fait à Paris, le 1er janvier 1904.

Siège : 50, boulevard Latour-Maubourg, Paris.

Le Gérant de La Critique : F. GIRARD.   Saint-Nazaire-sur-Loire. — Imprimerie GIRARD.

BIBLIOTHÈQUE
DE “ LA CRITIQUE ”

HONORÉE DE SOUSCRIPTIONS DES BIBLIOTHÈQUES MUNICIPALES

Les Commandes sont directement transmises aux auteurs, certains ouvrages étant épuisés.

ALCANTER DE BRAHM
L'Ostensoir des Ironies, en trois volumes.
Critiques d'Ibsen, études. 1 vol. Japon. . 5 »
Deux logis de qualité (hors commerce).
Telle que toujours, étude d'âme. . . 3 »
Eros chante, poésies ; 1 vol. in-16, elz. . 3 »

EMILE SEDEYN
Rencontres, 250 pages illustrées. . . . 3 50

JOSSOT
Les Rats, album. Texte de Papyrus, d'après Henrich Heine. Musique de Baudot. (*Epuisé*).

MANUEL DEVALDES
L'Education et la Liberté, 1 vol . . . . 1 »

ROY LEAR
Les Talentiers, ballades libres, avec soixante portraits d'Ernest La Jeunesse. . . . 3 50

EDMOND RIME et HENRI BASSERES
Les Yeux, étude dramatique. Préf. d'Emile Straus.
5 fr. — Hollande, 10 fr — Japon, 20 fr.
La Chair triomphe, poèmes, à 2 fr.

CH FUINEL
Art et Critique, un fort volume. 3 50

JACQUES DUSONCHET
Pages pour l'Isolée, étude psychol. . . 3 50

VICTOR TERNISIEN
Chants candides, poésies, vélin, à 2 fr.

PAPYRUS-MARTINE
L'incendie du château de Versailles. . . . 1 »
Almanach Georges Bans, 1899 (rare). . . 3 »
Almanachs Georges Bans, 1896, 1897 et 1898.
Très rares exemplaires, à 20 fr. et. . 5 »

ANDRÉ IBELS
James Vibert, sculpteur (épuisé).

ARMAND BOURGEOIS
Sauvons Versailles !. 0 50
Théroigne de Méricourt. 2 50
Varennes. 1 50
Sarah Bernhardt, conférence.
Adolphe Willette, dessinateur.
Deux salons Parisiens. illus. par de Caldain.
Le roman de Robert Nanteuil.
Le vin de Champagne sous Louis XIV.
Voltaire et Adrienne Le Couvreur, Préface d'Emile Strans ; introduction de G. Monval, archiviste de la Comédie Française. 2 50
Un roman de Madame Tallien,
Préface de Gustave Toudouze, avec une eau-forte de Marie Hécart. 2 50
L'Ame de la Forêt,
Préface d'Alexandre Piédagnel ; couverture de Marie Hécart ; vignettes de Léonide Bourges et Maurice Aubryet. 2 50

ALICE CANOVA
En regardant la vie, Préface de Manuel Devaldès, 1 vol. . . . . 2 »

RENÉ PONTHIÈRE
Nini Pompadour, stances. p. tirage . . . 1 »

L. FORTOLIS
L'Echanson du roi d'Yvetot, opérette en un acte.
Chansons chagrines, recueil de chansons.
De la rue à la lune, plaquette illustrée. . 2 50
Hantise, poésies illustrées par A. Kaub. . 3 50

ALFRED BACELLI
Victimes et rebelles. Prix. . . . . . 2 »

EDGARD DENANCY
Philosophie de la colonisation. 3 50

EMILE STRAUS
Le Théâtre Alsacien. . . . . 1 »
La nouvelle Alsace . . . . 2 »
L'Aurore du XXᵉ siècle. . . . . . . 1 »
Das lied von der Glocke (trad. Schiller). . 5 »
Notes d'art : E. Couturier, dessinateur. Une plaquette contenant deux gr. lithographies, exempl., 5 fr. — Rare Japon, 20 fr.
Notes d'art : Marc Mouclier peintre.

EUGÈNE DE SOLENIERE
Massenet, un volume (épuisé).
Rose Caron (épuisé).
La Femme-Compositeur, avec quatre portraits.

PAUL ROBIN
Population et prudence procréatrice, plaquette populaire . . . . » 10
Technique du suicide . . . . » 10

HENRI FRANTZ
Peintres Suisses contemporains. . . . . 1 »
Notes sur les salons de 1899 (*épuisé*).

GEORGES DELAMARRE
Fleurissez-vous, Mesdames !. . . . . . 2 »

EMILE LANE
Autour d'un cochonnet. Un volume . . 3 »

ALEXANDRE MEUNIER
La plus laide fille du monde. 2 50

CARTES POSTALES
LES MAITRES DE LA CARTE POSTALE
Douze cartes d'artistes différents, sous enveloppe.
Chaque série franco. 1 50
Quatre séries sont en vente actuellement. — Il ne reste qu'un petit nombre.
La 1ʳᵉ et la 5ᵉ séries sont absolument épuisées.
En raison du prix modique, il n'est pas répondu aux demandes de spécimens gratuits.
Les timbres français sont acceptés
En vente seulement : 50, Bᵈ Latour-Maubourg.

COLLECTION DE LA CRITIQUE
TOME I. — ANNÉE 1895.
Une collection de 200 pages, avec hors texte.
Quelques rares exemplaires papier velin. 20 »
Très rares exemplaires Japon edit. de luxe 50 »

TOME II. — ANNÉE 1896
Une collection de 200 pages, avec hors texte.
Quelques rares exemplaires papier velin. 10 »
Japon, édit. de luxe, estampes spéciales. 30 »

TOME III. — ANNÉE 1897
Quelques exemplaires papier velin . . 10 »
Très rares exempl. Japon, estampes spéc. 30 »

TOME IV. — ANNÉE 1898
TOME V. — ANNÉE 1899
TOME VI. — ANNÉE 1900
TOME VII. — ANNÉE 1901
TOME VIII. — ANNÉE 1902
TOME IX. — ANNÉE 1903

Chaque collection contient une double suite de planches hors texte, en noir et en couleurs. L'édition de luxe, Japon, sous couverture rose, est enrichie d'une série d'estampes tirées spécialement, encartée dans chaque fascicule, 8 fr. ; luxe, 25 fr.

TOME X. — ANNÉE 1904
TOME XI. — ANNÉE 1905
TOME XII. — ANNÉE 1906
TOME XIII. — ANNÉE 1907
TOME XIV. — ANNÉE 1908

La collection, 5 fr. — Japon, 10 fr.

Il ne reste qu'un petit nombre de collections complètes que nous réserverons à nos souscripteurs de l'année 1908, aux prix nets ci-dessus.

ASSOCIATION ARTISTIQUE
ET LITTÉRAIRE DE LA CRITIQUE

STATUTS

ARTICLE PREMIER. — Il est fondé une Société de personnes s'intéressant à la critique des arts et des lettres, sous le titre « Association Artistique et Littéraire de la Critique ».

Le siège est à Paris chez le président.

ART. 2. — L'Association se compose de membres actifs habitant la France, payant une cotisation annuelle de 5 francs, et de membres honoraires à l'étranger, payant une cotisation annuelle de 6 francs.

ART. 3. — Les membres actifs se réunissent tous les ans en Assemblée générale et élisent un Conseil, se composant d'un président, d'un vice-président, un secrétaire et un trésorier; le Conseil est nommé pour cinq ans et rééligible.

Le Conseil se réunit une fois par mois.

ART. 4. — Le président est spécialement chargé de la direction du bulletin de l'Association.

ART. 5. — Le bulletin, intitulé *La Critique*, est envoyé gratuitement à tous les membres de l'Association. Une édition de luxe pourra être tirée.

ART. 6. — L'Association de la Critique s'interdit toute opération commerciale et toute discussion politique et religieuse.

Le Conseil s'efforce en toutes circonstances de donner à ses adhérents des avantages professionnels ressortissant du domaine de la Critique.

Les fonds de l'Association sont consacrés à la constitution d'une caisse de secours pour venir en aide aux critiques et aux journalistes et aussi à la publication régulière du bulletin *La Critique*.

ART. 7. — En cas de dissolution de l'Association le reliquat des fonds devra être versé à une œuvre philanthropique littéraire, d'un but analogue.

Fait à Paris, le 1er janvier 1904.

Siège : 50, boulevard Latour-Maubourg, Paris.

MERCURE DE FRANCE

26, rue de Condé — PARIS
Paraît le 1er et le 15 de chaque mois

DIX-HUITIÈME ANNÉE

Littérature, Poésie, Théâtre, Musique, Peinture, Sculpture, Philosophie, Histoire, Sociologie, Sciences Voyages, Bibliophilie, Sciences occultes, Critique, Littératures étrangères, Revue de la quinzaine.

PRIX DU NUMÉRO

France.......................... 1 fr. 25 net | Etranger........................... 1 fr. 50

ABONNEMENT

France		Etranger	
Un an........................	25 fr.	Un an........................	30 fr.
Six mois.....................	15 »	Six mois.....................	17 »
Trois mois...................	8 »	Trois mois...................	10 »

ABONNEMENT DE TROIS ANS, avec Prime équivalant au remboursement de l'abonnement

France : 65 fr.   Etranger : 80 fr.

Envoi franco, sur demande, d'un spécimen et du catalogue complet des éditions du MERCURE DE FRANCE

Le Gérant de La Critique : F. GIRARD.   ·Saint-Nazaire-sur-Loire. — Imprimerie GIRARD.

ASSOCIATION ARTISTIQUE
ET LITTÉRAIRE DE LA CRITIQUE

STATUTS

ARTICLE PREMIER. — Il est fondé une Société de personnes s'intéressant à la critique des arts et des lettres, sous le titre « Association Artistique et Littéraire de la Critique ».

Le siège est à Paris chez le président.

ART. 2. — L'Association se compose de membres actifs habitant la France, payant une cotisation annuelle de 5 francs, et de membres honoraires à l'étranger, payant une cotisation annuelle de 6 francs.

ART. 3. — Les membres actifs se réunissent tous les ans en Assemblée générale et élisent un Conseil, se composant d'un président, d'un vice-président, un secrétaire et un trésorier ; le Conseil est nommé pour cinq ans et rééligible.

Le Conseil se réunit une fois par mois.

ART. 4. — Le président est spécialement chargé de la direction du bulletin de l'Association.

ART. 5. — Le bulletin, intitulé *La Critique*, est envoyé gratuitement à tous les membres de l'Association. Une édition de luxe pourra être tirée.

ART. 6. — L'Association de la Critique s'interdit toute opération commerciale et toute discussion politique et religieuse.

Le Conseil s'efforce en toutes circonstances de donner à ses adhérents des avantages professionnels ressortissant du domaine de la Critique.

Les fonds de l'Association sont consacrés à la constitution d'une caisse de secours pour venir en aide aux critiques et aux journalistes et aussi à la publication régulière du bulletin *La Critique*.

ART. 7. — En cas de dissolution de l'Association le reliquat des fonds devra être versé à une œuvre philanthropique littéraire, d'un but analogue.

Fait à Paris, le 1er janvier 1904.

Siège : 50, boulevard Latour-Maubourg, Paris.

Le Gérant de La Critique : F. GIRARD.   Saint-Nazaire-sur-Loire. — Imprimerie GIRARD.

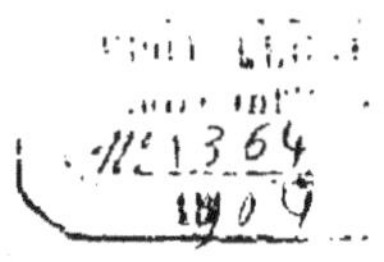

LA CRITIQUE.

15ᵉ ANNÉE. — Nᵒ 269. — SEPTEMBRE 1909

GEORGES BANS, DIRECTEUR, BOULEVARD LATOUR-MAUBOURG, 50, PARIS (7ᵉ A.)

Numéro : 50 centimes | **Abonnement : 5 fr. par an**

les timbres-poste français sont acceptés | Etranger : **6 fr.** — Édition sur Japon : **10 fr.**

IMPRIMERIE GIRARD, SAINT-NAZAIRE-S/-LOIRE

REVUE ADHÉRENTE AU SYNDICAT DES JOURNAUX ET PUBLICATIONS PÉRIODIQUES

SPECTACLES

OPÉRA. — *Le Crépuscule des Dieux.*
FRANÇAIS. — *La Robe rouge.*
OPÉRA COMIQUE. — *Aphrodyte, La Tosca, Louise.*
ODÉON. — *Beethoven.*
VAUDEVILLE. — *La Route d'Émeraude.*
NOUVEAUTÉS. — *Une grosse Affaire.*
VARIÉTÉS — *Le Roi.*
PALAIS ROYAL. — *Monsieur Zéro.*
GAITÉ — *Théâtre lyrique populaire.*
GYMNASE — *L'Ane de Buridan.*
RENAISSANCE — *L'Oiseau blessé*
PORTE SAINT MARTIN. — *La Femme X.*
CHATELET — *Aventures de Gavroche.*
THÉÂTRE SARAH BERNHARDT. — *L'Aiglon.*
AMB GU. — *Courrier de Lyon*
APOLLO. — *La Veuve joyeuse*
FOLIES DRAMATIQUES. — *La Femme de Feu.*
ATHÉNÉE. — *Arsène Lupin.*
THÉÂTRE ANTOINE. — *Papillon.*
THÉÂTRE RÉJANE — *Trains de luxe.*
TRIANON — Répertoires lyriques.
BOUFFES PARISIENS. — *4 fois 7 : 28.*
DÉJAZET. — *L'Enfant de ma sœur.*
CLUNY. — *Cochon d'Enfant.*
THÉATRE DES ARTS. — *La Marquesita.*
THÉATRE DES TERNES. — *Répertoire dramatique.*
LES CAPUCINES. — *Spectacle varié. — Revue.*
THÉÂTRE D'ART INTERNATIONAL. — (La Bodinière).
TRÉTEAU ROYAL. — *Théâtre Concert.*
FOLIES-BERGÈRE. — Clôture.
CASINO DE PARIS. — Clôture.
OLYMPIA. — *Spectacle varié. — Revue.*
MOULIN-ROUGE. — *Revue.*
ALHAMBRA (Château d'Eau). *Attractions.*
MOULIN DE LA GALETTE. — *Bal,* mardi, jeudi,
   samedi, dimanche et fêtes.
MARIGNY THÉÂTRE. —
JARDIN DE PARIS. —
AMBASSADEURS —
ALCAZAR D'ÉTÉ —
SCALA — *Concert-Spectacle — Revue.*
ELDORADO. — *Concert-Spectacle. — Revue.*
PALAIS DE GLACE. — *Réouverture.*
PARISIANA. — *L'Amour en Espagne.*
CIGALE — *Spectacle varié. — Revue*
WAGRAM CONCERT. — *Spectacle varié. — Bal.*
PRINTANIA. — *Luna Park.*
CONCERT DE LA PÉPINIÈRE. — *Concert et opérette.*
THÉATRE MOLIÈRE. — *Comédies et drames.*
TH. MONCEY. — *Concert varié*
TRÉTEAU DE TABARIN. — *Revue. — Chansons.*
LE GRAND-GUIGNOL. — *Comédies et Drames.*
THÉATRE MEVISTO. — *Comédies.*
ROBERT HOUDIN. — Jeudis et dimanches, *Matinées.*
NOUVEAU-CIRQUE — *Footit.*
HIPPODROME — *Cinéma.*
CIRQUE DE PARIS. —
CIRQUE D'HIVER. — *Cinématographe Pathé.*
CIRQUE MEDRANO — *Spectacle équestre.*
BULLIER. — *Bal.* Jeudi, Samedi, Dimanche. *Jardin.*
EDEN PALACE. — *Bal tous les soirs. — Concert*
ELYSÉE MONTMARTRE. — *Bal.*
MUSÉE GRÉVIN. — *Fête d'Artistes. — Théâtre.*
TOUR EIFFEL. — 10 h. mat. à la nuit. Déjeuners.
GRANDE ROUE — *Ascension, Concert le dimanche.*
JARDIN D'ACCLIMATATION. *Concert jeudi, dimanche.*
LE TOURISTE. — *Paris à Saint-Germain en
   bateau. — Q. d'Orsay.*
CASINO MUNICIPAL D'ENGHIEN. *A 12 min. de Paris-N.*
KURSAAL D'ENGHIEN LES BAINS. — *Concert varié.*

LUNA-PARK

Attractions variées

Tous les jours   **Porte-Maillot, PARIS**

ENTRE NOUS

Fleurs de style cueillies dans les parterres des meilleurs auteurs :

FÉNELON. « L'eau est faite pour contenir ces prodigieux édifices flottants que l'on appelle des vaisseaux. »

BOSSUET. « Dieu est partout, même là où on ne croit pas qu'il soit. »

THIERS. « Le climat de la Provence serait froid si un soleil torride..... »

F. COPPÉE. « Elle venait de s'asseoir entre ses deux filles, deux jumelles âgées l'une et l'autre de 18 ans. »

BALZAC. « Le bruit du galop de son cheval qui retentit sur le pavé de la pelouse diminua rapidement. »

X. DE MAISTRE. « Saint Jean-Chrysostome, né à Antioche (Asie), ce Bossuet africain..... »

A. DE MUSSET. « L'esturgeon monstrueux soulève de son dos le manteau bleu des mers et contemple en silence..... »

F. SARCEY. « La voix de Mlle Marguerite Ugalde est fort belle et on trouve dans sa diction la main de sa mère. »

LOUIS HAVIN (*Le Siècle*). « Sitôt qu'un Français a passé la frontière, il entre sur le territoire étranger. »

A NOS LECTEURS

La Critique qui est dans sa 15e année, met en garde ses lecteurs contre des publications nouvelles, de titres similaires, qui cherchent à établir une confusion et que nous poursuivrons s'il y a préjudice.

Au moment du renouvellement des abonnements, *La Critique* prie ses amis, ses lecteurs et ses abonnés d'envoyer directement, sans autre avis, le montant de l'abonnement, soit 5 francs pour la France et 6 francs pour l'étranger.

Nous ne faisons pas présenter les quittances par la poste, pour éviter les frais de recouvrement.

Le mieux est d'envoyer directement à notre bureau, 50, boulevard Latour-Maubourg, Paris, le montant en mandat ou timbres-poste.

15ᵉ ANNÉE. — N° 270. — OCTOBRE 1909

—o—

ART

Andrée Myra........ *Salon d'Automne.*

THÉATRE

Georges Roussel...... *« Papillon »* ;
»   »   *« La Cornette »* ;
»   »   *« Les Emigrants »* ; *« La Bigote »*.

HISTOIRE

Armand Bourgeois... *Louis XVI à Varennes.*

GEORGES BANS, DIRECTEUR, BOULEVARD LATOUR-MAUBOURG, 50, PARIS (7ᵉ A.)

<table>
<tr><td>Numéro : 50 centimes
les timbres poste français sont acceptés</td><td>Abonnement : 5 fr. par an
Etranger : 6 fr. — Édition sur Japon : 10 fr.</td></tr>
</table>

IMPRIMERIE GIRARD, SAINT-NAZAIRE-S/-LOIRE

SPECTACLES

OPÉRA. — *Le Crépuscule des Dieux.*
FRANÇAIS. — *La Robe rouge*
OPÉRA COMIQUE. — *Aphrodyte, La Tosca, Louise.*
ODÉON. — *Beethoven.*
VAUDEVILLE. — *La Route d'Emeraude.*
NOUVEAUTÉS. — *Une grosse Affaire.*
VARIÉTÉS — *Le Roi.*
PALAIS-ROYAL. — *Monsieur Zéro.*
GAITÉ. — *Théâtre lyrique populaire.*
GYMNASE. — *L'Ane de Buridan.*
RENAISSANCE. — *L'Oiseau blessé.*
PORTE SAINT MARTIN. — *La Femme X.*
CHATELET. — *Aventures de Gavroche.*
THÉATRE SARAH BERNHARDT. — *L'Aiglon.*
AMB'GU. — *Courrier de Lyon*
APOLLO. — *La Veuve joyeuse.*
FOLIES DRAMATIQUES. — *La Femme de Feu.*
ATHÉNÉE. — *La Cornette.*
THÉATRE ANTOINE. — *Papillon.*
THÉATRE RÉJANE — *Trains de luxe.*
TRIANON — *Répertoires lyriques.*
BOUFFES PARISIENS. — *4 fois 7 : 28.*
DÉJAZET. — *L'Enfant de ma sœur.*
CLUNY. — *Cochon d'Enfant.*
THÉATRE DES ARTS. — *La Marquesita.*
THÉATRE DES TERNES. — *Répertoire dramatique.*
LES CAPUCINES. — *Spectacle varié. — Revue.*
THÉATRE D'ART INTERNATIONAL. — (La Bodinière).
TRÉTEAU ROYAL. — *Théâtre Concert.*
FOLIES-BERGÈRE. — Spectacle varié.
CASINO DE PARIS. —
OLYMPIA. — *Spectacle varié. — Revue.*
MOULIN-ROUGE. — *Revue.*
ALHAMBRA (Château d'Eau). *Attractions.*
MOULIN DE LA GALETTE. — *Bal,* mardi, jeudi, samedi, dimanche et fêtes.
MARIGNY THÉATRE. —
JARDIN DE PARIS. —
AMBASSADEURS —
ALCAZAR D'ÉTÉ. —
SCALA — *Concert-Spectacle — Revue.*
ELDORADO. — *Concert-Spectacle. — Revue.*
PALAIS DE GLACE. — *Réouverture.*
PARISIANA. — *L'Amour en Espagne.*
CIGALE. — *Spectacle varié. — Revue*
WAGRAM CONCERT. — *Spectacle varié. — Bal.*
PRINTANIA. — *Luna Park.*
CONCERT DE LA PÉPINIÈRE. — *Concert et opérette.*
THÉATRE MOLIÈRE — *Comédies et drames.*
TH. MONCEY. — *Concert varié*
TRÉTEAU DE TABARIN. — *Revue. — Chansons.*
LE GRAND-GUIGNOL. — *Comédies et Drames.*
THÉATRE MEVISTO. — *Comédies.*
ROBERT HOUDIN. — Jeudis et dimanches, *Matinées.*
NOUVEAU-CIRQUE — *Footit.*
HIPPODROME. — *Cinéma.*
CIRQUE DE PARIS. — Programme varié.
CIRQUE D'HIVER. — *Cinématographe Pathé.*
CIRQUE MEDRANO — *Spectacle équestre.*
BULLIER. — *Bal,* Jeudi, Samedi, Dimanche *Jardin.*
EDEN PALACE. — *Bal tous les soirs. — Concert*
ELYSÉE MONTMARTRE. — *Bal.*
MUSÉE GRÉVIN. — *Fête d'Artistes. — Théâtre.*
TOUR EIFFEL. — 10 h. mat. à la nuit. Déjeuners.
GRANDE ROUE. — *Ascension, Concert le dimanche.*
JARDIN D'ACCLIMATATION. *Concert jeudi, dimanche.*
LE TOURISTE. — *Paris à Saint-Germain en bateau. — Q. d'Orsay.*
CASINO MUNICIPAL D'ENGHIEN. *A 12 min. de Paris-N.*
KURSAAL D'ENGHIEN LES BAINS. — *Concert varié.*

LUNA-PARK

Attractions variées

Tous les jours   **Porte-Maillot, PARIS**

ENTRE NOUS

FLEURS ET FRUITS

L'Exposition horticole d'Automne consacrée aux Chrysanthèmes, Fruits, Fleurs et Légumes de saison, ainsi qu'aux Industries et Beaux-Arts horticoles, organisée par la Société Nationale d'Horticulture de France, ouvrira ses portes au Cours-la-Reine à Paris, le Vendredi 5 Novembre, à midi, pour les fermer le Dimanche 14, à 6 heures du soir.

LES ARTISTES DÉCORATEURS

Le 5me Salon de la Société des Artistes Décorateurs aura lieu en février prochain au Pavillon de Marsan.

Ce Salon comprendra cette année, avec les objets d'art et les ensembles mobiliers, de nombreuses peintures décoratives d'un caractère nettement moderne.

A NOS LECTEURS

La Critique qui est dans sa 15e année, met en garde ses lecteurs contre des publications nouvelles, de titres similaires, qui cherchent à établir une confusion et que nous poursuivrons s'il y a préjudice.

Au moment du renouvellement des abonnements, *La Critique* prie ses amis, ses lecteurs et ses abonnés d'envoyer directement, sans autre avis, le montant de l'abonnement, soit 5 francs pour la France et 6 francs pour l'étranger.

Nous ne faisons pas présenter les quittances par la poste, pour éviter les frais de recouvrement.

Le mieux est d'envoyer directement à notre bureau, 50, boulevard Latour-Maubourg, Paris, le montant en mandat ou timbres-poste.

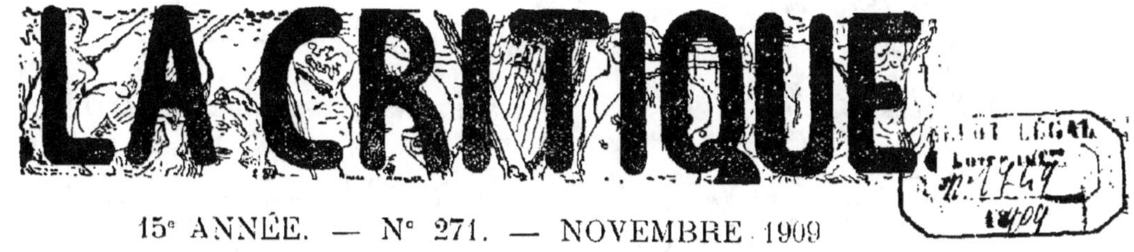

LA CRITIQUE

15ᵉ ANNÉE. — Nᵒ 271. — NOVEMBRE 1909

GEORGES BANS, DIRECTEUR, BOULEVARD LATOUR-MAUBOURG, 50, PARIS (7ᵉ A.)

Numéro : 50 centimes | **Abonnement : 5 fr. par an**
les timbres-poste français sont acceptés | Etranger : **6 fr.** — Édition sur Japon : **10 fr.**

IMPRIMERIE GIRARD, SAINT-NAZAIRE-S/-LOIRE

REVUE ADHÉRENTE AU SYNDICAT DES JOURNAUX ET PUBLICATIONS PÉRIODIQUES

SPECTACLES

OPÉRA. — *L'Or du Rhin.*
FRANÇAIS. — *Sire.*
OPÉRA COMIQUE. — *Aphrodyte, La Tosca.*
ODÉON. —
VAUDEVILLE. — *La Route d'Emeraude.*
NOUVEAUTÉS. — *L'Article 301.*
VARIÉTÉS. — *Le Circuit.*
PALAIS-ROYAL. — *Monsieur Zéro.*
GAITÉ. — *Théâtre lyrique populaire.*
GYMNASE. — *L'Ane de Buridan.*
RENAISSANCE. — *Le Refuge.*
PORTE SAINT MARTIN. — *La Femme X.*
CHATELET. — *La petite Caporale.*
THÉATRE SARAH BERNHARDT. — *Jeanne d'Arc.*
AMBIGU. — *Nick Carter*
APOLLO. — *La Veuve joyeuse.*
FOLIES DRAMATIQUES. — *L'Homme de Glace.*
ATHÉNÉE. — *Page blanche.*
THÉATRE ANTOINE. — *Papillon.*
THÉATRE RÉJANE. — *Le Refuge.*
TRIANON. — *Répertoires lyriques.*
BOUFFES PARISIENS. — *Lysistrata.*
DÉJAZET. — *Le Papa du Régiment.*
CLUNY. — *Cochon d'Enfant.*
THÉATRE DES ARTS. — *La Marquesita.*
THÉATRE DES TERNES. — *Répertoire dramatique.*
LES CAPUCINES. — *Spectacle varié. — Revue.*
THÉATRE D'ART INTERNATIONAL. — *(La Bodinière).*
TRÉTEAU ROYAL. — *Théâtre Concert.*
FOLIES-BERGÈRE. — *Spectacle varié.*
CASINO DE PARIS. —
OLYMPIA. — *Spectacle varié. — Revue.*
MOULIN-ROUGE. — *Messalinette.*
ALHAMBRA (Château d'Eau). *Attractions.*
MOULIN DE LA GALETTE. — *Bal,* mardi, jeudi,
   samedi, dimanche et fêtes.
MARIGNY THÉATRE. —
JARDIN DE PARIS. —
AMBASSADEURS. —
ALCAZAR D'ÉTÉ. —
SCALA — *Concert-Spectacle — Revue.*
ELDORADO. — *Concert-Spectacle. — Revue.*
PALAIS DE GLACE. — *Réouverture.*
PARISIANA. — *L'Amour en Espagne.*
CIGALE. — *Spectacle varié. — Revue*
WAGRAM CONCERT. — *Spectacle varié. — Bal.*
LUNA PARK — *Divertissements.*
CONCERT DE LA PÉPINIÈRE. — *Concert et opérette.*
THÉATRE MOLIÈRE — *Comédies et drames.*
TH. MONCEY. — *Concert varié.*
TRÉTEAU DE TABARIN. — *Revue. — Chansons.*
LE GRAND-GUIGNOL. — *Comédies et Drames.*
THÉATRE MÉVISTO. — *Comédies.*
ROBERT HOUDIN. — *Jeudis et dimanches, Matinées.*
NOUVEAU-CIRQUE. — *Footit.*
HIPPODROME. — *Skating.*
CIRQUE DE PARIS. — *Programme varié.*
CIRQUE D'HIVER. — *Cinématographe Pathé.*
CIRQUE MEDRANO. — *Spectacle équestre.*
BULLIER. — *Bal* Jeudi, Samedi, Dimanche. *Jardin.*
EDEN PALACE. — *Bal tous les soirs. — Concert*
ELYSÉE MONTMARTRE. — *Bal.*
MUSÉE GRÉVIN. — *Fête d'Artistes. — Théâtre.*
TOUR EIFFEL. — 10 h. mat. à la nuit. Déjeuners.
GRANDE ROUE — *Ascension, Concert le dimanche.*
JARDIN D'ACCLIMATATION. *Concert* jeudi, dimanche.
LE TOURISTE. — *Paris à Saint-Germain en
   bateau.* — Q. d'Orsay.
CASINO MUNICIPAL D'ENGHIEN. *A 12 min. de Paris N.*
KURSAAL D'ENGHIEN LES BAINS. — *Concert varié.*

LUNA-PARK

Attractions variées

Tous les jours   **Porte-Maillot, PARIS**

ENTRE NOUS

SAUVONS LA CRITIQUE DRAMATIQUE

Dans la *Flamme*, M. Adolphe Aderer, président de l'Association de la Critique, répond aux « Propos sur les Répétitions générales » parus dans cette revue :

« Il ne faut pas médire de la critique « dramatique : quand elle aura été anéan- « tie par la publicité, que deviendrons- « nous, nous, les auteurs dramatiques ?

« Voyez ce qu'il est advenu — à quelques « exceptions près, qu'il faut saluer avec « respect — de la critique littéraire ! »

L'ART FLORAL

Au Cours la Reine, entre les ponts des Invalides et de l'Alma, à Paris, s'est tenue l'Exposition horticole d'automne organi- sée par la Société Nationale d'Horticulture de France (fleurs, fruits, légumes, indus- tries et beaux-arts).

Cette fête florale a eu son habituel suc- cès. Nos horticulteurs ont une fois de plus fait preuve de sentiment artistique.

POUR NOS CONFRÈRES

Pour toutes recherches dans les Biblio- thèques et Archives, copies et classements de documents, revision de textes, mise au point, corrections d'épreuves, rédaction de comptes-rendu, traductions, etc., s'adres- ser à l'*Association des Secrétaires de ré- daction*, 46, rue Vivienne, Paris.

A NOS LECTEURS

La Critique va entrer dans sa 16e année.

Au moment du renouvellement des abonnements, *La Critique* prie ses amis, ses lecteurs et ses abonnés d'envoyer di- rectement, sans autre avis, le montant de l'abonnement, soit 5 francs pour la France et 6 francs pour l'étranger.

Nous ne faisons pas présenter les quit- tances par la poste, pour éviter les frais de recouvrement.

Le mieux est d'envoyer directement à notre bureau, 50, boulevard Latour-Mau- bourg, Paris, le montant en mandat ou timbres-poste.

LA CRITIQUE

15ᵉ ANNÉE. — Nᵒ 272. — DÉCEMBRE 1909

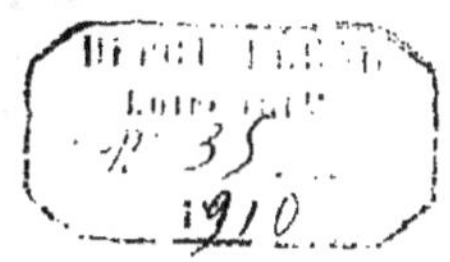

GEORGES BANS, DIRECTEUR, BOULEVARD Latour-Maubourg, 50, PARIS (7ᵉ A.)

| **Numéro : 50 centimes** | **Abonnement : 5 fr. par an** |
| les timbres-poste français sont acceptés | Etranger : **6 fr.** — Édition sur Japon : **10 fr.** |

IMPRIMERIE GIRARD, SAINT-NAZAIRE-S/-LOIRE

REVUE ADHÉRENTE AU SYNDICAT DES JOURNAUX ET PUBLICATIONS PÉRIODIQUES

SPECTACLES

OPÉRA. — *L'Or du Rhin.*
FRANÇAIS. — *Sire.*
OPÉRA COMIQUE. — *Aphrodyte, La Tosca.*
ODÉON. —
VAUDEVILLE. — *La Route d'Émeraude.*
NOUVEAUTÉS. — *L'Article 301.*
VARIÉTÉS. — *Le Circuit.*
PALAIS ROYAL. — *Monsieur Zéro.*
GAITÉ. — *Théâtre lyrique populaire.*
GYMNASE. — *L'Ane de Buridan.*
RENAISSANCE. — *Le Refuge.*
PORTE SAINT MARTIN. — *La Femme X.*
CHATELET. — *La petite Corporale.*
THÉÂTRE SARAH BERNHARDT. — *Jeanne d'Arc.*
AMBIGU. — *Nick Carter*
APOLLO. — *La Veuve joyeuse.*
FOLIES DRAMATIQUES. — *L'Homme de Glace.*
ATHÉNÉE. — *Page blanche.*
THÉÂTRE ANTOINE. — *Papillon.*
THÉÂTRE RÉJANE — *Le Refuge.*
TRIANON. — *Répertoires lyriques.*
BOUFFES PARISIENS. — *Lysistrata.*
DÉJAZET. — *Le Papa du Régiment.*
CLUNY. — *Cochon d'Enfant.*
THÉÂTRE DES ARTS. — *La Marquesita.*
THÉÂTRE DES TERNES. — *Répertoire dramatique.*
LES CAPUCINES. — *Spectacle varié. — Revue.*
THÉÂTRE D'ART INTERNATIONAL. — (La Bodinière).
TRÉTEAU ROYAL. — *Théâtre Concert.*
FOLIES-BERGÈRE. — Spectacle varié.
CASINO DE PARIS. —
OLYMPIA. — *Spectacle varié — Revue.*
MOULIN-ROUGE. — *Messalinette.*
ALHAMBRA (Château d'Eau). *Attractions.*
MOULIN DE LA GALETTE. — *Bal*, mardi, jeudi, samedi, dimanche et fêtes.
MARIGNY THÉÂTRE. —
JARDIN DE PARIS. —
AMBASSADEURS —
ALCAZAR D'ÉTÉ. —
SCALA. — *Concert Spectacle — Revue.*
ELDORADO. — *Concert-Spectacle. — Revue.*
PALAIS DE GLACE. — *Réouverture.*
PARISIANA. — *L'Amour en Espagne.*
CIGALE. — *Spectacle varié. — Revue*
WAGRAM CONCERT. — *Spectacle varié. — Bal.*
LUNAPARK. — *Divertissements.*
CONCERT DE LA PÉPINIERE. — *Concert et opérette.*
THÉÂTRE MOLIÈRE. — *Comédies et drames.*
TH. MONCEY. — *Concert varié*
TRÉTEAU DE TABARIN. — *Revue. — Chansons.*
LE GRAND-GUIGNOL. — *Comédies et Drames.*
THÉÂTRE MEVISTO. — *Comédies.*
ROBERT HOUDIN. — Jeudis et dimanches, *Matinées.*
NOUVEAU-CIRQUE. — *Footit.*
HIPPODROME. — *Skating.*
CIRQUE DE PARIS. — Programme varié.
CIRQUE D'HIVER. — *Cinématographe Pathé.*
CIRQUE MEDRANO. — *Spectacle équestre.*
BULLIER. — *Bal,* Jeudi, Samedi, Dimanche. *Jardin.*
EDEN PALACE. — *Bal tous les soirs. — Concert*
ELYSÉE MONTMARTRE. — *Bal.*
MUSÉE GRÉVIN. — *Fête d'Artistes. — Théâtre.*
TOUR EIFFEL. — 10 h. mat. à la nuit. Déjeuners.
GRANDE ROUE. — *Ascension, Concert le dimanche.*
JARDIN D'ACCLIMATATION. *Concert* jeudi, dimanche.
LE TOURISTE. — *Paris à Saint-Germain en bateau.* — Q. d'Orsay.
CASINO MUNICIPAL D'ENGHIEN. À 12 min. de Paris-N.
KURSAAL D'ENGHIEN LES BAINS. — *Concert varié.*

LUNA-PARK

Attractions variées

Tous les jours   **Porte-Maillot, PARIS**

ENTRE NOUS

EN L'HONNEUR DE VERLAINE

Le groupe des « Amis de Paul Verlaine » et le Comité de son monument, sous l'initiative du *Mercure de France*, donnent le Dimanche 9 Janvier, au cimetière des Batignolles, la cérémonie commémorative annuelle.

MM. Léon Dierx, Alfred Vallette et Georges Verlaine ont pris la tête de cette manifestation en l'honneur du regretté poète.

« LES LOUPS »

Sur l'initiative de A. Belval-Delahaye, poète de *La Chanson du bronze* et pamphlétaire d'Art, des poètes, des écrivains et des artistes se sont groupés pour affirmer leurs droits à la vie et leur volonté d'être entendus. Ils forment une sorte de *Confédération générale des Travailleurs de l'Art, des Ouvriers de la Pensée et des Poètes de la Vie ;* ils apportent au grand public des œuvres fortes, des poésies vivantes et des visions d'art exalté ; ils ont voulu la *socialisation de l'Art*, en mettant à la portée de tous leur journal à 0 fr. 10 ; ils ont fondé une société pour la publication du journal « *Les Loups* », dont le premier numéro a paru le 5 Décembre 1909.

LA CHASSE AU CERF

Le Nouveau-Cirque a renouvelé son spectacle.

Véritable spectacle de cirque, la nouvelle pantomime *La Chasse au Cerf* est une suite de scènes tour à tour enjouées, gracieuses et émotionnantes.

Le cerf est sonné : on admire la hardiesse des cavaliers, la fougue des chevaux, l'entrain de la meute, l'affolement du cerf ; serré de près, l'animal se jette dans la rivière. Chiens, chevaux, chasseurs et chasseresses se jettent à sa poursuite. La bête prise, les trompes sonnent l'hallali et la curée aux flambeaux prend des allures d'apothéose.

Par son animation pittoresque, ses clowneries désopilantes, ses danses originales, ses épisodes émouvants, *La Chasse au Cerf* mérite un succès.

A NOS LECTEURS

La Critique va entrer dans sa 16ᵉ année.

Au moment du renouvellement des abonnements, *La Critique* prie ses amis, ses lecteurs et ses abonnés d'envoyer directement, sans autre avis, le montant de l'abonnement, soit 5 francs pour la France et 6 francs pour l'étranger.

Nous ne faisons pas présenter les quittances par la poste, pour éviter les frais de recouvrement.

Le mieux est d'envoyer directement à notre bureau, 50, boulevard Latour-Maubourg, Paris, le montant en mandat ou timbres-poste.

BIBLIOTHÈQUE
DE " LA CRITIQUE "

HONORÉE DE SOUSCRIPTIONS DES BIBLIOTHÈQUES MUNICIPALES

Les Commandes sont directement transmises aux auteurs, certains ouvrages étant épuisés.

ALCANTER DE BRAHM

L'Ostensoir des Ironies, en trois volumes.
Critiques d'Ibsen, études, 1 vol. Japon. . 5 »
Deux logis de qualité (hors commerce).
Telle que toujours, étude d'âme. . . . 3 »
Eros chante, poésies ; 1 vol. in-16, elz. . 3 »

EMILE SEDEYN

Rencontres, 250 pages illustrées. . . . 3 50

JOSSOT

Les Rats, album. Texte de Papyrus, d'après Henrich Heine. Musique de Baudot. (*Épuisé*).

MANUEL DEVALDES

L'Education et la Liberté, 1 vol. . . . . 1 »

ROY LEAR

Les Talentiers, ballades libres, avec soixante portraits d'Ernest La Jeunesse. . . . 3 50

EDMOND RIME et HENRI BASSERES

Les Yeux, étude dramatique. Préf. d'Emile Straus. 5 fr. — Hollande, 10 fr — Japon. 20 fr.
La Chair triomphe, poèmes, à 2 fr.

CH FUINEL

Art et Critique, un fort volume. . . . 3 50

JACQUES DUSONCHET

Pages pour l'Isolée, étude psychol. . . 3 50

VICTOR TERNISIEN

Chants candides, poésies. vélin. à 2 fr.

PAPYRUS-MARTINE

L'incendie du château de Versailles. . . . 1 »
Almanach Georges Bans, 1899 (rare). . . 3 »
Almanachs Georges Bans, 1896, 1897 et 1898.
  Très rares exemplaires. à 20 fr. et. . 5 »

ANDRÉ IBELS

James Vibert, sculpteur (épuisé).

ARMAND BOURGEOIS

Sauvons Versailles !. 0 50
Théroigne de Méricourt. 2 50
Varennes 1 50
Sarah Bernhardt, conférence.
Adolphe Willette, dessinateur.
Deux salons Parisiens. illus. par de Caldain.
Le roman de Robert Nanteuil
Le vin de Champagne sous Louis XIV.
Voltaire et Adrienne Le Couvreur, Préface d'Emile Straus ; introduction de G. Monval, archiviste de la Comédie Française. 2 50
Un roman de Madame Tallien,
Préface de Gustave Toudouze, avec une eau-forte de Marie Hécart. 2 50
L'Ame de la Forêt,
Préface d'Alexandre Piédagnel ; couverture de Marie Hécart ; vignettes de Léonide Bourges et Maurice Aubryet. 2 50

ALICE CANOVA

En regardant la vie, Préface de Manuel Devaldes, 1 vol. . . . . 2 »

RENÉ PONTHIÈRE

Nini Pompadour, stances. p. tirage . . . 1 »

L. FORTOLIS

L'Echanson du roi d'Yvetot, opérette en un acte.
Chansons chagrines, recueil de chansons.
De la rue à la lune, plaquette illustrée. . 2 50
Hantise, poésies illustrées par A. Kaub. . 3 50

ALFRED BACELLI

Victimes et rebelles. Prix. . . . . . 2 »

EDGARD DENANCY

Philosophie de la colonisation. 3 50

EMILE STRAUS

Le Théâtre Alsacien. . . . . 1 »
La nouvelle Alsace . . . . 2 »
L'Aurore du XXe siècle. . . . . . . 1 »
Das lied von der Glocke (trad Schiller). . 5 »
Notes d'art : E. Couturier, dessinateur. Une plaquette contenant deux gr. lithographies, exempl., 5 fr. — Rare Japon. 20 fr.
Notes d'art : Marc Mouclier peintre.

EUGÈNE DE SOLENIERE

Massenet, un volume (épuisé).
Rose Caron (épuisé).
La Femme-Compositeur, avec quatre portraits.

PAUL ROBIN

Population et prudence procréatrice, plaquette populaire. . . . . » 10
Technique du suicide . . . . » 10

HENRI FRANIZ

Peintres Suisses contemporains. . . . . 1 »
Notes sur les salons de 1899 (*épuisé*).

GEORGES DELAMARRE

Fleurissez-vous, Mesdames !. . . . . . 2 »

EMILE LANE

Autour d'un cochonnet. Un volume . . . 3 »

ALEXANDRE MEUNIER

La plus laide fille du monde. 2 50

CARTES POSTALES
LES MAITRES DE LA CARTE POSTALE

Douze cartes d'artistes différents. sous enveloppe.
  Chaque série franco. 1 50
  Quatre séries sont en vente actuellement. —
Il ne reste qu'un petit nombre.
  La 1re et la 5e séries sont absolument épuisées.
  En raison du prix modique, il n'est pas répondu aux demandes de spécimens gratuits.
Les timbres français sont acceptés
En vente seulement : 50, Bd Latour-Maubourg.

COLLECTION DE LA CRITIQUE
TOME I. — ANNÉE 1895.

Une collection de 200 pages, avec hors texte.
Quelques rares exemplaires papier velin. 20 »
Très rares exemplaires Japon edit. de luxe 50 »

TOME II. — ANNÉE 1896

Une collection de 200 pages. avec hors texte.
Quelques rares exemplaires papier velin. 10 »
Japon, édit. de luxe. estampes spéciales. 30 »

TOME III. — ANNÉE 1897

Quelques collections papier velin. . . 10 »
Très rares exempl. Japon. estampes spéc. 30 »

TOME IV. — ANNÉE 1898
TOME V. — ANNÉE 1899
TOME VI. — ANNÉE 1900
TOME VII. — ANNÉE 1901
TOME VIII. — ANNÉE 1902
TOME IX. — ANNÉE 1903

Chaque collection contient une double suite de planches hors texte, en noir et en couleurs. L'édition de luxe, Japon. sous couverture rose, est enrichie d'une serie d'estampes tirées spécialement. encartée dans chaque fascicule, 8 fr. ; luxe, 25 fr.

TOME X. — ANNÉE 1904
TOME XI. — ANNÉE 1905
TOME XII. — ANNÉE 1906
TOME XIII. — ANNÉE 1907
TOME XIV. — ANNÉE 19 8

La collection, 5 fr. — Japon, 10 fr.

Il ne reste qu'un petit nombre de collections complètes que nous réserverons à nos souscripteurs de l'année 1908, aux prix nets ci-dessus.

Le Gérant de La Critique : F. GIRARD.

Saint-Nazaire-sur-Loire. — Imprimerie GIRARD.

BIBLIOTHÈQUE
DE " LA CRITIQUE "

HONORÉE DE SOUSCRIPTIONS DES BIBLIOTHÈQUES MUNICIPALES

Les Commandes sont directement transmises aux auteurs, certains ouvrages étant épuisés.

ALCANTER DE BRAHM
L'Ostensoir des Ironies, en trois volumes.
Critiques d'Ibsen, études, 1 vol. Japon. . 5 »
Deux logis de qualité (hors commerce).
Telle que toujours, étude d'âme. . . . 3 »
Eros chante. poésies ; 1 vol. in-16, elz. . 3 »»

EMILE SEDEYN
Rencontres, 250 pages illustrées. . . . 3 50

JOSSOT
Les Rats. album. Texte de Papyrus, d'après Henrich Heine, Musique de Baudot. (*Epuisé*).

MANUEL DEVALDES
L'Education et la Liberté, 1 vol. . . . 1 »»

ROY LEAR
Les Talentiers, ballades libres, avec soixante portraits d'Ernest La Jeunesse. . . . 3 50

EDMOND RIMÉ et HENRI BASSÈRES
Les Yeux, étude dramatique. Préf. d'Emile Straus. 5 fr. — Hollande, 10 fr. — Japon, 20 fr.
La Chair triomphe, poèmes, à 2 fr.

CH FUINEL
Art et Critique, un fort volume. . . . 3 50

JACQUES DUSONCHET
Pages pour l'Isolée, étude psychol. . . 3 50

VICTOR TERNISIEN
Chants candides, poésies. vélin. à 2 fr.

PAPYRUS-MARTINE
L'incendie du château de Versailles. . . . 1 »
Almanach Georges Bans, 1899 (rare). . . 3 »
Almanachs Georges Bans, 1896, 1897 et 1898.
    Très rares exemplaires. à 20 fr. et. . 5 »

ANDRÉ IBELS
James Vibert, sculpteur (épuisé).

ARMAND BOURGEOIS
Sauvons Versailles !. 0 50
Théroigne de Méricourt. 2 50
Varennes 1 50
Sarah Bernhardt, conférence.
Adolphe Willette, dessinateur.
Deux salons Parisiens. illus. par de Caldain.
Le roman de Robert Nanteuil.
Le vin de Champagne sous Louis XIV.
Voltaire et Adrienne Le Couvreur, Préface d'Emile Straus ; introduction de G. Monval, archiviste de la Comédie Française. 2 50
Un roman de Madame Tallien,
Préface de Gustave Toudouze, avec une eau-forte de M rie Hécart. 2 50
L'Ame de la Forêt,
Préface d'Alexandre Piédagnel ; couverture de Marie Hécart ; vignettes de Léonide Bourges et Maurice Aubryet. 2 50

ALICE CANOVA
En regardant la vie, Préface de Manuel Devaldès, 1 vol. . . . . 2 »»

RENÉ PONTHIÈRE
Nini Pompadour, stances. p. tirage . . . 1 »»

L. FORTOLIS
L'Echanson du roi d'Yvetot. opérette en un acte.
Chansons chagrines, recueil de chansons.
De la rue à la lune, plaquette illustrée. . 2 50
Hantise, poésies illustrées par A. Kaub. . 3 50

ALFRED BACELLI
Victimes et rebelles. Prix. . . . . 2 »»

EDGARD DENANCY
Philosophie de la colonisation. . . . 3 50

EMILE STRAUS
Le Théâtre Alsacien. . . . . 1 »»
La nouvelle Alsace. . . . . 2 »»
L'Aurore du XXe siècle. . . . . . . 1 »»
Das lied von der Glocke (trad Schiller). . 5 »»
Notes d'art : E. Couturier, dessinateur. Une plaquette contenant deux gr. lithographies, exempl., 5 fr. — Rare Japon. 20 fr.
Notes d'art : Marc Mouclier peintre.

EUGÈNE DE SOLENIERE
Massenet, un volume (épuisé).
Rose Caron (épuisé).
La Femme-Compositeur, avec quatre portraits.

PAUL ROBIN
Population et prudence procréatrice, plaquette populaire. . . . . » 10
Technique du suicide . . . . » 10

HENRI FRANTZ
Peintres Suisses contemporains. . . . . 1 »»
Notes sur les salons de 1899 (*épuisé*).

GEORGES DELAMARRE
Fleurissez-vous, Mesdames !. . . . . . 2 »»

EMILE LANE
Autour d'un cochonnet. Un volume . . . 3 »»

ALEXANDRE MEUNIER
La plus laide fille du monde. 2 50

CARTES POSTALES
LES MAITRES DE LA CARTE POSTALE
Douze cartes d'artistes différents, sous enveloppe.
    Chaque série franco. 1 50
    Quatre séries sont en vente actuellement. —
Il ne reste qu'un petit nombre.
    La 1re et la 5e séries sont absolument épuisées.
    En raison du prix modique, il n'est pas répondu aux demandes de spécimens gratuits.
Les timbres français sont acceptés
En vente seulement : 50, B^d Latour-Maubourg.

COLLECTION DE LA CRITIQUE
TOME I. — ANNÉE 1895.
Une collection de 200 pages, avec hors texte.
Quelques rares exemplaires papier velin. 20 »»
Très rares exemplaires Japon edit. de luxe 50 »»

TOME II. — ANNÉE 1896
Une collection de 200 pages. avec hors texte.
Quelques rares exemplaires papier velin. 10 »»
Japon, é til. de luxe. estampes spéciales. 30 »»

TOME III. — ANNÉE 1897
Quelques collections papier velin. . . 10 »«
Très rares exempl. Japon. estampes spéc. 30 »»

TOME IV. — ANNÉE 1898
TOME V. — ANNÉE 1899
TOME VI. — ANNÉE 1900
TOME VII. — ANNÉE 1901
TOME VIII. — ANNÉE 1902
TOME IX. — ANNÉE 1903

Chaque collection contient une double suite de planches hors texte, en noir et en couleurs. L'édition de luxe, Japon. sous couverture rose, est enrichie d'une serie d'estampes tirées spécialement. encartée dans chaque fascicule, 8 fr. : luxe. 25 fr.

TOME X. — ANNÉE 1904
TOME XI. — ANNÉE 1905
TOME XII. — ANNÉE 1906
TOME XIII. — ANNÉE 1907
TOME XIV. — ANNÉE 1908

La collection, 5 fr. — Japon, 10 fr.

Il ne reste qu'un petit nombre de collections complètes que nous réserverons à nos souscripteurs de l'année 1908, aux prix nets ci-dessus.

BIBLIOTHÈQUE
DE " LA CRITIQUE "

HONORÉE DE SOUSCRIPTIONS DES BIBLIOTHÈQUES
MUNICIPALES

*Les Commandes sont directement transmises aux
auteurs, certains ouvrages étant épuisés.*

ALCANTER DE BRAHM
L'Ostensoir des Ironies, en trois volumes.
Critiques d'Ibsen, études. 1 vol. Japon. . 5 »
Deux logis de qualité (hors commerce).
Telle que toujours, étude d'âme. . . . 3 »
Eros chante, poésies ; 1 vol. in-16, elz. . 3 »
EMILE SEDEYN
Rencontres, 250 pages illustrées. . . . 3 50
JOSSOT
Les Rats, album. Texte de Papyrus, d'après
Henrich Heine. Musique de Baudot. (*Epuisé*).
MANUEL DEVALDES
L'Education et la Liberté, 1 vol. . . . . 1 »
ROY LEAR
Les Talentiers, ballades libres, avec soixante por-
traits d'Ernest La Jeunesse. . . . 3 50
EDMOND RIMÉ et HENRI BASSÈRES
Les Yeux, étude dramatique. Préf. d'Emile Straus.
5 fr. — Hollande, 10 fr — Japon, 20 fr.
La Chair triomphe, poèmes, à 2 fr.
CH FUINEL
Art et Critique, un fort volume. 3 50
JACQUES DUSONCHET
Pages pour l'Isolée, étude psychol. . . 3 50
VICTOR TERNISIEN
Chants candides, poésies, vélin, à 2 fr.
PAPYRUS-MARTINE
L'Incendie du château de Versailles. . . . 1 »
Almanach Georges Bans, 1899 (rare). . . 3 »
Almanachs Georges Bans, 1896, 1897 et 1898.
Très rares exemplaires, à 20 fr. et. . 5 »
ANDRÉ IBELS
James Vibert, sculpteur (épuisé).
ARMAND BOURGEOIS
Sauvons Versailles !. 0 50
Théroigne de Méricourt. 2 50
Varennes. 1 50
Sarah Bernhardt, conférence.
Adolphe Willette, dessinateur.
Deux salons Parisiens, illus. par de Caldain.
Le roman de Robert Nanteuil.
Le vin de Champagne sous Louis XIV.
Voltaire et Adrienne Le Couvreur, Préface d'Emile
Straus ; introduction de G. Monval, archiviste
de la Comédie Française. 2 50
Un roman de Madame Tallien,
Préface de Gustave Toudouze, avec une eau-
forte de Marie Hécart. 2 50
L'Ame de la Forêt,
Préface d'Alexandre Piédagnel ; couverture de
Marie Hécart ; vignettes de Léonide Bourges
et Maurice Aubryet. 2 50
ALICE CANOVA
En regardant la vie, Préface de Manuel Devaldès,
1 vol. . . . . 2 »
RENÉ PONTHIÈRE
Nini Pompadour, stances, p. tirage . . . 1 »
L. FORTOLIS
L'Echanson du roi d'Yvetot, opérette en un acte.
Chansons chagrines, recueil de chansons.
De la rue à la lune, plaquette illustrée. . 2 50
Hantise, poésies illustrées par A. Kaub. . 3 50
ALFRED BACELLI
Victimes et rebelles. Prix. . . . . 2 »
EDGARD DENANCY
Philosophie de la colonisation. 3 50

EMILE STRAUS
Le Théâtre Alsacien. . . . . . . 1 »
La nouvelle Alsace . . . . 2 »
L'Aurore du XXe siècle. . . . . . 1 »
Das lied von der Glocke (trad. Schiller). . 5 »
Notes d'art : E. Couturier, dessinateur. Une plaquette
contenant deux gr. lithographies, exempl.,
5 fr. — Rare Japon, 20 fr.
Notes d'art : Marc Mouclier peintre.
EUGÈNE DE SOLENIERE
Massenet, un volume (épuisé).
Rose Caron (épuisé).
La Femme-Compositeur, avec quatre portraits.
PAUL ROBIN
Population et prudence procréatrice, plaquette popu-
laire . . . . » 10
Technique du suicide . . . . » 10
HENRI FRANTZ
Peintres Suisses contemporains. . . . 1 »
Notes sur les salons de 1899 (*épuisé*).
GEORGES DELAMARRE
Fleurissez-vous, Mesdames !. . . . . 2 »
EMILE LANE
Autour d'un cochonnet. Un volume . . . 3 »
ALEXANDRE MEUNIER
La plus laide fille du monde. 2 50

CARTES POSTALES
LES MAITRES DE LA CARTE POSTALE

Douze cartes d'artistes différents, sous enveloppe.
Chaque série franco, ... 1 50
Quatre séries sont en vente actuellement. —
Il ne reste qu'un petit nombre.
La 1re et la 5e séries sont absolument épuisées.
En raison du prix modique, il n'est pas
répondu aux demandes de spécimens gratuits.
Les timbres français sont acceptés
En vente seulement : 50, Bd Latour-Maubourg.

COLLECTION DE LA CRITIQUE
TOME I. — ANNÉE 1895.

Une collection de 200 pages, avec hors texte.
Quelques rares exemplaires papier velin. 20 »
Très rares exemplaires Japon édit. de luxe 50 »

TOME II. — ANNÉE 1896

Une collection de 200 pages, avec hors texte.
Quelques rares exemplaires papier velin. 10 »
Japon, é tit. de luxe, estampes spéciales. 30 »

TOME III. — ANNÉE 1897

Quelques collections papier velin. . . 10 »
Très rares exempl. Japon, estampes spéc. 30 »

TOME IV. — ANNÉE 1898
TOME V. — ANNÉE 1899
TOME VI. — ANNÉE 1900
TOME VII. — ANNÉE 1901
TOME VIII. — ANNÉE 1902
TOME IX. — ANNÉE 1903

Chaque collection contient une double suite de
planches hors texte, en noir et en couleurs.
L'édition de luxe, Japon, sous couverture rose,
est enrichie d'une serie d'estampes tirées spécialement, encartée dans chaque fascicule, 8 fr. :
luxe, 25 fr.

TOME X. — ANNÉE 1904
TOME XI. — ANNÉE 1905
TOME XII. — ANNÉE 1906
TOME XIII. — ANNÉE 1907
TOME XIV. — ANNÉE 1908

La collection, 5 fr. — Japon, 10 fr.

*Il ne reste qu'un petit nombre de collections
complètes que nous réserverons à nos souscripteurs de l'année 1908, aux prix nets ci-dessus.*

...OCIATION ARTISTIQUE
ET LITTÉRAIRE DE LA CRITIQUE

STATUTS

...CLE PREMIER. — Il est fondé une Société
d... ...sonnes s'intéressant à la critique des arts
e... ...s lettres, sous le titre « Association Artis-
t... ...et Littéraire de la Critique ».
...ège est à Paris chez le président.

... 2. — L'Association se compose de membres
ac... habitant la France, payant une cotisation
an... ...le de 5 francs, et de membres honoraires
à l... ...anger, payant une cotisation annuelle de
6 fr... s.

A... 3. — Les membres actifs se réunissent
tous ...s ans en Assemblée générale et élisent un
Cons... ...se composant d'un président, d'un vice-
prési... ...nt, un secrétaire et un trésorier; le Conseil
est n... ...mé pour cinq ans et rééligible.
Le ...nseil se réunit une fois par mois.

A... ...4. — Le président est spécialement chargé
de l... ...irection du bulletin de l'Association.

A... 5. — Le bulletin, intitulé *La Critique*,
est envoyé gratuitement à tous les membres de
l'Association. Une édition de luxe pourra être
tirée.

Art. 6. — L'Association de la Critique s'interdit
toute opération commerciale et toute discussion
politique et religieuse.

Le Conseil s'efforce en toutes circonstances de
donner à ses adhérents des avantages professionnels ressortissant du domaine de la Critique.

Les fonds de l'Association sont consacrés à
la constitution d'une caisse de secours pour
venir en aide aux critiques et aux journalistes
et aussi à la publication régulière du bulletin
La Critique.

Art. 7. — En cas de dissolution de l'Association
le reliquat des fonds devra être versé à une
œuvre philanthropique littéraire, d'un but analogue.

Fait à Paris, le 1ᵉʳ janvier 1904.
Siège : 50, boulevard Latour-Maubourg, Paris.

Le Gérant de La Critique : F. GIRARD.   Saint-Nazaire-sur-Loire. — Imprimerie GIRARD.